AF289266

SO NAH WIE DEIN HERZSCHLAG

ELLA WÜNSCHE

Bibliografische Information der Deutschen Nationalbibliothek: Die Deutsche Nationalbibliothek verzeichnet diese Publikation in der Deutschen Nationalbibliografie; detaillierte bibliografische Daten sind im Internet über dnb.dnb.de abrufbar.

© Ella Wünsche 2024

Verlag: BoD · Books on Demand GmbH, In de Tarpen 42, 22848 Norderstedt
Druck: Libri Plureos GmbH, Friedensallee 273, 22763 Hamburg

ISBN: 978-3-7597-6738-7

1. Auflage, Oktober 2024 / Kontakt: autorin@ella-wuensche.de

Lektorat: Christiane Kathmann / www.lektorat-kathmann.de, Korrektorat: Alexandra Gentara / www.lektorat-gentara.de

Covergestaltung: Daniel Morawek - Titelfotos: depositphotos.com: doozie, vencav, Noppharat_th / midjourney / Firefly - Abbildung Innenteil: depositphotos.com: DaLiu, juliet

Cover- & Titel-Beratung: Franziska Kellner / www.atiga-consulting.com

PROLOG

FRÜHLING 2023

Es war kompliziert. Das Leben. Nicht so leer und geradlinig wie die Straße, auf der sie gerade fuhr. Diese war übersichtlich, gut einsehbar, ohne verborgene Kurven und Überraschungen.

Ringsum erstreckten sich blühende Rapsfelder, die die Landschaft in ein Meer aus sonnigem Gelb tauchten. Aus den Lautsprechern dröhnten die immer gleichen Lieder. Sie hörte gerne den Radiosender ihrer Jugend, in dem viele Lieder aus den Achtziger- und Neunzigerjahren liefen, ab und zu unterbrochen von der elektronischen Stimme des Navigationssystems.

»In zweihundert Metern links abbiegen.«

Obwohl sie nicht einmal dreißig Autominuten von ihrer ehemaligen Heimat Heidelberg entfernt war, kannte sie diese Gegend nicht. Als Kind hatte sie Sinsheim und Bruchsal besucht, aber der ländliche Teil, der dazwischen lag, war ihr unbekannt. Für einen Moment hätte sie beinah vergessen, warum sie sich überhaupt auf dieser Landstraße befand. Als es ihr wieder bewusst wurde, überkam sie diese

unangenehme Aufregung wie bei einem Vorstellungs-
gespräch.

Nach über zehn Jahren würde sie ihn also wiedersehen.
Bei diesem Gedanken stiegen ihr Tränen in die Augen. Sie
erinnerte sich an den Anruf von gestern. Die Stimme seiner
Schwester, die sie so lange nicht gehört hatte. Die Schwester,
die einmal wie ihre eigene Schwester gewesen war. Nachdem
ihre Beziehung mit Rick in die Brüche gegangen war, wollte
sie nur noch weg, weg von allen, die ihn kannten, weg aus
ihrer Heimatstadt. Sie war regelrecht nach Hamburg
geflohen und hatte den Kontakt zu ihrer Vergangenheit
abgebrochen, für eine kurze Zeit sogar zu ihrer eigenen
Familie. Dieses Kapitel war für sie zu dunkel und voller
Niederlagen.

Nun, mit Mitte dreißig, hatte sie bereits zwei geschei-
terte Ehen hinter sich. Keine Kinder, keine eigene
Wohnung, nur eine Arbeit, die ihr Freude bereitete. Wie oft
hatte sie in dieser für sie dunklen Zeit an ihn gedacht? Sich
nichts sehnlicher gewünscht, als ihn zu sehen, seine leise,
tiefe Stimme zu hören, die ihr so oft Gänsehaut bereitet
hatte. Aber diesem Wunsch konnte sie nicht nachgeben. Ihr
Stolz und die inneren Wunden ließen das nicht zu.

Warum war dieser Schmerz nach fast zehn Jahren noch
so stark? Warum hatte sie ihn nicht vergessen können?
Warum war er ihr nicht gleichgültig? Liebte sie ihn etwa
immer noch?

All diese Gedanken fuhren in ihrem Kopf Karussell, bis
das Navigationssystem schließlich sagte: »In fünfhundert
Metern haben Sie Ihr Ziel erreicht. Ihr Ziel befindet sich auf
der rechten Seite.«

Lea konnte das Klinikgebäude schon sehen und parkte
ihren alten 3er-Golf auf dem weitläufigen Parkplatz. Sie
warf noch einen Blick in den Spiegel und richtete ihre Bluse.

Die Haare hatte sie streng zurückgekämmt und zu einem Dutt zusammengebunden. Sie atmete tief durch, dann stieg sie aus. Sie spürte, wie ihre Aufregung zunahm und ihre Handflächen schwitzten, als sie auf das Hauptportal zuschritt.

Für einen Moment hielt sie inne und blieb stehen. War es wirklich eine gute Idee gewesen, herzukommen? Noch konnte sie sich wieder umdrehen und gehen.

In diesem Moment hörte sie ihren Namen: »Lea!«

Sie drehte sich um und entdeckte eine Frau mit langen blonden Haaren, die ihr zuwinkte. Lea erkannte sie sofort. Es war Ricks Schwester.

Steffi ging zu ihr und umarmte sie. Ihre Augen waren rot und über ihre Wangen liefen feuchte Spuren.

»Danke, dass du gekommen bist«, sagte Steffi mit erstickter Stimme.

»Wie geht es ihm?«, fragte Lea.

Es fiel seiner Schwester sichtlich schwer, zu antworten. Sie schluchzte. »Schlecht, er ist noch in der kritischen Phase.«

Lea biss sich auf die Lippen. Die innere Spannung wurde fast unerträglich. Sie spürte, wie sich ihr Magen zusammenzog und Übelkeit in ihr aufstieg.

»Komm, vielleicht dürfen wir jetzt zu ihm«, sagte Steffi und lief los. Lea blieb nichts anderes übrig, als ihr zu folgen.

»Sie machen alle möglichen Untersuchungen – CT, MRT, was weiß ich«, fuhr Steffi fort, während sie zum Aufzug gingen. »Der Arzt meinte, die nächsten vierundzwanzig bis achtundvierzig Stunden seien entscheidend.«

Lea nickte stumm. Sie wusste nicht, was sie fragen sollte, obwohl sie überhaupt keine Vorstellung hatte, was sie erwartete. Sie hatte Angst davor, ihn nicht wiederzuerkennen. In ihren Gedanken war er der Mann von vor zehn Jahren.

Ihre erste große Liebe. Der Mann ihrer Träume.

Wenig später stiegen sie aus dem Aufzug und gingen einen weißen Flur entlang. Steffi deutete auf einen Aufenthaltsraum, in dem ein paar Stühle standen.

»Setz dich, ich komme gleich«, sagte sie. »Ich muss noch kurz zum Chefarzt.«

Sie machte einen Schritt, dann blieb sie noch einmal stehen und fragte: »Möchtest du etwas trinken?«

Lea schüttelte stumm den Kopf. Steffi nickte ihr kurz zu und verschwand.

Lea sah sich in dem sterilen Flur um. Auf der linken Seite befand sich eine Schleuse mit Klingel, darüber stand in Großbuchstaben INTENSIVSTATION. Bei dem Wort zog sich ihr Magen zusammen. Für einen Moment blieb sie unschlüssig stehen. Schließlich setzte sie sich in den Warteraum. Sie fühlte sich furchtbar allein.

Erst jetzt wurde ihr so richtig bewusst, dass der Mann, den sie einst über alles geliebt hatte, um sein Leben kämpfte. Der Mann, den sie vor zehn Jahren weinend und bettelnd in der gemeinsamen Wohnung zurückgelassen hatte.

Ihre Gedanken wanderten zurück zum Anfang. Siebzehn Jahre zurück in die Vergangenheit, als alles begonnen hatte, als das Leben so berechenbar gewesen war wie die Landstraße, die sie eben noch entlanggefahren war, und die Welt ihr offenstand.

Damals, als das Leben hell und bunt gewesen war. Voller Lachen und Hoffnung.

1

SOMMER 2008

Lea empfand eine unbändige Freude. Es war, als hätte ihr jemand schwere Steine von den Schultern genommen, alles war plötzlich federleicht. Sie fühlte sich wie ein Schmetterling, der jeden Moment abheben konnte. Es war einfach unglaublich! Sie hatte die letzte Abiturprüfung hinter sich! Endlich waren die Lernerei und die Anspannung vorbei. Darauf wollte sie mit ihren Freundinnen in einem der angesagten Cafés in der Altstadt anstoßen.

Obwohl die Sonne bereits langsam über den Hügeln des Odenwalds hinabsank und die Mauern der historischen Häuser goldgelb färbte, war es noch sommerlich warm. Das Leben war einfach perfekt.

Aufgeregt lief Lea zum COOL, dem Café, in dem tatsächlich die coolsten Leute rumhingen – Studenten, Lebenskünstler und Leute aus der lebendigen Heidelberger Hip-Hop-Szene. Und heute würden sie und ihre zwei Freundinnen auch dazu gehören.

Ihre Haare hatte Lea wie gewohnt zusammengebunden, aber zu ihren Jeans trug sie ausnahmsweise eine Bluse. Ihre

Mutter hatte sie dazu überredet. »Du musst nicht immer gestreifte T-Shirts anziehen wie Conni. Jetzt bist du erwachsen, probier doch mal was Schickeres! So wie Jasmin. Ihr seid doch beste Freundinnen.«

Für ihre Mutter Claudia war das Aussehen sehr wichtig. Umso enttäuschter war sie, dass ihre einzige Tochter sich in ihren Augen viel zu unauffällig kleidete. Im Gegensatz zu ihren Freundinnen schminkte sie sich auch nicht gern und benutzte höchstens Lipgloss und Wimperntusche.

Lea war die Schüchterne und Zurückhaltende in der Familie und machte sich nicht viel aus Mode. Selbst ihr älterer Bruder gab mehr Geld für seine bunten Hemden aus, mit denen er an den Wochenenden in den *Schwimmbad-Club* und in die *Nachtschicht* tanzen ging.

Als sie sich durch die Menschentrauben in der Hauptstraße drängte, die es an diesem sonnigen Tag auf die Flaniermeile gezogen hatte, fühlte sich Lea furchtbar auffällig. Sie bildete sich ein, dass alle Passanten sie anstarrten. Immer wieder musste sie sich sagen, dass es doch nur eine flatternde weiße Bluse war.

»Zieh den beigefarbenen BH an, Schatz, dann sieht man nichts«, hatte ihre Mutter ihr noch geraten. Ständig musste sie ihr Tipps geben! Tief in ihrem Inneren wusste Lea, dass sie es nur gut meinte, dennoch nervte es sie. Noch dazu, da sie nun wirklich kein Kind mehr war. Und mit dem Abizeugnis hatte sie das bald sogar schriftlich.

Lea atmete auf, als sie von der Hauptstraße in eine enge Seitengasse abbog, in der nur wenige Passanten unterwegs waren. Kurz darauf betrat sie das Café.

Sandra und Jasmin waren schon da, sie hatten beide riesige Cocktail-Gläser vor sich stehen. Als sie Lea bemerkten, winkten sie ihr zu. Jasmin schrieb gerade etwas auf ihrem Handy, legte das Gerät aber zu Seite, während Lea näherkam. Immerhin.

Lea konnte die Aufregung um diese technischen Spielereien nicht verstehen. Wenn sie Werbung für Handyklingeltöne im Fernsehen sah, wurde ihr schlecht. Anstatt im Café zu sitzen und auf ein Gerät zu starren, beobachtete sie lieber die Menschen um sich herum und dachte sich Geschichten aus, wie das Leben dieser Menschen aussehen könnte. Oder sie las einen guten Roman. In ihrer Tasche befand sich immer ein abgegriffenes Buch, um langweilige Wartezeiten zu überbrücken. Ihre Freundinnen neckten sie manchmal deswegen, aber sie war eben eher die Verträumte, die sich lieber in fremde Welten vertiefte. Sie war zufrieden mit ihrem Leben, deshalb störte es sie nicht, wenn jemand sie deswegen aufzog.

»Du wirst es nicht glauben, die Kellnerin hat Sandra nach ihrem Ausweis gefragt«, sagte Jasmin und kicherte, als sich Lea zu ihnen setzte.

»Möchtest du auch einen Mojito?«, fragte Sandra.

Stolz nickte Lea.

»Und Tapas!«, fügte sie hinzu.

Kurz darauf kam der Kellner und sie bestellte.

»Deine Bluse sieht toll aus! Endlich mal kein T-Shirt«, sagte Jasmin lachend. Sie war diejenige, die schon als Kind am meisten Wert auf ihre Kleidung gelegt hatte. Mit ihrem Make-up sah sie eher wie Mitte zwanzig aus und nicht wie ein junges Mädchen, das vor ein paar Tagen noch mit der Schultasche in der Bahn gesessen hatte.

»Meine Mutter hat mich dazu gezwungen.«

»Deine Mutter hat Geschmack«, erwiderte Jasmin anerkennend.

»Danke«, sagte Lea und lächelte.

»Ja, die Bluse ist toll, aber viel toller ist, dass wir endlich frei sind. Kaum zu glauben«, sagte Sandra, die lässig in Jeans, Turnschuhen und T-Shirt am Tisch saß.

»Ich werde die Schule vermissen. Was, wenn wir alle woanders hinziehen?«, fragte Lea.

Jasmin hatte sofort Tränen in den Augen.

»Habt ihr euch denn mittlerweile entschieden, was ihr nach der Schule machen wollt?«, fragte sie.

»Klar, ihr wisst ja, dass ich mich für das Medizinstudium beworben habe«, sagte Sandra. »Mal sehen, wie das Zeugnis ausfällt, aber ich hab ein ganz gutes Gefühl.«

»Ich denke, ich werde BWL studieren«, sagte Jasmin.

»Also hast du dich entschieden?«, fragte Sandra.

»So ziemlich. Außerdem geht das in Mannheim, da kann ich in Heidelberg wohnen bleiben. Sind ja nur ein paar Minuten mit der Bahn. Und Medizin kannst du ja auch hier studieren. Dann können wir vielleicht doch alle zusammenbleiben.«

»Wenn ich in Heidelberg genommen werde«, antwortete Sandra. »Ich habe noch zwei andere Bewerbungen laufen, mal sehen.«

»Das wird schon«, sagte Jasmin.

Nun sahen beide Lea an.

»Ich habe immer noch keine Ahnung«, antwortete sie und zuckte mit den Schultern. »Vielleicht ein freiwilliges soziales Jahr oder was im Medienbereich.«

»Du Träumerin, du hast in den meisten Fächern super Noten und weißt nichts damit anzufangen.«

Der Kellner brachte die Tapas und den Mojito. Er hatte blonde Locken und leuchtend blaue Augen.

»Ich will endlich einen Freund haben«, sagte Jasmin und trank von ihrem Cocktail.

»Das wollen wir alle drei«, fügte Sandra hinzu und sie prosteten sich kichernd zu.

»Wie wäre es mit dem Kellner?«, fragte Lea. »Der ist doch bestimmt auch Student.«

»Der sieht echt gut aus«, antwortete Sandra. »Aber leider ist er schon vergeben. Ich hab vorhin gesehen, wie er der Bardame über die Hand gestrichen hat.«

Lea sah zur Bar, wo eine hübsche Rothaarige Drinks zubereitete.

»Oh, schau mal, da kommt ein Typ, der sieht mega geil aus«, sagte Jasmin. »Aber starrt ihn nicht an.«

Ihr Blick war auf einen jungen Mann gerichtet, der sich suchend umsah und in der Nähe ihres Tisches vorbeiging. Er war Anfang dreißig und sah wirklich sehr gut aus. Einer von denen, nach denen sich die Frauen umdrehen. Er strahlte Charisma aus und es war klar, dass er sich mit Frauen auskannte. Der Mann hatte kurze schwarze Haare und dunkle Augen. Trotz der etwas krummen Nase wirkten seine Gesichtszüge fein, nicht ganz südländisch, eher französisch. Er trug Jeans, ein weißes Hemd und ein Jackett. Elegant setzte er sich an einen freien Tisch und zog ein Buch hervor.

»Clever, der liest sogar.«

Lea drehte sich nun auch zu dem Mann um, um ihn genauer zu mustern. Als hätte er nur darauf gewartet, blickte er in diesem Moment von seinem Buch auf und sah in ihre Richtung. Ihre Blicke trafen sich. Am liebsten hätte sie weggeschaut, aber das wäre seltsam gewesen, also hielt sie seinem Blick stand.

Keiner von ihnen lächelte, aber sie wirkten auch nicht ernst. Es war eine seltsame Situation, als wäre die Zeit stehengeblieben. Lea fragte sich, ob sie Sauce im Gesicht hatte, dass er sie so anstarrte. Dabei hatte sie doch noch gar nichts gegessen. Er sah sie an wie ein Fotograf, der gerade überlegte, ob sein Bild stimmig war.

Sie zwang sich, ihren Blick abzuwenden, als Jasmin aufgeregt flüsterte: »Er hat in unsere Richtung geschaut. Oh, das glaube ich nicht! Was meint ihr, hat er wohl eine Freundin?«

Sandra grinste. »Mindestens eine. Außerdem ist er viel zu alt.«

»Ich steh auf ältere Männer«, behauptete Jasmin und alle drei kicherten.

Sie wechselten das Thema und sprachen weiter über ihre Zukunftspläne. Sandra erzählte von einem Ferienjob in einer Eisdiele in der Altstadt, den sie für den Sommer ergattert hatte.

»Da werden wir dich sicher öfter bei der Arbeit besuchen«, meinte Jasmin und lachte.

Lea entgegnete nichts. Sie war abgelenkt, aber sie wollte nicht zugeben, dass auch sie von dem Mann beeindruckt war. Verstohlen blickte sie mehrmals in seine Richtung. Sie bemerkte, dass er immer wieder auf die Uhr schaute, und schließlich kam eine Frau herein und ging zu seinem Tisch. Die beiden begrüßten sich mit einer Umarmung.

Lea musste sich eingestehen, dass die Frau zu ihm passte: groß, schön und vor allem in seinem Alter. Sie trug Stiefel, Stretchjeans und ein enges Top. Alles betonte ihren sportlichen Körper. Lea seufzte und wandte sich ihren Freundinnen zu.

Später, als sie von der Toilette kam und sich in dem großen Spiegel betrachtete, der neben der Tür hing, stand er plötzlich neben ihr. Im Spiegel trafen sich ihre Blicke, doch Lea nahm sein Aussehen kaum wahr. Nur sein Duft drang in ihre Nase. Noch Jahre später würde ihr der Gedanke an diesen Moment Gänsehaut bescheren. Es war der Geruch von frischer Limonade und Sandelholz vermischt mit seinen eigenen Pheromonen. Sie liebte Limonade.

Er ging wortlos an ihr vorbei und sah sie dabei noch einmal an. Diesmal lag in seinem Blick Neugier und eine Art Staunen. Fast unsicher warf er ihr ein Lächeln zu. Lea fühlte sich kaum in der Lage, zu reagieren.

Da war etwas zwischen ihnen, das nicht von dieser Welt war. Es ähnelte dem Gefühl, das sie als Kind gehabt hatte, wenn ihr Geburtstag bevorstand und ihr vor Freude, Glück und Aufregung fast schlecht wurde. Am liebsten hätte sie alles ihren Freundinnen erzählt, aber das konnte sie nicht. Jasmin hatte ihn zuerst entdeckt, deshalb hatte Lea keine Ansprüche. So war das zwischen ihnen, schon seit dem Kindergarten. So lange waren sie befreundet. Nichts sollte zwischen sie kommen, schon gar kein Junge. Das hatten sie sich geschworen.

Lea setzte sich zu ihren Freundinnen und hörte ihrer Konversation nur mit halbem Ohr zu. Der Mann ging zu seiner Begleiterin, die sich erhob, als er kam. Jasmin seufzte noch einmal, als die beiden das Café verließen. Er ging an ihrem Tisch vorbei, ohne sie eines Blickes zu würdigen. Doch seine Hand streifte fast unmerklich Leas Arm. Wieder dieser Duft nach Zitrone und Sandelholz, der sie an den Urlaub in Italien denken ließ.

Und dann war er verschwunden.

Jasmin atmete laut hörbar aus, Sandra lachte über die Situation und Lea fühlte sich traurig. Aber das durfte sie sich nicht anmerken lassen. Sie kam sich vor wie das hässliche kleine Entlein.

»Weg ist der schöne Mann!« Jasmin seufzte.

»Lauf ihm nach und frag ihn, ob er die Schöne neben sich stehen lässt und lieber mit dir spazieren geht«, zog Sandra sie auf.

»Ja, das hätte ich tun sollen.«

Sandra und Jasmin lachten.

Sie sind so hübsch, dachte Lea. Beide wussten, wie man sich schminkte und welche Kleidung ihnen besonders gut stand. Lea hatte kein Händchen dafür und auch kein großes Interesse. Sie war eben ein typisches Streberkind.

»Und wie gefällt er dir, Lea?«, fragte Sandra.

Lea zuckte mit den Schultern. »Gut«, antwortete sie knapp.

»Gut«, wiederholte Sandra und lachte. »Du bist einfach klasse, Leachen.«

»Ich glaube, der richtige Typ für dich muss erst noch gebacken werden«, meinte Jasmin.

Als Lea nach Hause kam, saß ihre Mutter auf dem Sofa, schaute fern und hatte ein Glas Wein auf dem Beistelltisch stehen.

»Na, wie war dein Abend?«, erkundigte sie sich.

»Ganz okay. Sandra und Jasmin meinen, dass ich einen Freund brauche.«

Ihre Mutter antwortete schmunzelnd: »Ganz ruhig, du hast noch viel Zeit, einen netten, gut aussehenden Typen zu finden. An der Uni wimmelt es nur so von denen.«

»Aber ich weiß noch gar nicht, ob ich studieren will.«

Lea setzte sich neben Claudia und nippte an deren Weinglas.

»Hey!«, rief ihre Mutter.

»Ich darf doch, ich bin schon volljährig.«

Ihre Mutter lächelte, aber sie wirkte müde. Sie war Anfang fünfzig, aber das konnte man nur an den paar Fältchen in ihrem Gesicht erkennen, denn sonst war sie eher ein jugendlicher Typ und sehr attraktiv.

»Ich gehe gleich ins Bett, ich muss morgen früh raus.

Ich muss noch eine Präsentation für den Chef fertig machen.« Sie seufzte.

»Was würde dein Chef wohl ohne dich machen?«

»Seinen Job verlieren«, erwiderte ihre Mutter lachend und trank den letzten Schluck.

Sie schaltete den Fernseher aus, gab ihrer Tochter einen Kuss und ging ins Bad.

Die beiden lebten mittlerweile allein in dem hübsch eingerichteten Reihenhaus im Stadtteil Rohrbach. Leas älterer Bruder Moritz war vor ein paar Monaten wegen eines Jobangebots bei einem Automobilzulieferer nach Karlsruhe gezogen.

»Fährst du am Wochenende zu Papa?«, rief ihre Mutter auf dem Weg ins Schlafzimmer.

»Nein, ich will mich entspannen«, antwortete Lea.

Sie verbrachte normalerweise jedes zweite Wochenende bei ihm, seit ihre Eltern sich vor zehn Jahren getrennt hatten. Er wohnte nur ein paar Kilometer entfernt in Mannheim und hatte inzwischen seine dritte Freundin, während ihre Mutter seit der Scheidung keinen Partner mehr gehabt hatte.

Lea wollte ihre Mutter nicht allein lassen, deshalb war für sie klar, dass sie hier in der Nähe bleiben würde. Studienmöglichkeiten gab es in Heidelberg und Mannheim mehr als genug. Und auch eine Ausbildungsstelle würde sich finden lassen. Wenn sie sich nur entscheiden könnte, was sie wollte!

Lea ging ins Bad und betrachtete sich lange im Spiegel.

War sie hübsch?

»Du bist wunderschön«, hörte sie die Stimme ihrer Mutter hinter sich. Als könnte sie Gedanken lesen.

»Wunderschön pickelig«, gab Lea zurück und sah zu ihrer Mutter, die im Türrahmen stand.

»Die Pickel sind schon fast alle weg«, widersprach ihre Mutter.

»Aber warum sprechen mich dann nur die Nerds und die Freaks an?«

»Vielleicht haben die anderen Angst vor deiner Schönheit und Intelligenz.« Claudia legte eine kurze Pause ein, bevor sie fortfuhr: »Du hast wunderschöne große Augen, volle Lippen wie eine Schauspielerin, eine tolle Figur, was willst du mehr?«

»Und eine Haut wie Pumuckl«, warf Lea ein. Während sie das sagte, betrachtete sie sich noch einmal im Spiegel.

War sie wirklich schön? Es stimmte, was ihre Mutter gesagt hatte, sie hatte wirklich schöne Augen und einen hübschen Mund, auch wenn sie die Lippen etwas zu dick fand. Aber was nützten Augen und Mund, wenn der Rest nicht stimmte? Seit sie vierzehn war, litt sie unter starker Akne, und das hatte ihr Selbstvertrauen erschüttert. Obwohl die Pickel mittlerweile verschwunden waren, fühlte sie sich immer noch wie damals.

»Du sagst doch ständig, dass ich mich anders anziehen muss«, fügte Lea hinzu.

»Nur um deine Schönheit besser zur Geltung zu bringen, mein Schatz.«

Als sie später im Bett lag und vor dem Einschlafen noch ein paar Seiten in einem Roman lesen wollte, sprangen Leas Gedanken immer wieder zu dem Mann, der sie so wunderbar angelächelt hatte. Als hätte er sie wirklich gesehen und wahrgenommen.

Zum ersten Mal in ihrem Leben spürte sie die berühmten Schmetterlinge im Bauch.

2

Die Tage vergingen und Leas Gedanken kreisten immer noch fast jede Minute um den attraktiven Unbekannten. Ihre Freundin Jasmin verlor kein Wort mehr über ihn. Leas Wunsch, ihn noch einmal zu sehen, wenigstens aus der Ferne, war so groß, dass sie fast jeden Tag an dem Café vorbeiging, in der Hoffnung, ihn zu erblicken. Manchmal setzte sie sich hin, bestellte ein Getränk und las ein Buch. Manchmal ging sie einfach langsam vorbei.

An einem heißen Sommermorgen wollte Lea ein paar Bücher in der Bibliothek abgeben. Wieder ging sie am Café Cool vorbei, in der Hoffnung, ihn zu sehen. Es war das erste Mal, dass sie morgens hier war, und so ging sie rein und bestellte einen Latte macchiatto. Eigentlich mochte sie keinen Kaffee, aber vor dem großen Glas mit Milchschaum auf dem kleinen runden Tisch fühlte sie sich plötzlich erwachsen und selbstbewusst. Sie zückte ihren Terminkalender, als wäre sie eine viel beschäftigte Geschäftsfrau.

In diesem Moment betrat er das Café. Im ersten Augenblick war sie sich unsicher, ob er es wirklich war. Diesmal trug er eine Sonnenbrille, ein unauffälliges T-Shirt und Jeans. Als er den jungen Kellner begrüßte, hörte sie zum ersten Mal seine Stimme. Sie klang tief und warm. In ihr lag so viel Kraft, und diese ungewöhnliche Stimme passte so gar nicht zu seiner schlanken Erscheinung. Lea saß wie erstarrt da. Der Mann kam direkt auf sie zu und setzte sich dann an den Nebentisch. Nur wenige Zentimeter von ihr entfernt. Am liebsten hätte Lea vor Aufregung geschrien. Träumte sie oder war er tatsächlich zum Greifen nah?

»Guten Morgen«, begrüßte er sie mit dieser unwiderstehlichen Stimme und nahm seine Brille ab.

Lea war so überrascht, dass sie nichts antwortete. Der Mann lächelte sie an, und wieder wirkte er fast ein wenig schüchtern.

»Sag etwas, sag etwas!«, redete Lea sich innerlich gut zu und spürte, wie sich ihre Wangen röteten. Mit Mühe presste sie ein: »Guten Morgen«, heraus.

Er atmete erleichtert aus und sagte: »Ich dachte schon, du kannst nicht sprechen.«

Lea lächelte zurück und konnte ihr Glück kaum fassen. Dieser unglaublich gut aussehende Typ redete tatsächlich mit ihr, einer verpickelten Abiturientin!

Was sie überraschte, war seine Natürlichkeit. Er redete nicht wie die Jungs in ihrem Alter, wenn sie versuchten, Mädels aufzureißen. Meist hatten sie provokante Sprüche auf den Lippen. Oft zweideutig. Er dagegen wirkte natürlich und seine Stimme war eher zurückhaltend.

»Natürlich kann ich sprechen«, antwortete sie, nun selbstbewusster.

Als der Kellner kam, bestellte er eine Limonade.

»Du warst letztes Mal mit deinen Freundinnen hier«, bemerkte er.

Ertappt sah sie ihn an. Er erinnerte sich an sie!

»Ihr saht aus, als würdet ihr etwas feiern«, fuhr er fort.

»Ja, unser Abi«, antwortete sie immer noch erstaunt und nahm einen Schluck von ihrem Latte, obwohl sie das Gefühl hatte, dass sie nie wieder etwas trinken konnte, so aufgeregt war sie.

»Herzlichen Glückwunsch. Ich bin Rick.«

Er streckte ihr die Hand entgegen. Etwas zögernd nahm sie an und hauchte: »Lea.«

»Ein schöner Name«, erwiderte er.

Meinte er das ernst? Oder spielte er ihr nur etwas vor? War das seine Masche, um junge Mädels zu verführen?

»Es ist nur ein Name«, antwortete sie.

»Nein, es gibt Namen und es gibt wunderschöne, wohlklingende Namen wie Lea«, erwiderte er.

Sie musste unwillkürlich lachen. »Das ist eine interessante Theorie«, sagte sie. Etwas mutiger fügte sie hinzu: »Aber es gibt auch hässliche Namen.«

»Stimmt, ich korrigiere, es gibt Namen, hässliche und schöne.«

Beide lachten über seine Zusammenfassung und sein Lachen ließ ihre Schmetterlinge im Bauch so sehr flattern, dass sie sich plötzlich schwach fühlte.

Als der Kellner sein Glas brachte, hob Rick es in ihre Richtung, als würde er ihr zuprosten, bevor er daraus trank.

»Was möchtest du nach dem Abitur machen?«, erkundigte er sich.

Lea zuckte die Schultern.

»So genau weiß ich das noch nicht. Erst mal werde ich den Sommer genießen und dann mache ich vielleicht ein paar Praktika, um zu sehen, was mir Spaß macht. Ich wollte immer was mit Kindern machen, aber na ja, mal sehen, was es so gibt.«

»Hört sich nach einem guten Plan an.«

Ricks wertschätzende Art ermutigte sie, ihm auch eine Frage zu stellen.

»Und was machst du?«

»Ich bin Coach, für Unternehmen.«

Sie nickte, hatte aber keine Ahnung, was das bedeutete.

Er schien es zu bemerken, denn er ergänzte: »Jetzt fragst du dich, was das ist?«

Ihre Wangen fingen an zu glühen.

»Das muss dir nicht peinlich sein, ich weiß selbst manchmal nicht, was ich eigentlich tue«, beruhigte er sie. Nach kurzem Überlegen sprach er weiter: »Ich motiviere Leute, die schon lange in ihrem Job sind, dranzubleiben und sich zu verbessern.«

»Also eine Art Motivationstrainer?«, fragte sie.

»Du kennst dich aus.« Er sah sie anerkennend an.

Lea zuckte mit den Schultern.

»Meine Mutter spricht auch oft über solche Dinge.« Nach einer Pause fragte sie: »Und wie kommt man zu so einem Beruf?«

Rick lachte und meinte: »Indem man ganz viele andere Jobs macht. Ich habe erst vor sechs Jahren das Abitur an der Abendschule nachgeholt, mit fünfundzwanzig.«

Einunddreißig war er also. Zwölf Jahre älter als sie.

Er erzählte, wie er vom Gymnasium geflogen war, mehrere Ausbildungen abgebrochen und dann zufällig seinen Mentor getroffen hatte, der ihm half, sein Leben zu ändern.

»Du brauchst nur jemanden, der an dich glaubt, und du kannst das Unmögliche schaffen«, schloss er.

Lea hing an seinen Lippen, und während er von seinem ersten Job erzählte, stellte sie sich vor, wie sie ihn küsste. In diesem Moment wusste sie, dass sie sich unsterblich in diesen Mann verliebt hatte. Alles, was vorher gewesen war, schien bedeutungslos, eine neue Zeit hatte begonnen. Eine Zeit mit Rick.

»Jetzt habe ich dir mehr erzählt als Menschen, die ich seit Jahren kenne.«

Lea antwortete: »Ich habe das Gefühl, wir kennen uns schon eine Ewigkeit.«

»Du klingst so reif.«

Es klang ehrlich, nicht wie eine Floskel.

Lea zuckte die Schultern und erwiderte: »Meine Mutter sagt auch immer, ich sei zu alt für mein Alter.«

Rick lachte.

»Kluge Mutter, kluge Tochter.«

Sie sprachen über Filme, die sie mochten, über Essen, über eigentlich belanglose Dinge, die sie aber einander näher brachten. Die Verkrampfung, die Lea anfangs gespürt hatte, war völlig gewichen. Schließlich schaute Rick auf die Uhr und fluchte kurz.

»Ich hab einen Termin. Ich muss los.« Er stand auf. »Die Zeit mit dir war wunderschön, Lea. Du hast mich alles um mich herum vergessen lassen.«

Diesmal lächelte sie selbstbewusster.

»Kannst du morgen um die gleiche Zeit wieder herkommen?«, fragte er.

Sie nickte und er verabschiedete sich und eilte davon.

Lea sah ihm nach, und als sie aufstand, erschien ihr die Welt schöner und bunter als je zuvor. Sie konnte ihren Kaffee nicht mehr trinken, nicht nur, weil er längst kalt geworden war. Drei Stunden hatten sie zusammen im Café verbracht. Es kam ihr wie fünf Minuten vor. Sie vermisste Rick, obwohl er erst eine Viertelstunde weg war.

Endlich verstand Lea, warum so viele Künstler versuchten, die Liebe zu beschreiben. Warum so viele Bücher darüber geschrieben und Filme darüber gedreht wurden. Es war ein Zustand, der sich nur schwer in Worte fassen ließ. Voller Schmerz und gleichzeitig wunderschön. Um so etwas zu empfinden, musste man geradezu an eine übernatürliche Macht glauben.

Es fühlte sich an, als wäre ihr Treffen unvermeidlich gewesen. Vorherbestimmt.

3

Beschwingt ging sie durch die gepflasterten Gassen. Als sie die Schaufenster betrachtete, überkam sie der Wunsch, sich hübsch zu machen. Ihre Mutter hatte ihr schon vor Monaten Geld gegeben, damit sie sich neue Kleider kaufte. Davon würde sie heute Gebrauch machen.

Sie brachte die Bücher in die Bibliothek und machte sich auf den Heimweg. Am Nachmittag zog sie wieder los, diesmal mit einem vollen Portemonnaie. Heimlich beobachtete sie andere junge Frauen, deren Stil ihr gefiel, wie sie Kleider aussuchten, anprobierten, sich mit Freundinnen unterhielten. Wie eine Detektivin folgte sie ihnen und suchte sich zum Teil dieselben Kleider aus. Voll bepackt mit Tüten fuhr sie nach Hause.

Ihre Mutter stand in der Küche und kochte, als Lea reinkam.

»Hallo, Schatz.«

Als sie ihre Tochter mit den vielen Tüten sah, schaute sie sie fast skeptisch an.

»Was ist denn passiert?«

»Ich habe endlich das Geld ausgegeben, das du mir geschenkt hast, und mir ein paar neue Sachen gekauft.«

Claudia schmunzelte und antwortete theatralisch: »Dass ich diesen Tag noch erleben darf. Ich dachte schon, du hättest das Klamottenkauf-Gen nicht mitbekommen.«

Lea verdrehte die Augen.

»War nur ein Scherz, Schatz.«

Claudia warf ihr einen Luftkuss zu.

»Ich mache die Suppe fertig, und dann zeigst du mir alles.«

Ihre Mutter war eine Powerfrau. Sie arbeitete schon lange wieder Vollzeit und hatte trotzdem zwei Kinder großgezogen. Während der Pubertät hatte Lea nicht viel auf sie gehört, aber in den letzten ein, zwei Jahren waren sie sich wieder nähergekommen. Sie waren fast so etwas wie Freundinnen. Lea wusste, dass sie sich hundertprozentig auf ihre Mutter verlassen konnte.

»So, jetzt zeig mal, was du gekauft hast«, bat Claudia nach dem Essen.

Lea zog das erste Kleid an und stand etwas unsicher vor ihr.

Ihre Mutter schaute sie überrascht an.

»Wow! Hat Jasmin dich dazu überredet?«

Lea schüttelte den Kopf.

»Es war meine Idee. Du hast recht, ich muss irgendwann mal andere Sachen anziehen. Deshalb habe ich geschaut, was die anderen Frauen im Laden so kaufen und anprobieren.«

»Kluge Taktik«, lobte ihre Mutter.

Lea zeigte ihr noch die anderen Teile und Claudia gab ihr ein paar Tipps, was mit welchem Accessoire noch besser aussehen würde.

Schließlich sagte sie: »Nächste Woche bin ich drei Tage auf Geschäftsreise. Du bist auf dich allein gestellt.«

»Mama, ich bin erwachsen«, erinnerte Lea sie.

Ihre Mutter lächelte liebevoll.

»Natürlich«, sagte sie.

Bald darauf ging sie nach oben, um sich bettfertig zu machen. Um den Tag zu überstehen, brauchte ihre Mutter genug Schlaf, aber in letzter Zeit wachte sie nachts oft auf.

»Das ist wohl meine Pubertät, Schatz«, witzelte sie.

Lea setzte sich aufs Sofa und schaltete den Fernseher ein. Es lief eine dieser Krimiserien, die seit zwanzig Jahren wiederholt wurden. Sie verfolgte die Handlung nicht. Sie brauchte nur die Bilder und den Ton, um sich nicht einsam zu fühlen. Ihre Gedanken waren bei Rick. Konnte es wirklich sein, dass er sie mochte? Warum sonst hätte er mit ihr über all diese Dinge gesprochen, wenn er nicht interessiert wäre? Und sie um ein Wiedersehen gebeten!

Sie fühlte sich gut. Unter all den Mädchen da draußen war sie ihm aufgefallen. Und nicht nur das, sie war ihm im Gedächtnis geblieben und er hatte sich erinnert, dass er sie bereits vor zwei Wochen im Café gesehen hatte. Lea musste unwillkürlich lächeln.

Immer wieder ging sie die Begegnung in ihrem Kopf durch. Sie konnte sein Gesicht nicht mehr aus ihren Gedanken verdrängen. Sie blickte auf die Uhr. Es war bereits kurz nach Mitternacht, aber Lea war noch nicht nach Schlafen zumute. Zu aufgeregt war sie, vor allem, wenn sie an das bevorstehende Treffen dachte. Trotzdem ging sie ins Bett, schließlich wollte sie morgen fit sein. Aber sie konnte nicht einschlafen. Es war warm und sie wälzte sich bis zum Morgengrauen hin und her und überlegte, was sie anziehen sollte. Ihr war so heiß, dass sie irgendwann ihr violettes Bettzeug aus dem Bett warf.

Kurz vor Tagesanbruch schlief sie ein und erwachte um halb zehn. Verschlafen schaute sie auf die Uhr und erschrak. In nur dreißig Minuten wollte sie sich mit Rick treffen.

Lea sprang auf und rannte ins Badezimmer. Wo sollte sie anfangen? Panisch blickte sie in den Spiegel und gab sich lautstark Befehle, was zu tun sei. Zähne putzen, Haare kämmen, Zopf flechten, Wimperntusche! Nach fünf Minuten stand sie ratlos vor dem Kleiderschrank. Obwohl sie die halbe Nacht überlegt hatte, wusste sie nicht, was sie anziehen sollte.

Sie wollte mutig sein, also schnappte sie sich das kurze Kleid, das auf dem Stuhl mit den anderen Kleidern lag, die sie gekauft hatte, und streifte es über. Im Eiltempo zog sie ihre Ballerinas an und schwang sich aufs Fahrrad. Verschwitzt und aufgeregt kam sie wenige Minuten nach zehn Uhr im Café an.

Sie war froh, es geschafft zu haben. Atemlos lief sie durch das Lokal und hielt Ausschau nach Rick. Er war nirgends zu sehen. Viele Tische waren frei und er schien noch nicht da zu sein. Sie sah auf die Uhr. Es war bereits zehn Uhr fünfzehn. War er schon gegangen?

Sie ging zu dem Kellner, der sie am Vortag bedient hatte, und fragte ihn, ob er ihn gesehen hatte. Der junge Mann schüttelte den Kopf. »Ich weiß, wen du meinst. Nein, der war noch nicht da.«

Lea setzte sich und bestellte einen Tee. Ihr Magen knurrte, aber an Essen war nicht zu denken. Nervös hielt sie Ausschau, ob Rick durch die Eingangstür treten würde. Nichts.

Um sich zu beruhigen, hielt sie die Teetasse in der Hand und versuchte, ruhig zu atmen. Als die Kirchenglocken elf schlugen, wusste sie, dass er nicht mehr kommen würde. Rick hatte sie versetzt. Ihr Magen schmerzte. Warum hatte sie überhaupt geglaubt, dass er kommen würde? Warum sollte er sich mit einer Abiturientin treffen?

Lea bezahlte und lief ziellos durch die Straßen. Der Schmerz der Enttäuschung traf sie unvorbereitet. Sie nahm die Schönheit der alten Gassen in der Mittagssonne nicht wahr. An einer Ecke wurde gerade ein Gemüsestand aufgefüllt. Der Verkäufer sah Lea nach und ein Apfel fiel ihm dabei aus den Händen.

Lea war den Tränen nahe. Wieder und wieder fragte sie sich, warum er sie versetzt hatte. Vielleicht war ihm etwas zugestoßen oder seine Uhr war stehengeblieben? Sie merkte selbst, wie blöd die Ausreden klangen, die sie für Rick erfand, aber vielleicht gab es ja wirklich einen Grund, warum er nicht hatte kommen können?

Lea beschloss, noch einmal zum Café zu gehen. Vielleicht war er irgendwie aufgehalten worden, steckte im Stau?

Als sie am Café vorbeiging, sah der junge Kellner sie mitleidig an. So klein und dumm hatte sie sich nicht mehr gefühlt, seit sie in der vierten Klasse die Fahrradprüfung nicht bestanden hatte. Am liebsten hätte sie eine Freundin angerufen und sich ausgeweint, aber sie hatte Angst, dass Jasmin sauer wäre, weil sie ihr den Typen weggeschnappt hatte. Weggeschnappt! Bei dem Wort musste sie fast lachen. Auch Sandra hatte sie noch nichts von der Begegnung mit Rick erzählt. Vielleicht war es besser so. Er hatte sie versetzt, und das tat weh.

Sie radelte nach Hause und legte sich ins Bett. Tatsächlich schlief sie ein und stand erst ein paar Stunden später wieder auf. Sie kochte Kartoffeln für sich und ihre Mutter und machte einen Kräuterquark. Dann nahm sie die neu gekauften Kleider, steckte sie wieder in die Tüten und warf sie in die Ecke.

Sie hatte sich nicht nur verliebt, sondern fühlte zum

ersten Mal den Schmerz, den nur eine enttäuschte Liebe hervorrufen konnte. Es war ein furchtbares Gefühl.

4

Am Abend rief Sandra an und fragte Lea, ob sie am nächsten Tag mit ihr schwimmen gehen wollte. Sie verabredeten sich für den Vormittag. Kurze Zeit später kam Claudia nach Hause. Sie wirkte müde und bemerkte die Traurigkeit ihrer Tochter nicht. Lea setzte sich wieder vor den Fernseher und wälzte sich danach stundenlang im Bett. Sie war müde und konnte doch nicht einschlafen, und das alles nur wegen dieses Typens. Eine Stimme erhob sich in ihr. Sie durfte nicht zulassen, dass dieser Idiot, der sie versetzt hatte, ihr das Leben versaute.

Am nächsten Tag versuchte Lea, Rick aus ihren Gedanken zu verbannen. Es gelang ihr nicht, aber wenigstens konnte sie sich ein bisschen ablenken. Das Treffen mit ihren Freundinnen im Schwimmbad war genau die richtige Gelegenheit. Sie zog sich den Bikini an, den sie bei ihrer Einkaufstour erstanden hatte. Das war ein großer Schritt für sie, denn sonst trug sie nur Badeanzüge. Natürlich wurde das sofort von ihren Freundinnen kommentiert.

»Wow«, sagte Jasmin, die immer mindestens zwei Bikinis dabei hatte und stets die neuste Mode.

»Hab ich gekauft, damit der Bauch auch ein bisschen Sonne abbekommt«, sagte Lea und zupfte nervös an den Bändchen ihres Bikinihöschens.

Als sie ins Wasser sprangen, entdeckten sie Tim, einen ihrer früheren Klassenkameraden. Nachdem sie sich mit dem obligatorischen Küsschen begrüßt hatten, sagte er: »Lea, ich hab dich gestern im Café Cool gesehen.«

Sandra und Jasmin drehten gleichzeitig die Köpfe um.

»Wirklich? Ohne uns?«, fragte Jasmin.

»Und? Ist das ein Verbrechen?«

Lea merkte, dass ihr Ton unbeholfen klang. Die anderen sahen sich mit hochgezogenen Augenbrauen an.

»Ich dachte schon, du hast ein Date«, fügte Tim hinzu und grinste so breit, dass man seine kleinen Augen kaum sehen konnte.

Sicher wollte er sie nur necken, aber sie fühlte sich ertappt.

»Quatsch! Ich habe nur etwas getrunken.«

Lea war wütend auf Tim, weil er ihr Geheimnis verraten hatte. Er war ein hagerer Kerl mit Locken, die ihm bis zu den Ohren reichten. Eigentlich ein netter Kerl und einer der wenigen männlichen Freunde, die sie hatte.

Sie tauchte ihn unter und schwamm rasch ein Stück weiter. Als sie wieder auftauchte, schienen die anderen bereits ein neues Thema gefunden zu haben, über das sie Witze rissen. Gut so. Lea drehte ein paar Runden im Becken und es gelang ihr, sich abzulenken.

Als Lea später mit Sandra auf der Decke lag und sie fernab vom Poolbereich in der hintersten Ecke der Wiese die Sonnenstrahlen genossen, fragte ihre Freundin ganz beiläufig: »Reg dich jetzt bitte nicht auf, aber warum hast du nicht gesagt, dass du allein im Cool warst? Es ist ja nicht so, dass das unser gemeinsames Stammcafé wäre.«

»Es war nichts Besonderes, mir gefällt es da einfach. Warum wundert ihr euch alle, dass ich im Café war?«

Dabei erhob sie leicht ihre Stimme. Lea merkte, dass sie auf ihre Freundinnen etwas gereizt wirken musste.

»Na, weil du sonst nie allein im Café sitzt.«

»Jetzt schon.«

Sandra setzte sich auf und erklärte: »Ich spüre komische Schwingungen.«

Lea seufzte. »Und die wären?«

»Du verbirgst etwas, das merke ich ganz deutlich. Wir kennen uns schließlich schon seit dem Kindergarten.«

Sandra nahm die Sonnenbrille ab und sah Lea an. Ihr konnte sie nichts vormachen. Am liebsten hätte sie ihr alles erzählt. Aber sie durfte nicht. Sie hatte Angst, dass Jasmin davon erfahren würde, dass sie sich mit Rick getroffen hatte, und wütend sein könnte.

Lea wedelte mit der Hand, musste aber lächeln. So leicht würde ihre Freundin nicht lockerlassen, daher stand sie auf und sagte: »Ich gehe ins Wasser.«

Sandra sah ihr nach. Ihr Blick war eindeutig. Sie wusste, dass Lea ihnen etwas verheimlichte.

Als sie abends gemeinsam mit dem Fahrrad nach Hause fuhren, fing Sandra wieder an.

»Jetzt erzähl mal, hast du dich in den Kellner verliebt?«

Lea lachte.

»Nein, nicht in den Kellner.«

»Aha!«, rief Sandra laut. »In wen dann?«

Lea merkte, dass sie sich verplappert hatte, und ihre Ohren glühten.

»Komm, ich bin deine Freundin.«

Lea hielt an und stieg vom Rad. Ihre Freundin tat es ihr nach.

»Gut, dann nervst du aber nicht mehr.«

Sandra jubelte. »Ich hab's doch gewusst. Erzähl schon.«

»Da gibt es nicht viel zu erzählen«, beschwichtigte Lea.

Die beiden Mädchen schoben jetzt die Räder und Sandra sah sie mit großen Augen an. Lea zupfte kurz an ihrem Spaghettitop und räusperte sich.

»Aber du darfst es Jasmin nicht erzählen, okay?«

»Warum das denn?« Normalerweise schlossen die Freundinnen nie eine von ihnen aus, außer, wenn es um Überraschungsgeburtstage oder Ähnliches ging.

»Das wirst du dann schon verstehen«, sagte Lea unbestimmt.

»Okay, abgemacht.«

Und nun erzählte Lea Sandra die ganze Geschichte, wie sie Rick vor zwei Wochen im Flur des Cafés über den Weg gelaufen war. Wie sie ihn dort vorgestern zufällig wiedergetroffen hatte und sie sich unterhalten hatten und er sich mit ihr für den nächsten Tag verabredet, sie aber versetzt hatte. Sie verschwieg nur, dass sie absichtlich ins Café gegangen war, in der Hoffnung, ihn zu sehen. Das war ihr zu peinlich.

»So, jetzt weißt du alles.«

Sandra schaute ihre Freundin mit großen Augen und offenem Mund an.

»Ich wusste es, du sitzt nicht einfach so im Cool. Das wusste ich. Aber dass du dir gleich den coolsten Typen von allen angeln würdest. Nice!«

»Was heißt nice. Er hat mich versetzt, also kann ich ihn nicht geangelt haben.« Sie sah ihre Freundin wieder an. »Jetzt weißt du, warum du Jasmin nichts davon erzählen sollst. Sie hat ihn schließlich zuerst entdeckt.«

Sandra nickte und verschloss ihren Mund gespielt mit einem Luftschlüssel, den sie danach wegwarf.

Lea fühlte sich nach dem Gespräch besser. Es tat gut, mit jemandem zu teilen, was sie erlebt hatte. Trotzdem schmerzte jeder Gedanke an Rick.

5

Zwei Wochen waren vergangen, seit ihre Verabredung geplatzt war. Sie hatten eine tolle Abifeier gehabt, bei der Lea wie ihre Freundinnen ein hübsches Kleid getragen hatte. Ihr Bruder war sogar im Anzug erschienen. Leas Zeugnis war so gut wie erwartet, sogar etwas besser. Sandra hatte den Einser-Schnitt erreicht, den sie sich erhofft hatte. Jasmin konnte ebenfalls zufrieden sein. Lea mied das Café Cool, seitdem Rick sie versetzt hatte. Nicht einmal in die Nähe davon wollte sie gehen. Doch als sie gegen Mittag am Vorplatz des Hauptbahnhofs vorbeiging, hörte sie plötzlich jemanden hinter sich ihren Namen rufen.

»Lea!«

Wie elektrisiert blieb sie stehen. Es war seine Stimme.

Wie in Zeitlupe drehte sie sich um und sah ihn auf sich zukommen. Rick trug ein Hemd und eine dunkle Hose. In diesem Aufzug wirkte er älter, wie die Geschäftsmänner, die sie aus dem Büro ihrer Mutter kannte, aber er war immer noch atemberaubend attraktiv.

»Hey, bleib stehen! Ich hab die halbe Stadt nach dir abgesucht«, rief er und schnappte nach Luft.

»Warum bist du nicht einfach ins Café gekommen?«

»Tut mir leid, ich konnte nicht. Das Meeting mit meinem Arbeitgeber dauerte länger als geplant. Ich habe im Cool angerufen, damit sie dir Bescheid geben, aber niemand hat abgenommen. Ich war dort, aber viel zu spät, und du warst schon weg. Vorher konnte ich nicht von der Arbeit weg. Es tut mir aufrichtig leid.«

Seine Worte klangen ehrlich. Und sie wollte ihm unbedingt glauben, eine Entschuldigung hören. Die Freude, ihn zu sehen, war größer als die Enttäuschung. Lea konnte nicht anders. Sie lächelte ihn an, und er atmete erleichtert auf.

»Wie kann ich es wiedergutmachen?«, fragte er. »Ich lade dich zum Essen ein. Darf ich?«

Er atmete immer noch tief und sah sie fast traurig an. Sie zuckte mit den Schultern, als ob es ihr gleichgültig wäre. So leicht wollte sie es ihm nicht machen.

»Komm, es gibt ein wunderbares vietnamesisches Restaurant, nur zwei Straßen von hier entfernt.«

Lea trug wie so oft Jeans und T-Shirt und ärgerte sich, dass Rick sie nicht in dem Kleid gesehen hatte, das sie zusammen mit vielen anderen extra für ihre erste Verabredung gekauft hatte.

»Was hast du in der Zwischenzeit gemacht?«, fragte er, während sie zu dem Restaurant gingen.

»Abifeier und Sommer genossen«, antwortete sie knapp. »Und du?«

»Ich habe viel gearbeitet.«

Lea konnte den gespielten Ärger nicht länger aufrechterhalten und fragte: »Gefällt dir deine Arbeit?«

Er lächelte. »Meistens schon. Es macht Spaß, Menschen dazu zu motivieren, mehr aus sich herauszuholen.«

Sie nickte, obwohl sie keine genaue Vorstellung davon hatte, was er eigentlich tat.

»Ich kenne das Restaurant«, meinte Lea, als sie davorstanden. »Vor ein paar Jahren war ich mit meiner Familie hier.«

»Das Essen ist großartig«, versprach Rick.

Der vietnamesische Kellner kannte ihn, umarmte Rick sogar freundschaftlich. Obwohl es Mittagszeit war und viel Betrieb herrschte, fand der Kellner gleich einen Tisch für sie. Lea entging nicht, wie der Mann sie musterte, und sie fragte sich, ob Rick schon mit vielen Frauen hier gewesen war.

Nachdem sie sich gesetzt und die Getränke bestellt hatten, entschuldigte sich Rick.

»Ich muss noch zwei dringende Telefonate führen. Würdest du bitte das Tagesangebot für mich bestellen?«

Lea sah ihm nach, als er zur Garderobe ging und sein Handy aus der Tasche zog. Es war eins dieser neuen iPhones, von denen gerade jeder redete.

Während er telefonierte, lief er nervös hin und her. Lea beobachtete ihn fasziniert. Als der Kellner kam, bestellte sie sich Reisnudeln mit Garnelen.

»Und für den Herrn wie immer das Tagesgericht?«, fragte der Vietnamese.

Sie nickte.

Ricks tiefe Stimme war bis zum Tisch zu hören. Sie konnte nicht verstehen, was er sagte, aber er war sehr emotional, sein ganzer Körper war beteiligt. Er strahlte eine Wärme und Leidenschaft aus, die ansteckend war. Genau das machte ihn so attraktiv. Er sah zwar gut, aber nicht wirklich wie ein Topmodel aus, seine Nase war etwas krumm, sein Gesicht eher kantig, aber diese Aura, die ihn umgab, verlieh ihm etwas Besonderes.

Das Essen kam, noch bevor er das Telefonat beendet hatte. Es roch köstlich nach Koriander und Limette, und sie freute sich darauf.

»Guten Appetit«, hörte sie Rick sagen. »Entschuldige, es hat etwas länger gedauert.«

Kaum saß er da und begann zu essen, wurden sie unterbrochen.

»Rick, hallo.«

Vor ihnen stand eine große Blondine. Sie war hübsch, stark geschminkt und etwa in Ricks Alter. Lea kam sich vor wie ein kleines Mädchen. Die Frau beugte sich zu ihm hinunter und sie umarmten sich.

»Beim Essen mit der kleinen Schwester?«, fragte sie und musterte Lea.

»Nein, ich habe keine kleine Schwester.«

Die Frau warf Lea einen Blick zu, der ihr Unbehagen bereitete. Ihr war sofort klar, dass Rick und sie keine geschäftliche Beziehung hatten.

»Wenn du uns jetzt entschuldigen würdest«, bat Rick.

»Natürlich, amüsiert euch«, erwiderte die Frau.

»Danke, du dich auch«, antwortete er. Als sie gegangen war, verdrehte er die Augen.

»Wer war das?«

Rick seufzte und sagte: »Ach, eine alte Bekannte.«

»Deine Exfreundin?«, fragte Lea direkt.

Überrascht von ihrer Offenheit antwortete er: »Eher eine sehr kurze Affäre.« Er räusperte sich und sah Lea an. »Ich gehöre nicht zu den Typen, die mehrere Frauen gleichzeitig haben. Ich bin Single, nur damit du es weißt.«

»Es wäre auch seltsam, wenn du noch keine Frauen gehabt hättest.«

Er lachte. »Stimmt. Wenn ich das behaupten wollte, wäre das gelogen ...«

Er sah sie so lange an, dass sich Lea unwohl fühlte. Als würde er etwas in ihren Zügen suchen.

»Stimmt etwas nicht mit meinem Gesicht?«, fragte sie.

»Nein, alles ist perfekt.«

Er sagte das so überzeugend, dass sie ihm glaubte, dass er es ehrlich meinte. Trotzdem widersprach sie: »Niemand ist perfekt.«

»Dann korrigiere ich mich: Du bist bezaubernd.«

Sie lächelte und dachte: *Du hast mich verzaubert.*

Ricks Telefon piepte ununterbrochen, sodass er es auf lautlos stellen musste.

»Sorry, das nervt.«

Er war nicht so entspannt wie beim letzten Mal. Doch nachdem er das Handy in seine Tasche gesteckt hatte, war er ganz bei ihr.

»Was sind deine Pläne, bezaubernde Lea? Gibt es neue Entwicklungen?«

Sie zuckte mit den Schultern.

»Ich fürchte, ich bin immer noch nicht schlauer als vor zwei Wochen. In den letzten Jahren war mein einziges Ziel, das Abitur zu machen, und jetzt, wo ich es geschafft habe, weiß ich einfach nicht, was ich machen soll. Ich habe in den letzten Tagen recherchiert, wo man ein freiwilliges soziales Jahr absolvieren kann. Aber recht dazu durchringen konnte ich mich nicht. Außerdem glaube ich, die interessanten Stellen sind alle längst belegt. Jetzt brauche ich erst mal eine Verschnaufpause.«

Er lächelte und ermutigte sie: »Das kann ich verstehen. Du machst das richtig. Meine Erfahrung ist, dass sich im Laufe des Lebens die Wünsche ändern. Am Anfang willst du etwas Kreatives machen, dann ändert sich das und du entdeckst neue Fähigkeiten.«

»Na ja, aber ich muss erst mal herausfinden, was ich jetzt will.«

»Das ist nicht einfach und braucht Zeit.«

»Aber die Gesellschaft will, dass ich mich schnell entscheide.«

»Pfeif auf die Gesellschaft.«

»Na ja, meine Mutter will das auch.«

»Folge deinem Bauchgefühl. Es wird dich richtig führen.«

Lea hätte ihm noch eine halbe Ewigkeit zuhören können. Seine Stimme war so schön, warm und tief, aber Rick war nur in der Mittagspause und seine Arbeit rief. Er ließ sich die Rechnung geben, bezahlte und der Kellner brachte ihnen noch einen Reisschnaps als Geschenk des Hauses.

»Gibst du mir deine E-Mail-Adresse oder deine Telefonnummer?«, fragte er.

Lea nickte.

»Ich gebe dir meine E-Mail-Adresse. Hast du was zu schreiben?«, fragte sie.

Er nahm sein iPhone heraus und tippte ihre Adresse auf dem Display ein. Dann reichte er ihr eine Visitenkarte.

»Hier steht meine Handynummer und meine Mailadresse«, sagte er.

»Rick Winter«, las sie laut vor.

»So heiße ich. Und wie ist dein Nachname?«

»Meister.«

»Lea Meister, jetzt verlieren wir uns nicht mehr aus den Augen.«

Er nahm ihre Hand und drückte sie, als wäre es eine Wette. Leas Herz klopfte, als sie seine warme Haut auf ihrer spürte.

»Gehst du jetzt nach Hause?«, fragte er.

»Nein, ich muss noch ein paar Besorgungen machen«, log sie.

Gemeinsam verließen sie das Restaurant.

»Wir bleiben in Kontakt, okay?«

Lea nickte und er umarmte sie zum Abschied leicht. Sein Gesicht näherte sich ihrem, und für einen Moment dachte sie, dass er ihr gleich einen Kuss auf die Wange geben würde. Doch er hielt inne und wich ein Stück zurück.

Sie sah ihm hinterher, während er um die Ecke bog. Erst als sie sicher war, dass er sie nicht mehr sehen konnte, verzog sich ihr Gesicht zu einem breiten Grinsen.

Sie tänzelte an der viel befahrenen Straße vorbei und fühlte sich dabei wie auf einer Blumenwiese. Den Smog und die hupenden Autos nahm sie kaum wahr.

Rick hatte sie zum Essen eingeladen! Das Leben konnte nicht besser sein.

6

Lea fühlte sich von all den Gefühlen überwältigt und sie musste ihr Glück einfach mit jemandem teilen. Sandras Haus lag auf ihrem Heimweg, daher stieg sie spontan eine Haltestelle früher aus und lief dorthin. Sie klingelte ungeduldig an der Tür, und als die überraschte Sandra öffnete, sprudelte es nur so aus ihr heraus, ohne »Guten Tag« oder irgendeine Floskel. Ihre Freundin war perfekt geschminkt, aber noch im Pyjama.

»Du wirst es nicht glauben, ich habe ihn getroffen und er hat mich zum Essen eingeladen. Er hat gesagt, er hat mich gesucht und konnte nicht kommen, weil er bei der Arbeit war, er hat sogar im Cool angerufen. Ist das nicht verrückt?«, schrie sie fast. Sie hüpfte vor Freude und ergriff Sandras Hand.

Ihre Freundin reagierte jedoch kaum auf ihre Freude. Plötzlich entdeckte Lea hinter ihr Jasmin, die verständnislos von einer zur anderen blickte. Sofort verstummte Lea und eine peinliche Stille trat ein.

Jasmin fragte überrascht: »Hab ich was verpasst? Hast du einen Freund?«

»Äh, nein, nein.«

Jasmins Blicke wanderten irritiert von Sandra zu Lea und wieder zurück.

Sandra machte einen Schritt zur Seite und Lea trat zu ihren Freundinnen in den Flur.

»Kommt erst mal mit in mein Zimmer«, schlug Sandra vor.

Als sie es sich dort bequem gemacht hatten, sagte Jasmin: »Erzähl mal, wer ist er und vor allem, wie sieht er aus? Oder ist er so hässlich, dass du ihn für dich behältst?« Bei den letzten Worten grinste sie Lea ein wenig spöttisch an.

»Nein, nein, äh, es ist nur ...«

»Was?«

»Weißt du, als wir das letzte Mal zusammen im Cool waren, haben wir diesen Typen gesehen, der so gut aussah. Und als ich das nächste Mal alleine im Café war, stand er plötzlich da und hat mich angesprochen!«

Jetzt war es raus und Lea war erleichtert. Aber sie konnte sehen, dass Jasmin einen Moment brauchte, um zu realisieren, was ihre Freundin da erzählte. Ihr entging nicht, dass sie sich sehr anstrengen musste, um so zu tun, als würde sie sich für sie freuen.

»Das ist cool«, antwortete sie lahm.

»Ist das okay für dich?«, fragte Lea. »Ich weiß, dass er dir auch gefallen hat.«

»Ach, das habe ich nur so dahingesagt. Das hatte ich schon vergessen.«

Jasmin schüttelte den Kopf und machte eine Handbewegung, als wollte sie eine Fliege verscheuchen.

»Erzähl weiter«, bat sie.

»Ach, da gibt es nicht viel zu erzählen.«

»Aber er hat dich zum Essen eingeladen!«, widersprach Jasmin. »Das hast du doch gerade selbst gesagt.«

Lea hatte sich noch nie so unwohl gefühlt. »Schon«, stammelte sie, aber sonst war nichts weiter. Sie sah auf die Uhr und behauptete: »Ich muss leider los. Meine Mum kommt heute früher und wir wollten zusammen einen Kuchen backen.«

Sandra und Jasmin sahen nicht so aus, als würden sie ihr das abnehmen, aber sie sagten nichts darauf. Lea wusste, dass sie über sie reden würden, sobald sie aus der Tür war. Damit musste sie leben. Die Situation war ihr so peinlich, dass sie den beiden einen schnellen Luftkuss zuwarf und aus dem Haus rannte. Dann lief sie mit schnellen Schritten die Straße mit den endlos gleichen Reihenhäusern entlang.

Sie seufzte. Die Glückshormone von vorhin wichen dem schlechten Gewissen Jasmin gegenüber. Würden sie Freundinnen bleiben? War Jasmin sauer oder hatte sie den Kerl wirklich längst vergessen? Sie hatte Mädchen, die einer Freundin den Schwarm wegschnappten, immer verurteilt. Jetzt war sie in dieser Rolle.

Zu Hause setzte sie sich auf die Terrasse und versuchte, den Tag noch einmal in ihrem Kopf durchzugehen. Sobald sie Rick wieder in ihren Gedanken vor sich sah, waren ihre Freundinnen nur noch Statisten in einem Theaterstück, die langsam verblassten. Leas Herz schlug schneller, wenn sie nur an ihn und seine Blicke dachte. Und daran, wie er ihre Hand berührt hatte.

Zum Abendessen machte sie einen Salat mit Hähnchenstreifen für sich und ihre Mutter, das war bei der Hitze genau das Richtige. In Gedanken war sie aber nicht bei der Sache und merkte erst, dass sie zum zweiten Mal Essig in die Salatsauce gegeben hatte, als sie die Konsistenz sah.

Kurz bevor Claudia heimkam, klingelte das Telefon. Es war Sandra.

»Hey, du warst so schnell weg, hast uns gar nicht die Details erzählt.«

»Na ja, es war mega peinlich mit Jasmin.«

»Früher oder später hättest du es ihr sagen müssen.«

»Stimmt, aber ich wäre trotzdem am liebsten im Boden versunken. Ist sie sauer auf mich?«

»Ich glaube nicht. Sie hat gesagt, dass sie ihn gar nicht so toll fand.«

»Wirklich?«

»Ja, sie war ganz entspannt.«

»Da bin ich aber erleichtert.«

»Rede doch einfach noch mal mit ihr drüber.«

»Ja, das sollte ich machen.«

Lea war froh, zu hören, dass Jasmin ihr nicht böse war. Aber ob sie sich wirklich trauen würde, mit ihr zu reden? Das war ihr so unangenehm, sie würde sich sehr überwinden müssen.

»Aber jetzt erzähl mir alles, ich kann es kaum erwarten«, hakte Sandra nach.

Lea berichtete ihr von dem gemeinsamen Mittagessen.

»Das ist so aufregend. Was ist mit dem Altersunterschied?«

»Der ist mir egal, die Jungs in unserem Alter sind doch eh viel zu unreif.«

»Er ist aber schon ein ganzes Stück älter.«

»Was sind schon zwölf Jahre?«, antwortete Lea leichthin.

»Wie du meinst. Aber er ist in allen Bereichen viel erfahrener. Wenn du verstehst, was ich meine.« Ihre Freundin kicherte.

»Wir sind noch nicht einmal zusammen«, wehrte Lea

ab, aber sie musste zugeben, dass sie den neuen Gesprächsstoff genoss. Mit einem Mal fühlte sie sich wie eine Frau, das Mädchen von einst war wie durch einen Zauber verwandelt.

Sandra sprach munter weiter und ihr Hauptthema war Sex. Lea war das peinlich.

»Zuerst müsste er mich fragen, ob ich mit ihm gehen will. Oder?«

»Ich weiß nicht, wie das bei älteren Leuten ist. Er wird dir sicher kein Zettelchen zum Ankreuzen geben.«

»Ältere Leute! Wie das klingt.« Lea lachte auf. »Er ist doch wirklich nicht so alt.«

Sie telefonierten über eine Stunde und das Gespräch kreiste nur um Leas neue Liebe. Als ihre Mutter zur Tür hereinkam, verabschiedeten sie sich.

Claudia wirkte erschöpft, aber gut gelaunt.

»Na, was hattet ihr so Wichtiges zu besprechen?«, fragte sie.

»Ach, Mädchenkram, wie immer.«

Ihre Mutter sah sie an. »Ist irgendwas passiert?«

Lea schüttelte den Kopf.

»Nein, nein. Warum?«

»Einfach so«, sagte ihre Mutter. »Hast du einen Freund?«

»Quatsch.« Lea setzte ein unschuldiges Lächeln auf.

»Warum Quatsch? Du bist doch alt genug. Ich hatte meinen ersten Freund auf der Uni, wie die meisten damals.«

»Papa war dein erster Freund?«

»Ja, das war er.«

»Und jetzt bist du schon seit zehn Jahren alleine, also wird es Zeit für einen zweiten Freund.«

Lea lächelte ihre Mutter aufmunternd an.

Diese wehrte ab: »Ach, im Moment bin ich allein sehr glücklich.«

Lea sagte nichts dazu, sondern musterte ihre Mutter, die keinerlei Interesse mehr an Beziehungen zu haben schien. Oder traute sie keinem Mann mehr über den Weg?

Da sie keine Lust hatte, sich weiter ausfragen zu lassen, wechselte sie das Thema: »Ich hab uns einen Salat gemacht, er steht in der Küche. Ich geh dann mal in mein Zimmer.«

Sie konnte nicht essen, nicht schlafen. Jede Minute, nein, jede Sekunde dachte sie an Rick. Immer wieder tauchten die gleichen Bilder vor ihrem inneren Auge auf: das gemeinsame Essen, das erste Gespräch, seine energische Art, sogar seinen Duft glaubte sie zu riechen.

Die Sehnsucht, ihn bald wiederzusehen, wuchs von Stunde zu Stunde. Lea holte ihren Laptop heraus, um zu sehen, ob er sich vielleicht gemeldet hatte. Keine Nachricht von Rick.

Sollte sie ihm schreiben? Aber das war nicht cool. Sie durfte nicht, auch wenn der Wunsch stark war, ihm mitzuteilen, dass sie ihn vermisste oder wie schön die gemeinsame Zeit gewesen war. Aber das klang zu anhänglich, zu kindisch, wie eine Bittstellerin, nein, das wollte sie nicht. Schweren Herzens klappte sie den Laptop zu.

Kurz vor dem Morgengrauen schlief sie ein und erwachte vom penetranten Gezwitscher eines grünen Halsbandsittichs. Ein paar dem Käfig entflohene Vögel hatten sich in den letzten Jahren eifrig vermehrt, und inzwischen waren es so viele, dass sie sogar die einheimischen Vögel vertrieben. Die Kälte machte ihnen anscheinend nichts aus, dabei stammten sie ursprünglich aus Afrika und Indien.

Verschlafen ging Lea in die Küche und sah sich um. Ihre Mutter war längst bei der Arbeit. Sie machte sich ein Müsli, zu mehr hatte sie keine Lust.

Während sie die letzten Löffel in den Mund schob, klingelte das Telefon. Es war Sandra. Nachdem sie sich begrüßt hatten, platzte sie heraus: »Ich habe dir doch von meinem Job in der Eisdiele erzählt? Mein Chef sucht dringend weitere Aushilfen und hat mich gefragt, ob ich noch jemanden kenne. Die zahlen gut, hast du Lust, dort zu arbeiten?«

»Geld könnte ich gebrauchen, in der Tat. Und meine Mutter hat mir auch schon geraten, mir einen Ferienjob zu suchen.«

»Dann mach dich fertig, ich hole dich in einer halben Stunde ab und wir gehen zusammen hin.«

Lea zog sich an und fuhr ihren Laptop hoch. Sie wollte noch einmal nachsehen, ob Rick vielleicht geschrieben hatte.

Als sie ihre Mailbox öffnete, schlug ihr Herz schneller. Eine neue E-Mail. Mit seinem Namen in der Absenderzeile. Mit klopfendem Herzen klickte sie die Nachricht an.

Liebe Lea,

ich sitze an meinem Schreibtisch, und statt zu arbeiten, denke ich an dich.

Deine natürliche Schönheit und dein freundliches Wesen faszinieren mich und ich vermisse dich.

Wie gerne würde ich dich sehen.

Leider bin ich die nächsten Tage nicht in der Stadt. Aber ich möchte dir gern schreiben und mit dir telefonieren. Würdest du mir bitte eine Nummer geben, damit ich auch deine Stimme höre?

Es grüßt dich ein müder Rick.

7

Wieder und wieder las sie die Zeilen. Ein Zittern erfasste sie, und ihr Herz pochte, während sie zurückschrieb:

Lieber Rick,

ich freue mich, dass du mir schreibst. Um ehrlich zu sein, habe ich schon darauf gewartet, dass du dich melden würdest. Ich denke auch die ganze Zeit an unsere Treffen.

Ich werde mir ein Handy kaufen, dann können wir telefonieren.

Liebe Grüße

Lea

Schnell drückte sie auf »Senden«. In diesem Moment klingelte es an der Tür. Sandra stand aufgebrezelt davor. Sie war geschminkt und trug ein kurzes Kleid.

»Na, bereit, Geld zu verdienen?«, fragte sie.

Sie grinste breit. Lea nahm ihre Tasche. Auf dem Weg nach draußen sagte Sandra: »Jasmin kommt auch mit.«

»Cool«, antwortete Lea, aber es war ihr irgendwie unangenehm, Jasmin dabeizuhaben. War es das schlechte Gewissen?

Sie fuhren mit der Bahn in die Innenstadt und stiegen am Bismarckplatz aus. Von dort liefen sie zu Fuß durch die Altstadt. Die Eisdiele befand sich in einer Seitengasse, direkt an der belebten Hauptstraße. Als sie dort ankamen, wartete Jasmin schon. Bildete sich Lea etwas ein, oder war sie ihr gegenüber eher reserviert?

Der italienische Eisverkäufer begrüßte die jungen Frauen überschwänglich, nachdem Sandra sie vorgestellt hatte. »Euch schickt der Himmel. Eine andere Aushilfe hat gestern gekündigt. Jetzt ist Hauptsaison und jedes Jahr scheint es mehr Touristen zu geben. Bringt mir morgen eure Papiere mit, dann machen wir den Einsatzplan.«

Lea und Jasmin nickten glücklich.

»Belle, auf eine gute Zusammenarbeit. Dafür spendiere ich euch ein Eis.«

Jede der drei durfte sich das Eis als erste Übung selbst in den Becher füllen. Sandra zeigte ihnen, wo sich alles befand. Danach setzten sie sich an den einzigen freien Tisch, jede mit einem großen Eisbecher vor sich.

»Als Kind wollte ich immer in einer Eisdiele arbeiten«, erzählte Lea.

»Oder wohnen«, fügte Sandra hinzu.

Die drei Freundinnen grinsten.

»Ist schon cool. Jetzt können wir jeden Tag Eis essen«, meinte Jasmin genießerisch.

Eine Weile widmeten sie sich ganz der kalten Süßspeise.

Lea hatte sich für Lavendel und Vanille entschieden.

»Das ist wirklich das beste Eis weit und breit.« Sie seufzte.

»So, Lea, jetzt erzähl mal von deinem Liebsten«, forderte Jasmin sie plötzlich lächelnd auf.

»Da gibt es nicht viel zu erzählen.«

»Na komm. Er hat dich zum Essen eingeladen.«

»Er saß zufällig neben mir im Café. Da sind wir ins Gespräch gekommen.«

Jasmin hörte ihr aufmerksam zu und sagte: »Respekt, du gehst einmal alleine ins Café, und sofort setzt sich ein geiler Typ neben dich.«

»Lea, du Verführerin«, säuselte Sandra.

»Wer, ich?« Lea konnte sich ein Lachen nicht verkneifen.

»Ich habe noch nicht einmal einen Typen geküsst, so viel Interesse habe ich bisher beim anderen Geschlecht geweckt«, antwortete Sandra. »Also bei denen, die mich auch interessieren würden. Aber du bist witzig, und hübsch bist du auch. Also verkauf dich nicht unter Wert.«

»Stimmt«, bejahte Jasmin. »Und er ist tatsächlich zum Anbeißen, wenn ich mich recht erinnere.«

Sie machten noch einen Spaziergang durch die Stadt. An einer Boutique in der Hauptstraße hielt Jasmin an.

»Habt ihr Lust auf eine Shoppingtour?«, fragte sie.

»Au ja, auch wenn wir noch kein Gehalt bekommen haben«, sagte Sandra. »Aber gucken kostet ja nichts. Kommst du mit, Lea?«

»Heute nicht, ich muss noch ein paar andere Sachen erledigen.«

Lea verabschiedete sich und ging alleine weiter. Sie war froh über die Arbeit, so hatte sie endlich wieder eine Aufgabe und würde nicht den ganzen Tag vertrödeln. Außerdem würde sie endlich etwas Geld verdienen. Und sie konnte die vielen Nachfragen ihrer Mutter und ihrer Freundinnen, was sie denn nun machen würde, etwas entschärfen.

Niemand schien so recht zu verstehen, warum sie sich nicht längst für ein Studium entschieden hatte. Dabei war sie in der Schule immer so zielorientiert gewesen. Sie hatte in den letzten Tagen extra recherchiert, wann die Bewerbungsfristen für verschiedene Studiengänge endeten. Es gab einige Studiengänge und Unis, bei denen man sich noch bis Oktober für das Wintersemester bewerben konnte. Nur dass Lea weiterhin nicht die geringste Ahnung hatte, was sie studieren sollte, wenn sie sich überhaupt dafür entschied, zu studieren. Wieder musste sie an Rick denken. Er war der Einzige, der bisher Verständnis dafür aufgebracht hatte, dass sie noch Zeit für ihre Entscheidung benötigte.

Sie schüttelte den Gedanken ab und ging in den Elektroladen in den Einkaufsarkaden am Bismarckplatz, um sich ein Smartphone zu kaufen. Die ganze Zeit hatte sie das für unwichtig gehalten und ihre Mitschüler und Freundinnen, die eines besaßen, eher belächelt, aber jetzt konnte es nicht schnell genug gehen.

Der Laden hatte ein großes Angebot. In der Mitte des Ladens, wie ein Kronjuwel in einer Glaskiste, war das aktuelle iPhone ausgestellt – so eines, wie Rick es besaß. Aber dafür hatte Lea nicht annähernd genug Geld. Es gab noch ein paar weitere Handys, mit denen man ins Internet gehen und E-Mails versenden konnte. Einige Modelle hatten eine Tastatur mit allen Buchstaben, so wie der Blackberry, den ihre Mutter auf der Arbeit benutzte. Auch dieses Gerät hatte Lea bisher nicht interessiert. Sie war nicht so der Technikfreak. Preislich lagen die Geräte in dieser Abteilung alle über fünfhundert Euro, also weit über ihrem Budget.

Lea ließ sich von einem Mitarbeiter beraten.

»Das Nokia 6300 ist eins der beliebtesten Handys, das wir haben. Und mittlerweile gibt es das schon für unter zweihundert Euro. Dabei ist es immer noch auf dem neusten Stand der Technik. Und wenn Sie es mit einem Festvertrag nehmen, zahlen Sie nur einen Euro bei Vertragsabschluss.«

Das klang eigentlich ganz gut. Der Mitarbeiter machte

ihr ein Angebot, bei dem sie zwei Jahre lang fünfundzwanzig Euro im Monat zahlen musste, inklusive eines kleinen Datenpakets. Mit ihrem neuen Job konnte sie sich das auf jeden Fall leisten.

»Mit den hundert Megabyte Datenvolumen kommen Sie zwar nicht so weit, aber wenn Sie hauptsächlich E-Mails schreiben wollen, geht es«, erklärte der Verkäufer.

»Das passt. Dann nehme ich das.«

Das Handy sah zwar nicht so schick aus wie das von Apple, aber sie war schließlich nur Eisverkäuferin.

Nachdem sie den Vertrag unterschrieben hatte und der Verkäufer ihr erklärt hatte, wie das Gerät funktionierte, fuhr Lea erleichtert mit der Straßenbahn nach Hause. Dort ging sie erst einmal zu ihrem Laptop, um zu sehen, ob Rick ihr geantwortet hatte. Leider war keine Nachricht von ihm im Posteingang.

Sie klappte den Rechner zu und packte ihr neues Handy aus. Dank der Hilfe im Laden musste sie nicht viel machen. Nachdem sie einen Code und ein Passwort eingegeben hatte, ging alles erstaunlich schnell. Sie hatte E-Mail- und Internetzugang auf ihrem Handy! Wie cool war das!

Sie schrieb Rick eine SMS:

»*Hallo Rick, das ist meine Nummer. Liebe Grüße, Lea.*«

Keine fünf Minuten später kam die Antwort:

»*Das freut mich. Sitze gerade in einer Besprechung. Sooo langweilig. Ich denke an dich, das hilft, den Tag zu überstehen.*«

Lea lächelte. Sie kam sich wie eine Romanheldin vor. Hoffentlich ohne die Irrungen und Wirrungen, die die Frauen in Büchern oft durchstehen mussten.

Auch Jasmin und Sandra schrieb Lea Textnachrichten an deren Handynummern und informierte sie über ihren neuen Kauf. Beide antworteten, Lea schrieb zurück – und so ging es hin und her. Als sie auf die Uhr sah, bemerkte sie, dass sie bereits zwei Stunden an dem neuen Handy saß. Plötzlich verstand sie, dass die Leute nicht mehr miteinander sprachen, sondern nur noch kurze Sätze tippten.

Als ihre Mutter abends nach Hause kam, saß Lea wieder am Handy. Als Claudia plötzlich ins Wohnzimmer kam und sie begrüßte, zuckte Lea so zusammen, dass ihr das Telefon aus der Hand fiel. Zum Glück landete es auf ihrem Schoß, sodass ihm nichts passierte.

Ihre Mutter schaute erst sie an, dann das Telefon und fragte erstaunt: »Du hast dir ein Handy gekauft?«

»Ja, Mama, es war höchste Zeit. Du hast ja schon oft gesagt, dass ich mit der modernen Technik Schritt halten muss. Außerdem habe ich einen Ferienjob in der Eisdiele.«

Das waren so viele Neuigkeiten, dass Claudia erst einmal nur dastand und ihre Tochter mit halb geöffnetem Mund anstarrte.

»Guck mal, ein richtiges Geschäftstelefon«, sagte Lea. »Das kann sogar E-Mails verschicken.«

Ihre Mutter fragte misstrauisch: »Sag mal, da stimmt doch was nicht. Was ist denn hier los?«

»Nichts«, log Lea. »Ich befolge nur deine Ratschläge.«

»Und ich dachte, du hättest einen Freund.«

Lea kicherte. »Fürs Erste werde ich Eis verkaufen.« Aber sie hatte ein schlechtes Gewissen, weil sie ihrer Mutter nur die halbe Wahrheit sagte. Wobei Rick bisher ja wirklich nicht ihr Freund war.

»Heute Abend gehe ich mit meinen Kollegen etwas trinken. Du kommst doch auch ohne Mama klar, oder?«, zog Claudia sie auf.

»Vielleicht«, meinte Lea und zwinkerte ihr zu. »Wenn nicht, kann ich dich ja auf deinem Handy anrufen, damit du mir ein Schlaflied singst.«

Claudia grinste und fragte: »Hast du dir was gekocht oder die Reste von gestern gegessen?«

»Die Reste, das war genug.«

Lea hatte keinen Hunger. Was sie brauchte, war Ablenkung. Sie griff zu einem Buch, aber sie konnte sich nicht konzentrieren.

Ihre Mutter hatte sich kurz schick gemacht und verabschiedete sich mit einer leichten Umarmung von ihr.

Lea schaltete den Fernseher ein. Nervös zappte sie durch das Programm. Gerade als sie bei einer spannenden Dokumentation über Erdmännchen hängen geblieben war, klingelte es. Sie brauchte einen Moment, um zu begreifen, dass der Ton von ihrem neuen Telefon kam. Es war Rick. Ehrfürchtig drückte sie auf die Taste mit dem grünen Hörer, räusperte sich und sagte schüchtern: »Hallo.«

»Hallo, Lea. Ich hoffe, ich störe dich nicht.«

Endlich hörte sie wieder seine Stimme, so tief und warm. Ihr Herz klopfte vor Aufregung. Mit ihm zu schreiben, war schön gewesen, aber ihn am Telefon zu hören, war noch mal was ganz anderes.

»Nein, nein, ich sehe nur fern«, stammelte sie.

»Ich auch, ich sitze im Hotelzimmer und schaue eine Dokumentation über Erdmännchen.«

»Ich auch!«, rief Lea überrascht und lachte.

»Die ist ziemlich gut, oder?«

»Ja. Ich hätte nicht gedacht, dass sie so gesellig sind.«

»Ich auch nicht. Und dass es sogar Schulungen nach der sogenannten Erdmännchen-Methode gibt! Vielleicht mache ich auch mal einen Erdmännchen-Workshop. Teamwork, Sicherheit, wechselseitige Abhängigkeit in der Gruppe, die sind in allem Vorbilder«, meinte Rick.

Es war nur eine Kleinigkeit, dass er ausgerechnet die gleiche Doku sah und toll fand, aber es kam ihr wie ein weiteres Puzzleteil vor. So viele kleine Teile wurden wie von einer höheren Macht zusammengefügt, damit sie zueinanderfinden konnten.

Über eine Stunde sprachen Lea und Rick über alles Mögliche, was sie an diesem Tag beschäftigt hatte. Irgendwann sagte er: »Es war wundervoll, deine Stimme zu hören. Aber ich denke, ich muss jetzt etwas Schlaf bekommen.«

»Dann legen wir besser auf«, meinte Lea und gab sich Mühe, sich nicht anmerken zu lassen, dass sie am liebsten noch stundenlang telefoniert hätte.

»Darf ich mich morgen Abend wieder bei dir melden?«

Ihr Herz machte einen Sprung. »Natürlich.«

8

So vergingen die Tage. Lea arbeitete in der Eisdiele und nutzte jede freie Minute, um Rick zu schreiben, alte E-Mails wieder und wieder zu lesen und neu zu interpretieren oder mit ihm zu telefonieren.

Wenn sie eine gemeinsame Schicht in der Eisdiele gehabt hatten, fragte Sandra sie auf dem Nachhauseweg jedes Mal aus: »Na, worüber habt ihr gestern Abend gesprochen?«

»Ach, über den Tag, Lebenserkenntnisse, solche Sachen.«

»Was denn für Lebenserkenntnisse? Du bist doch gerade erst neunzehn!«

Sandra sah sie mit großen Augen an.

»Ich weiß, aber es macht Spaß. Ich könnte stundenlang mit ihm reden.«

»Und, seid ihr jetzt offiziell zusammen?«

Lea wurde nachdenklich. Unbewusst begann sie, an ihren langen braunen Haaren zu zwirbeln.

»Er hat mich nicht offiziell gefragt.«

»Ah. Und hat er Dinge gesagt, wie dass er dich küssen will?«

»Nein«, antwortete sie knapp.

»Vielleicht ist er schwul und braucht eine Alibifreundin?« Sandra hielt inne und stemmte die Hände in die Hüften. »Vielleicht verarscht er dich. Ich glaube, Jasmin hat recht, er spielt mit dir.«

»Wer schwul ist, braucht doch keine Alibifreundin! Das ist doch heute kein Ding mehr.«

»Stimmt auch wieder. Dann ist er ein kranker Psychopath, der dich in seine Wohnung locken will, um dich zu fressen.«

Sandra schien ernsthaft erschrocken über diesen Gedanken und Lea lachte sie aus.

»Wir sind wie zwei Puzzleteile, die einfach perfekt zusammenpassen«, beruhigte Lea sie. »Egal, ob wir zusammen sind oder nicht. Wir sind verwandte Seelen.«

»Ich meine ja nur. Nicht, dass du dich von ihm verarschen lässt. Du bist ja total verknallt in ihn, das sieht doch jedes Kind kilometerweit.«

Sandra wedelte mit der Hand, als wollte sie eine Fliege verscheuchen.

»Morgen treffen wir uns wieder, er ist heute zurückgekommen«, fuhr Lea fort.

»Uuuh, vielleicht kommt es dann zur Sache. Hast du Kondome?«, fragte Sandra.

»Hey, nein, ich brauche keine Kondome, ich werde nicht gleich mit ihm schlafen.«

»Er hat bestimmt immer welche dabei«, meinte Sandra.

Lea verdrehte die Augen.

»Du musst mir morgen alles erzählen.«

Als sie bei Sandras Straße ankamen, verabschiedeten sie sich und Lea ging weiter. Zu Hause merkte sie, dass ihr

Schlüssel nicht in ihrer Tasche war. Sie war gestern spät eingeschlafen und morgens völlig übermüdet aufgewacht, nur um festzustellen, dass sie zu spät zur Arbeit kommen würde. Also war sie völlig abgehetzt aus dem Haus gerannt. Dabei musste sie den Schlüssel vergessen haben.

Zum Glück hatte sie ihr Handy dabei. Sie rief ihre Mutter an. »Mama, bist du noch bei der Arbeit?«

»Ja, das weißt du doch. Mittwochs komme ich nie früh aus dem Büro.«

»Ich habe meinen Schlüssel vergessen, kann ich kurz bei dir vorbeikommen, um mir deinen zu holen?«

»Klar, kein Problem. Bis gleich.«

Lea fuhr mit der Straßenbahn zum Hauptbahnhof. Sie lief an der Print Media Academy vorbei, dem gläsernen Hochhaus, vor dessen Eingang eine moderne, dreibeinige Pferdeskulptur stand. Die Firma, in der ihre Mutter arbeitete, hatte ihre Büros einige Häuser weiter.

Am Empfang wurde sie freundlich von einer Dame begrüßt, die sie nicht kannte.

»Ich möchte zu meiner Mutter, Claudia Meister. Sie erwartet mich.«

»Frau Meister, ja, die ist oben im vierten Stock. Kennen Sie sich hier aus?«

»Ja, ich war schon oft hier.«

Lea fuhr mit dem Aufzug nach oben. Als sich die Türen öffneten, hörte sie lautes Gerede und Gelächter und im Hintergrund Musik. Feierten sie etwas?

Sie betrat das Foyer und erstarrte. Da war Rick, in Anzug und Hemd, aber ohne Krawatte. Er wurde von vier Frauen umringt und lächelte entspannt. Plötzlich sah er in ihre Richtung. War er genauso überrascht, sie hier zu sehen, wie sie? Einen kurzen Moment hielt er inne, dann lösten sich seine Mundwinkel und er strahlte sie an.

»Entschuldigt mich kurz«, murmelte er den Frauen zu und lief auf sie zu.

»Hey, du hier?«

Lea lächelte ihn wortlos an. Die Überraschung war zu groß.

Rick umarmte sie und ließ seine Hand danach lässig auf ihrer Schulter liegen.

»Was für eine schöne Überraschung. Ich denke sowieso die ganze Zeit an dich«, sagte er leise.

Es klang ehrlich, obwohl Lea nicht den Eindruck hatte, dass es ihm mit den Damen langweilig gewesen war.

»Hallo!«, hörte sie eine weitere Stimme hinter sich.

Es war ihre Mutter, die Lea und Rick überrascht und ein wenig irritiert ansah.

»Claudia, hey, kennst du diese bezaubernde junge Dame?«, fragte Rick.

»Die bezaubernde junge Dame ist meine Tochter«, antwortete Claudia trocken.

Das war mit Abstand der peinlichste Moment, seit Lea mit drei Jahren in die Kloschüssel gefallen war.

Alle drei verstummten und der sonst so redegewandte Rick schaute mit halb geöffnetem Mund abwechselnd zu Claudia und dann zu Lea. Er nahm seine Hand von Leas Schulter. Claudias anfangs freundlicher Blick wurde ernst, als sie begriff, dass da wohl ein Techtelmechtel zwischen dem Workshopleiter und ihrer Tochter im Gange war.

»Und woher kennt ihr euch?«, fragte sie.

»Wir haben uns in einem Café kennengelernt«, antwortete Lea.

»Im Café«, wiederholte Claudia in Gedanken versunken.

Leas Wangen und Ohren glühten. Auch ihre Gehirnzellen arbeiteten auf Hochtouren, aber sie wollte einfach nur der Situation entfliehen.

»Wir haben uns doch nur nett unterhalten. Ist ja nicht verboten«, sagte sie leise.

Die Gesichtsmuskeln ihrer Mutter entspannten sich ein wenig. Sie nickte stumm und warf ihrer Tochter einen dieser Blicke zu, vor denen sie sich als Kind gefürchtet hatte. Es war klar, was sie damit meinte: Warte nur, bis wir zu Hause sind.

Zum Glück kam jetzt Claudias Chef und nahm Rick zu einem weiteren Gespräch mit.

»Du willst mir doch nicht erzählen, dass ihr nur nett geplaudert habt«, sagte ihre Mutter, als sie allein im Flur standen. »So wie er dich angesehen und seinen Arm um dich gelegt hat.«

»Mama, wir haben uns nur super unterhalten. Wirklich.«

Doch sie konnte sehen, dass ihre Mutter ihr nicht glaubte.

»Mama, eigentlich will ich nur die Schlüssel, um ins Haus zu kommen.«

Claudia reichte ihrer Tochter den Schlüsselbund und kündigte an: »Wir reden später.«

Wie ein kleines Kind nickte Lea und machte sich auf den Weg. Sie nahm diesmal die Treppe. Als sie gerade hinausgehen wollte, hörte sie hinter sich Ricks Stimme.

»Lea, warte mal kurz.«

Sie drehte sich um und sah ihn verlegen an.

»Das war komisch. Du bist doch volljährig, oder?«

»Ja, natürlich. Ich habe gerade mein Abi gemacht, schon vergessen?«

Er atmete tief aus. »Deine Mutter ist nicht begeistert.«

»Ach, ich werde mit ihr reden.«

»Es wäre hart, wenn wir uns nicht mehr sehen könnten.«

Rick gab ihr einen leichten Kuss auf die Wange und ihre Nase berührte seine Haut.

Lea war wie gelähmt.

»Melde dich, ich warte auf deine Nachricht«, sagte er, winkte ihr zu und verschwand wieder hinter den Aufzugtüren.

Wie betrunken taumelte Lea ins Freie. Was war gerade passiert?

Es war ihre erste richtige Berührung gewesen. Daran würde sie sich noch Jahre später erinnern. Nicht an die seltsame Begegnung mit ihrer Mutter und Rick, nein, an diesen ersten sanften Kuss.

Immer noch in diesem längst vergangenen Moment verweilend, lief sie den ganzen Weg nach Hause.

Ihre Mutter kam kurz nach ihr heim.

»Hallo, Schatz«, grüßte sie. »Hast du schon gegessen?«

»Nein«, gestand Lea.

»Ich habe dir etwas Fingerfood aus dem Workshop mitgebracht.«

Claudia packte eine Tupperdose aus und stellte sie neben sie.

»Iss etwas, und dann musst du mir erzählen, wie du Rick kennengelernt hast.«

Lea seufzte.

»Mama, wir sind im Café zufällig ins Gespräch gekommen und es war sehr nett. Aber mehr auch nicht. Ich wusste, dass er Seminare in Unternehmen leitet. Aber dass ich ihn bei dir auf der Arbeit treffe, war ein lustiger Zufall.«

»Seiner Umarmung und seiner Euphorie nach zu urteilen, ist da viel mehr.«

»Quatsch«, widersprach Lea und versuchte, überzeugend zu wirken. Ihre Mutter hatte vorhin so abweisend gewirkt, dass sie sich nicht recht traute, zuzugeben, dass sie bereits täglich telefonierten.

Lea öffnete die Tupperdose und nahm sich einen Garnelenspieß.

»Schatz, eines ist mir wichtig: Wir waren immer ehrlich zueinander. Bitte sei ehrlich zu mir. Ich will, dass du mir erzählst, wenn du einen Freund hast. Okay?« Claudia strich ihrer Tochter durchs Haar und murmelte: »Ich will nur, dass du glücklich bist und dass dir niemand wehtut.«

»Glaubst du, Rick würde mir wehtun?«, fragte Lea und verzog ungläubig die Lippen.

»Na ja, Rick ist ein fantastischer Berater, wirklich. Es ist nicht das erste Mal, dass er einen Workshop bei uns hält. Genau wie meine anderen Kollegen bin ich von ihm begeistert. Fachlich. Er ist charismatisch und intelligent, aber er ist auch ein Womanizer.«

»Was meinst du damit?«, fragte Lea, obwohl sie es genau wusste.

»Ich meine, dass ihm viele Frauen zu Füßen liegen und er sie nicht ignoriert.«

Lea dachte an die Situation im Restaurant, als die blonde Frau vorbeigekommen war und ihn begrüßt hatte.

»Natürlich wünsche ich dir, dass du einen großartigen jungen Mann kennenlernst. Aber Rick ...« Claudia verzog den Mund, als würde ihr etwas nicht schmecken. »Er ist viel älter als du und viel erfahrener. Ich will nicht, dass er dir das Herz bricht.«

Lea seufzte.

»Er wird mir nicht das Herz brechen, Mama, keine Sorge.«

Claudia sah ihre Tochter traurig an, als würde sie ahnen, dass es schon zu spät war.

»Ich habe doch gesehen, wie du ihn angestarrt hast. Ich kann es dir auch nicht verdenken. Ich sage nur, nimm dich vor ihm in Acht. Treue ist nicht seine Stärke.«

»Woher weißt du das so genau?«, fragte Lea provokant. »Hat er die Frauen bei euch in der Firma angemacht?«

»Quatsch. Aber ich habe Lebenserfahrung und kenne die Männer.«

»Mama, du kennst Papa.«

»Und das war eine große Lektion.«

»Ich habe verstanden, okay.«

Claudia gab ihrer Tochter einen Kuss auf die Stirn und fragte: »Wollen wir uns noch etwas zusammen ansehen?«

Lea nickte und sie stellten das dritte Programm ein, wo eine Wiederholung von *Frühstück bei Tiffany* lief. Sie hatten den Film schon mehrmals gemeinsam gesehen. Irgendwie war es trotzdem jedes Mal wieder schön.

Als sie später in ihrem Zimmer war, schaute Lea auf ihr Handy. Rick hatte ihr eine Nachricht hinterlassen: »*Liebe Lea, ich vermisse dich.*«

Wieder überkam sie diese Aufregung, gepaart mit großer Freude. Ihre Mutter und ihre Bedenken spielten keine Rolle mehr.

»*Ich dich auch*«, schrieb sie zurück und ihre Nachrichten wurden immer persönlicher. Der eher freundschaftliche Ton begann, sich zu verändern, trotz Claudias Warnungen.

»*Wann können wir uns morgen sehen?*«, fragte er.

Lea war am nächsten Tag von zehn bis siebzehn Uhr

eingeteilt. Sie schrieb ihm, in welcher Eisdiele sie arbeitete. *»Willst du mich nach der Arbeit abholen? Wir könnten einen Spaziergang in der Altstadt machen«*, schlug sie vor.

Gleich darauf kam seine Antwort: *»Gern, dann bis morgen. Ich freu mich auf dich!«*

9

Am nächsten Vormittag hatte sich Lea gerade die Eisverkäuferschürze umgebunden und die weiße Mütze mit zwei Klammern befestigt, als Rick vor ihr am Rand der Theke stand und das Angebot betrachtete.

Er grinste verschmitzt, während Lea verlegen lächelte. Es war ihr unangenehm, ausgerechnet von ihrem großen Schwarm in diesem lächerlichen Outfit gesehen zu werden. Eigentlich wollte sie die Schürze und die Mütze längst abgelegt haben, wenn er sie am Nachmittag abholte, und nun war er schon jetzt aufgetaucht. Ihn schien es nicht zu stören.

»Guten Morgen, ich hätte gerne einen Kaffee, einen frisch gepressten Orangensaft und eine Kugel Vanilleeis.«

Lea nickte.

»Sehr gern.«

»Würden Sie mir bitte die Bestellung an den Tisch bringen?«

»Natürlich«, spielte Lea die Rolle der überaus freundlichen Verkäuferin.

»Vielen Dank.«

Mehr sagte er nicht. Er ging hinaus und setzte sich an einen der Bistrotische. Lea war froh, dass ihre Freundinnen heute nicht in der Vormittagsschicht eingeteilt waren. Außer ihr war lediglich Rosa anwesend, die Tochter einer Cousine des Wirts.

Um diese Uhrzeit war in der Altstadt noch nicht viel los. Während sie die Orangen in der alten Edelstahlpresse auspresste, sah Lea immer wieder zu Rick. Er hatte eine Zeitung und ein Wirtschaftsmagazin mitgebracht und blätterte darin. Es genügte Lea, ihn aus der Ferne zu beobachten, wie er sich unbewusst die Strähnen aus dem Gesicht strich und interessiert las. Erst als er aufblickte und sie ansah, erwachte sie aus ihrem Tagtraum. Sie stellte seine Bestellung auf das Tablett und sagte Rosa, die heute für die Bestellungen auf der Straße zuständig war, dass sie das übernehmen würde. Rosa blickte kurz zu Rick, dann sah sie wieder zu Lea und zwinkerte ihr zu.

Etwas ungeschickt stellte Lea den Kaffee auf den Tisch, sodass ein bisschen auf den Unterteller schwappte.

»Oh, das tut mir leid.«

Rick reagierte nicht. Er hatte nur Augen für sie, sein Kaffee war ihm offensichtlich egal.

»Du siehst bezaubernd aus als Eisverkäuferin.«

Er schmunzelte und sie antwortete provokant: »Ich weiß, das ist nicht der letzte Schrei auf der Mailänder Modewoche.«

Rick wurde ernst. »Als Kind habe ich mir nichts sehnlicher gewünscht, als selbst einmal Eisverkäufer zu sein.«

»Genau wie ich.«

Lea stellte ihn sich automatisch als kleinen Jungen vor. Ob er damals auch so süß gewesen war?

»Dieser Wunsch ist zwar nicht in Erfüllung gegangen,

aber jetzt kann ich mich mit einer Eisverkäuferin verabreden.«

»Hm. So einfach ist das nicht. Eine Eisverkäuferin muss man erst einmal überzeugen«, erwiderte sie spitz.

Rick kratzte sich am Kopf und sah sie nachdenklich an. »Ich lasse mir was einfallen, aber heute will ich unbedingt mein Date.«

Er sprach tatsächlich von einem Date. Ihr Herz klopfte so laut, dass sie sicher war, dass er es hörte. Trotzdem versuchte sie, die Unbeeindruckte zu spielen.

»Ich bin gespannt.«

Während sie zurückging, sah er ihr nach. Doch er blieb nicht lange sitzen. Nach nicht einmal fünf Minuten hob er die Hand.

»Kann ich bitte bezahlen?«

Diesmal reagierte Rosa und ging zu ihm, bevor Lea etwas unternehmen konnte.

Anschließend lief er an der Theke vorbei und sagte: »Bis heute Abend. Ich hole dich ab.«

Lea nickte nur und lächelte. Sie sah ihm noch einige Augenblicke nach, als wäre ein bekannter Filmstar vorbeigegangen und sie hätte ihn zu spät erkannt.

Rosa war bei Weitem nicht so schüchtern wie Lea und wartete nur darauf, sie aufzuziehen.

»Amore liegt in der Luft. Hat mir ein gutes Trinkgeld gegeben.«

Sie zwinkerte ihr zu.

Den Rest des Tages war Lea nur noch körperlich anwesend. Vor ihrem inneren Auge sah sie Rick, wie er in seinem weißen Hemd und der feinen Chinohose da saß und in der Zeitung blätterte. So sehr sie es auch versuchte, sie konnte nichts Negatives an ihm finden. Er war groß, schlank, aber nicht dürr. Sein Gesicht war markant, nicht perfekt geschnitten wie bei einem Model, aber alles passte zusammen, wie ein schönes Mosaik. Die dichten dunklen Augenbrauen gaben ihm Ernsthaftigkeit. Am besten gefiel ihr sein Lächeln, wenn er ihr aufmerksam zuhörte. Dieser Blick. Rick war ein besonderer Mensch, das hatte sie sofort gemerkt, bereits bei ihrer ersten Begegnung. Energiegeladen und voller Tatendrang, aber wenn er sie ansah, war er ganz ruhig. Seine Emotionen trug er nach außen und das machte ihn so anziehend.

Sie konnte stundenlang über ihn nachdenken und seine Gesichtszüge vor ihrem inneren Auge nachzeichnen. Jasmin, die zur Mittagsschicht als Verstärkung kam, riss sie aus ihren Träumereien.

»Steht Rosa auf dich, oder warum zwinkert sie dir ständig zu?«, fragte sie.

Lea sah Rosa an, diese warf ihr einen Luftkuss zu. Jasmin blickte sie neugierig an. Lea zuckte nur die Schultern. Aber sie konnte ihrer Freundin nichts vormachen.

»Du bist so verliebt, das sieht man schon von Weitem«, sagte Jasmin. Obwohl sie es mit einem Lächeln sagte, wagte Lea nicht, ihr die Wahrheit zu gestehen.

Sie spürte, dass die Leichtigkeit zwischen ihnen verschwunden war. Es war fast, als wären sie Fremde. Ahnte Jasmin, dass Rosas Sticheleien etwas mit Rick zu tun hatten?

»Ach was«, sagte Lea.

»Komm schon, Rosa hat mir gerade erzählt, dass du dich gar nicht auf die Arbeit konzentrieren kannst.«

»Natürlich kann ich das.«

»Sie meint, vorhin war ein Verehrer von dir da? Du mauserst dich ja ganz schön zur Verführerin, Lea. Erst der Typ im Café und jetzt schon wieder ein neuer Schwarm«, sagte Jasmin und stupste Lea.

»So ein Quatsch. Rosa reimt sich da etwas zusammen. Ich habe einfach einen Kunden bedient«, behauptete sie. Doch sie fürchtete, dass ihre glühenden Ohren sie verrieten wie Pinocchio seine Nase.

»Gut, du hast recht. Aber es war kein neuer Verehrer. Das war Rick, der auf dem Weg zur Arbeit einen Kaffee getrunken hat«, gab sie zu. »Nachher holt er mich für einen Spaziergang ab.«

Jasmin sah sie erstaunt an und wusste offensichtlich nicht, was sie sagen sollte. Lea fragte sich, ob das ein gutes Zeichen war oder nicht. Jedenfalls hatte sie es geschafft, Jasmin sprachlos zu machen. In diesem Moment kam ein Kunde an die Theke und kurz dahinter der nächste. Lea war froh über die Ablenkung.

Als sie um siebzehn Uhr Feierabend machte, stand Rick schon am Eingang und wartete auf sie. Jasmin beobachtete die beiden und zwinkerte Lea zu.

»Viel Spaß!«, wünschte sie, aber Lea konnte ihren Gesichtsausdruck nur schwer deuten. Freute sie sich wirklich für sie oder war sie sauer?

Rick umarmte Lea und küsste sie auf die Wange. Das war ihr etwas unangenehm, sie fühlte sich beobachtet und wollte schnell aus dem Blickfeld ihrer Kolleginnen verschwinden.

Fast wie selbstverständlich nahm er ihre Hand und hielt sie fest. Lea vergaß augenblicklich alles um sich herum. Seine Hand war groß und warm. Sollte sie seine Hand fester halten? Was war richtig?

»Sollen wir zum Neckar laufen?«, fragte er.

Lea nickte zögerlich. »Gerne.«

»Ich habe ein kleines Picknick vorbereitet.« Bei diesen Worten lächelte er geheimnisvoll.

Sie schlenderten durch die Gassen der Altstadt hinunter

zum Neckar und über die Theodor-Heuss-Brücke auf die andere Seite des Flussufers. Dort befand sich die weitläufige Neckarwiese. An warmen Sommerabenden wimmelte es hier oft von jungen Menschen, aber heute war es ruhig. Die wenigen Menschengrüppchen verteilten sich über das weitläufige Naherholungsgebiet. Das lauteste Geräusch war das Geschnatter der Gänse, die am Ufer aufgeregt hin und her liefen.

Das Gras war lange nicht gemäht worden und leuchtete in sattem Grün. Auf der anderen Uferseite strahlten die mittelalterlichen Mauern der Altstadt Ruhe aus. Die malerische Schlossruine auf den Hügeln darüber, umrahmte ihr Blickfeld wie ein Gemälde. Sie liefen nah ans Wasser, wo sie die vorbeifahrenden Schiffe und Boote beobachten konnten. Rick holte eine kleine Decke, Brote, Erdbeeren, Prosecco und Bionade aus seinem Rucksack.

Leas Herz hüpfte vor Aufregung. Aber sie wollte nicht, dass er es bemerkte, deshalb lächelte sie. »Solche Taschen haben sonst nur Frauen.«

»Ihr Frauen habt uns so viel voraus. Deshalb habe ich es mir abgeschaut.«

Schnell breitete er die Decke auf der grünen Wiese aus und sie setzte sich. Sie merkte, dass auch Rick etwas nervös war, so hastig packte er alles aus und sah sie immer wieder an. Als er alles aufgebaut hatte, ließ er sich neben ihr nieder.

»Auf einen schönen Abend.«

Er öffnete den Sekt, füllte ihn in Plastikgläser und sie stießen an.

»Auf uns!«, sagte Rick und sah ihr tief in die Augen.

»Auf uns!«, wiederholte Lea und die Schmetterlinge in ihrem Bauch flatterten aufgeregt.

Sie war es nicht gewohnt, Alkohol zu trinken, abgesehen von dem Mojito im Café hatte sie nicht viel Erfahrung. Aber das wollte sie nicht zugeben, Rick sollte sie nicht für ein kleines Mädchen halten.

Außerdem hatte sie vor Aufregung seit dem Frühstück nichts gegessen. Innerhalb weniger Minuten spürte sie, wie die Anspannung nachließ und ihre Zunge sich löste. Ihr Kopf fühlte sich ein wenig benebelt an.

Währenddessen drückte Rick ihr ein mit Mozzarella und Tomaten belegtes Baguette in die Hand.

»Du hast gesagt, das ist dein Lieblingskäse.«

Lea war überrascht. Er hatte sich daran erinnert. Doch eigentlich hatte sie immer noch keinen Hunger. Die Aufregung war zu groß. Obwohl sie sich am Telefon mit Rick über Gott und die Welt unterhalten hatte, schien er doch ein anderer zu sein, wenn er so lebendig vor ihr stand. Leas Angst, durch einen falschen Satz in seinen Augen nicht mehr begehrenswert zu erscheinen, war groß. Doch der Sekt ließ sie immer mehr entspannen. Sie kicherte etwas zu laut. Sie war sich dessen bewusst, konnte es aber weder kontrollieren, noch war es ihr wichtig.

Auch Rick aß nicht viel, goss sich dafür ein zweites Glas ein, das er recht schnell leer trank.

»Ich treffe mich um acht Uhr noch zu einem Abendessen mit Kunden«, sagte er und legte sein Baguette zur Seite, von dem er nur ein paar Bissen genommen hatte. »Aber ich wollte es mir auf keinen Fall nehmen lassen, vorher in dieser perfekten Kulisse zu picknicken. Mit der perfekten Begleitung.«

Er blickte noch einmal auf die Flasche.

»Guter Prosecco, den habe ich neulich geschenkt bekommen.«

Sie lächelte nur, wollte aber nicht zugeben, dass sie sich mit Wein und dergleichen nicht gut auskannte. Obwohl sie angespannt war, stützte sie sich auf ihre Arme und schaute sich um. Dabei versuchte sie, so locker wie möglich auszusehen. Es war ein warmer Tag und zwei Zitronenfalter flatterten um sie herum. Als würde der eine dem anderen den Hof machen. Neugierig schaute sie ihnen nach.

Rick deutete ihren Gesichtsausdruck falsch. »Entschuldige, ich vergaß, dass Wein nur etwas für alte Leute ist. Erst mit Ende zwanzig ist er spannend, vorher trinkt man eher Cocktails«, sagte er und lachte.

»Nein, alles ist wunderbar«, sagte sie, vielleicht etwas zu hastig und zu bemüht, entspannt zu wirken.

Zum Nachtisch hatte er Obstbecher und Macarons mitgebracht.

Lea wurde nun etwas ruhiger und begann, ihren Obstbecher zu essen. Rick beobachtete sie.

»Wie war dein Tag?«, wollte er wissen.

»Ich habe viel Eis verkauft, am beliebtesten sind Vanille, Schokolade und Erdbeere.«

»Echt? Ich hätte gedacht, dass die exotischen Sachen besser laufen.«

»Ich auch, aber nein.« Lea schüttelte den Kopf. »Und wer was Exotisches nimmt, nimmt meistens noch eine Kugel der Top drei dazu.«

»Und wie gefällt dir der Job als Eisverkäuferin?«

Lea zuckte mit den Schultern. »Es macht Spaß, aber auf Dauer wäre das nichts für mich. Ich habe noch einmal all die Broschüren von der Uni durchgesehen, die meine Mutter mir in den letzten Monaten mitgebracht hat. Psychologie hört sich eigentlich interessant an. Mein Abischnitt reicht bestimmt dafür, zum Glück habe ich in den Hauptfächern gute Noten. Aber ich müsste wohl noch eine Aufnahmeprüfung absolvieren.«

»Das schaffst du.« Er musterte sie einen Moment und nickte dann. »Psychologie, ja, das passt zu dir.«

Sie zuckte mit den Schultern. »Hoffentlich. Jedenfalls hat der Studiengang in Heidelberg einen super Ruf. Da könnte ich hier vor Ort bleiben und hätte viel mit Menschen zu tun.«

»Du hattest noch erwähnt, dass du gerne mit Kindern arbeiten würdest.«

»Es gibt doch auch Kinderpsychologen«, sagte sie.

Er lachte. »Das stimmt natürlich. Ich habe öfter mit Leuten zu tun, die Psychologie studiert haben. Viele finden erst während ihres Studiums raus, was sie eigentlich machen wollen. Und landen dann nicht selten in der Personalabteilung einer Firma, obwohl sie das nie geplant hatten.« Er zuckte mit den Schultern. »Andere machen eine Zusatzausbildung zum Psychotherapeuten, aber das sind noch mal ein paar Jahre nach dem Studium. Dafür haben sie das Gefühl, dass sie den Menschen besser helfen können.«

Lea hörte ihm interessiert zu.

»Aber das müsstest du ja jetzt noch nicht entscheiden«, sagte er. »Insofern, warum nicht. Es ist ein Studium, das dir viele Möglichkeiten eröffnet.«

Lea nickte. Während sie weiter ihren Obstbecher genoss, erzählte Rick Anekdoten aus seinem Arbeitsalltag. Später schauten sie auf den grünlich schimmernden Fluss, beobachteten die vorbeifahrenden Schiffe und genossen das satte Grün und das Gezwitscher der Vögel. Erstaunlich, wie ruhig und menschenleer es hier war, obwohl sie nur wenige Gehminuten von der Stadt entfernt waren.

Wie aus dem Nichts begann Rick: »Deine Mutter ist nicht glücklich, dass wir uns sehen.«

»Ich weiß nicht, warum«, antwortete Lea und scherzte: »Hast du sie verärgert?«

Rick wirkte nachdenklich.

»Eigentlich haben wir uns gut verstanden. Ich hätte nie

gedacht, dass sie deine Mutter ist, aber ich kann sie verstehen. Sie hat Angst, dass ich es nicht ernst mit dir meine.«

»Meinst du es denn ernst?«, fragte Lea.

Jetzt richtete sich Rick auf. Sein Blick wurde fest, als er sie ansah.

»Ich meine es sehr ernst, Lea.«

Lea schossen Tränen in die Augen und sie konnte nichts dagegen tun. Sie glaubte ihm.

Rick räusperte sich, sah kurz auf die Decke und dann wieder zu ihr.

»Willst du meine Freundin sein?«, fragte er.

Bei dieser Frage wurde ihr schwindelig. Sie war offensichtlich noch nicht darauf vorbereitet und versuchte verzweifelt, cool zu bleiben und zu antworten. Natürlich wollte sie. Auch wenn sie große Angst vor diesem unbekannten Land namens Beziehung hatte.

Sie sah ihn an. In seinem Blick sah sie, dass auch er nervös war. Wahrscheinlich hatte er Angst, zu direkt gewesen zu sein.

»Du musst nicht sofort antworten. Überleg es dir in Ruhe«, setzte er nach.

Lea hätte liebend gern geantwortet. Aber ihr Mund war auf einmal trocken, ihre Gedanken kreisten, ihre Handflächen schwitzten und sie konnte einfach nichts sagen.

»Ich verspreche, dich zu achten und zu lieben«, sagte er.

Das klang fast wie ein Liebesschwur, als wollte er sie heiraten. Lea schenkte sich, ohne nachzudenken, ein halbes Glas von dem köstlichen prickelnden Prosecco ein und trank es in einem Zug aus.

»Oh, vorsichtig damit«, sagte Rick, als würde er bereuen, den Alkohol ausgepackt zu haben. Er wirkte selbst nervös.

Obwohl die Frage sie überrascht hatte, wusste Lea schon seit Tagen, was sie darauf antworten würde. Der Sekt gab ihr den Mut, es auch zu tun.

»Ja, ich will deine Freundin sein«, sagte sie.

Rick atmete erleichtert auf, beugte sich zu ihr und gab ihr einen Kuss auf die Lippen.

Es war der erste richtige Kuss zwischen ihnen, nicht nur flüchtig auf die Wange. Es war ihr allererster Kuss überhaupt. Er war zart und schmeckte nach Mango, und sie wünschte sich mehr davon. Ein zweiter, längerer folgte. Lea war überglücklich. *Das ist der schönste Moment meines Lebens*, dachte sie, und glaubte, ihr Herz würde ihr aus der Brust springen.

»Ich bin unglaublich glücklich und erleichtert«, sagte Rick, als sie wieder voneinander abließen.

»Warum?«

»Na ja, ich war mir sicher, dass deine Mutter sich dagegen ausgesprochen hat.«

»Das hat sie, aber ich bin kein Kind mehr.«

»Ich werde deiner Mutter beweisen, dass ich dich auf Händen tragen kann.«

»Ach ja?«, sagte sie herausfordernd.

Er stand auf, zog sie hoch und hob sie in seine Arme.

Sie jauchzte und kicherte wie ein Teenagermädchen, das von einem verliebten Gleichaltrigen an den Zöpfen gezogen wird.

Irgendwo in ihrem Hinterkopf schwangen auch ernste Gedanken mit. Es war ihr nicht komplett egal, was ihre Mutter dachte. Aber das konnte sie ihm natürlich nicht sagen. Und sie wollte sich davon nicht herunterziehen lassen. Nichts durfte diesen wunderschönen Moment zerstören.

Rick sah sie an, und diesmal war sein Blick anders.

Ernster und begehrender. Wie bei den Männern in der Parfümwerbung. Lea konnte es nicht deuten, aber sie drückte ihm einen Kuss auf die Lippen.

Er wisperte: »Du hast die weichsten Lippen, Prinzessin.«

Er küsste sie noch einmal. Dann schlug er vor: »Lass uns spazieren gehen.«

Sie räumten die Sachen zusammen und gingen Hand in Hand am Ufer entlang, ohne ein Wort zu sagen. Sie genossen einfach den Augenblick, tief zufrieden. Schöner konnte das Leben nicht sein. Das Wasser glitzerte in ihren Augen und die Kirchenglocken, die in der Ferne zu hören waren, bekräftigten ihre Verbindung. Sogar die beiden Schmetterlinge schienen sich über die Liebesbeziehung zu freuen. Endlich fiel die Anspannung von beiden ab.

Schließlich sagte Rick: »Ich muss leider los zu dem Abendessen mit Kunden.«

»Das kenne ich von meiner Mutter. Die findet das immer öde.«

»So schlimm ist es nicht. Beim Essen sind die meisten sehr entspannt, und ein guter Wein kann Wunder wirken.«

Der Abschied fiel Lea schwer. Sie küssten sich noch einmal lange, bevor sie den Neckar wieder überquerten. Noch einmal sah sie ihm traurig nach, bis er hinter der Brücke verschwand. Lea blickte auf das Wasser und hinter dem Horizont in der Ferne waren sogar die Pfälzer Berge zu sehen. So viele Gefühle kämpften in ihr um Gehör, dass sie mehrmals tief ein- und ausatmen musste, um sich zu beruhigen und vor allem, um diesen ersten Schritt in ihrem Leben zu genießen. Sie war kein Single mehr.

10

Rick begleitete Lea zurück zur Eisdiele, wo ihr Fahrrad stand. Es war kurz nach neunzehn Uhr und Jasmin hatte gerade Feierabend. Sie kam auf die beiden zu.

»Hallo. Ich bin Jasmin, eine Freundin von Lea.«

Rick reichte ihr die Hand. »Rick, freut mich. Ich bin Leas Freund.«

Jasmin zog die Augenbrauen hoch. »Leas Freund? Da hat sie uns aber etwas verschwiegen.«

Sie lächelte Rick zwar immer noch an, aber es wirkte gezwungen. Zum Glück unterbrach Rick das peinliche Schweigen.

»Na, das kann sie ja nachholen. Ich muss jetzt leider gehen.«

Er drehte sich zu Lea um, sah sie etwas wehmütig an und gab ihr einen Kuss. Auf den Mund. Nicht nur Leas Lippen glühten. Röte breitete sich auf ihrem ganzen Gesicht aus, als sich seine Lippen von ihren lösten und er einen Schritt zurück machte.

»Ciao«, verabschiedete er sich und ging.

Jasmin sah ihm nach. Sobald er aus ihrem Blickfeld verschwunden war, wandte sie sich an ihre Freundin.

»Was war das denn?«, fragte sie.

Lea antwortete verträumt. »Ich habe seit zwei Stunden einen Freund.«

»Echt? Du musst mir alles erzählen.«

Jasmin schaute nicht mehr so pikiert wie zuvor. Anscheinend war sie doch nicht so verärgert, weil Lea ihr den coolen Typen weggeschnappt hatte. Sandra hatte wohl recht, und Jasmin leitete kein persönliches Anrecht auf Rick daraus ab, dass sie ihn zuerst im Café entdeckt hatte. Jedenfalls siegte ihre Neugier und sie hörte gar nicht auf, Lea nach Details auszufragen.

»Ich weiß auch nicht genau, wie das passiert ist«, stammelte Lea. »Nachdem er mich zum Essen eingeladen hat, haben wir uns geschrieben, und vorhin hat er mich auf einen Spaziergang abgeholt. Er hat ein tolles Picknick vorbereitet und mich gefragt, ob ich seine Freundin sein will.«

»Das ist ja krass! Wie alt ist er eigentlich?«

»Einunddreißig.«

»Oh«, antwortete Jasmin, »älter, als ich gedacht hätte. Ganz schön alt, ehrlich gesagt.«

»Das Alter ist mir völlig egal, ich liebe ihn«, entfuhr es Lea. Am liebsten hätte sie ihre Worte gleich wieder zurückgenommen. Jasmin musste sie für fürchterlich naiv halten, weil sie nach ihrem ersten Kuss so etwas sagte. Und doch stimmte es.

»Du kennst ihn doch kaum«, gab ihre Freundin zu bedenken.

Lea sah in die Richtung, in der Rick verschwunden war. Dann wandte sie sich wieder Jasmin zu.

»Hast du mal jemanden getroffen, bei dem du das Gefühl hattest, ihn schon ewig zu kennen?«

Jasmin überlegte lange und antwortete schließlich nur: »Ich hoffe, dein Gefühl stimmt.«

Lea antwortete nichts darauf. Es war offensichtlich, dass Jasmin sie nicht verstand, daher verabschiedete sie sich und fuhr nach Hause.

Als sie dort ankam, war Claudia im Garten und kümmerte sich um die Tomaten. Gärtnern war in den letzten Jahren zu ihrer großen Leidenschaft geworden. Immer wieder betonte sie stolz: »Was für ein Geschmack, kein Vergleich zu den gekauften Tomaten, nicht mal die vom Bauern schmecken so gut.«

Lea beobachtete ihre Mutter durch die geöffnete Glastür. Fast meditativ zupfte sie die überflüssigen Blätter von den Tomatenpflanzen, damit sie den Früchten nicht die Kraft zum Wachsen raubten. Sie hatte ihr Haar hochgesteckt und summte ein Lied. Sie wirkte entspannt.

Claudia war früher ihr Fels in der Brandung gewesen, eine richtige Mama eben. Während Leas Grundschulzeit hatte sie nur in Teilzeit gearbeitet und war immer für die Kinder dagewesen. Seit ihrer Scheidung arbeitete sie Vollzeit in einer mittelständischen Softwarefirma. Jetzt, wo die Kinder groß waren, machte sie auch häufig Überstunden. Der Garten war eines ihrer wenigen Hobbys.

Lea liebte ihre Mutter und wollte sie nicht enttäuschen. Normalerweise erzählte sie ihr alles, was sie beschäftigte. Sie wollte keine Geheimnisse vor ihr haben. Sollte sie ihr erzählen, dass sie jetzt tatsächlich mit Rick zusammen war? Sie klopfte leise gegen die Tür. Ihre Mutter drehte sich um.

»Hallo, Schatz«, begrüßte sie Lea und zupfte zwei Blätter ab. »Na, wie war dein Tag?«

»Gut.«

Es drängte Lea, ihrer Mutter alles zu erzählen, aber trotzdem kam kein Wort über ihre Lippen.

»Ich mache uns einen Salat mit Garnelen«, schlug sie vor.

»Klingt gut. Ich hatte noch keinen Hunger, es gab mal wieder eine Sitzung mit Fingerfood bei der Arbeit«, antwortete Claudia. »Aber jetzt könnte ich schon etwas vertragen. Ich bin gleich fertig.«

Claudia reichte Lea ein paar Tomaten, und sie ging in die Küche und holte noch ein paar andere Sachen aus dem Kühlschrank. Der Salat war schnell gemacht. In Gedanken war Lea bei Rick und ihrem gemeinsamen Picknick.

Während des Essens erzählte ihre Mutter von dem Urlaub, den sie mit ihrer frisch geschiedenen besten Freundin plante. »Mein erster Urlaub ohne meine Kinder. Ich bin so gespannt.«

»Das wird bestimmt toll, Mama.«

»Ich habe ein schlechtes Gewissen. Du musst in der Eisdiele arbeiten und ich habe zwei Wochen Spaß.«

»Mama, du hast es dir verdient. Ich werde mich nicht langweilen, ich bin ja jetzt offiziell erwachsen.«

Ihre Mutter lachte.

»Du bist süß. Ich bin so stolz auf dich.«

Als sie gemeinsam den Tisch abräumten, fragte ihre Mutter, ohne sie anzusehen: »Hast du eigentlich Rick noch mal wiedergesehen?«

Lea schluckte. »Wo hätte ich ihn denn wiedersehen sollen?«, fragte sie ausweichend.

»Schatz, ich will und kann dir nichts verbieten, aber ich kenne ihn seit zwei Jahren und er hatte schon viele Frauen. Ich will nicht, dass er dir wehtut.«

»Warum sollte er mich verletzen?«

»Weil er ein Herzensbrecher ist.«

Claudia sah sie so besorgt an, dass es Lea unmöglich

war, ihr die Wahrheit zu sagen. Dass sie ihn längst wiedergetroffen hatte. Und dass sie ein Paar waren.

»Nun ja, wenn ihr euch sowieso nicht mehr gesehen
habt«, sagte ihre Mutter schließlich leichthin.

Lea entgegnete nichts, aber sie fühlte sich sehr unwohl.

»Du hast doch morgen deinen freien Tag?«, wechselte
Claudia das Thema.

Lea nickte.

»Ich habe gesehen, dass es morgen eine Infoveranstal-
tung am Psychologischen Institut gibt. Vielleicht willst du
dort hingehen?«

»Klar. Warum nicht.«

Der Gedanke gefiel Lea. Bestimmt würde sie dort mehr
über den Studiengang erfahren.

Am nächsten Tag fuhr sie mit dem Fahrrad in die Altstadt.
Das Psychologische Institut befand sich in einem historischen
Gebäude in der Hauptstraße. Der großzügige Vorplatz war mit
Steinen gepflastert und in großen Kübeln wuchsen exotische
Palmen, die dem Platz ein geradezu mediterranes Flair verlie-
hen. Direkt daneben befanden sich einige große Cafés. Lea
schloss ihr Fahrrad ab und sah auf die Uhr. Sie hatte noch ein
paar Minuten Zeit. Sie setzte sich auf eine Bank unter einer
Palme und griff wie automatisch in ihre Tasche, um das Handy
hervorzuholen. Der Gedanke, die freie Zeit zu nutzen, um Rick
zu schreiben, schien mittlerweile das Normalste auf der Welt zu
sein. Doch sie zog ihre Hand leer wieder heraus. Sie hatte das
Gerät wohl zu Hause vergessen. Enttäuscht atmete sie aus.

Schließlich begab sie sich zum Treffpunkt, wo bereits
ein Dozent und zwei Vertreter der Studentenschaft warte-
ten, um die Interessierten in Empfang zu nehmen. Nach
einer ausgiebigen Führung gab es eine Vorlesung und am
Ende wurden Aufnahmeunterlagen an diejenigen verteilt,

die sich noch nicht angemeldet hatten. Auch Lea nahm die Unterlagen mit.

Anschließend wurden die Interessenten zu einem Spaziergang zum Marstall, der Mensa der Heidelberger Universität eingeladen, die sich in einem alten Gemäuer am Neckar befand. Doch Lea hatte kein Interesse. Sie kannte den Marstall bereits, und außerdem wollte sie sehen, ob Rick ihr geschrieben hatte. Sie verabschiedete sich und fuhr auf schnellstem Weg nach Hause.

Obwohl es erst fünfzehn Uhr war, war ihre Mutter zu Hause. Gelegentlich konnte sie ein paar Überstunden abbauen und nahm sich einen Nachmittag frei. Gerade wischte sie den Boden.

Lea wusste sofort, dass etwas nicht stimmte, denn Claudia beachtete sie kaum, so energisch schrubbte sie den Küchenboden. Eigentlich hasste sie es, sauber zu machen. Meistens putzte sie, um Dampf abzulassen. Das war ihre Art, negative Gefühle in etwas Positives umzuwandeln. Die Idee dazu hatte sie aus einer der Therapiesitzungen nach ihrer Scheidung.

»Ich muss niemanden beschimpfen und bekomme als Dankeschön ein sauberes Haus«, erklärte sie stolz, wenn sie davon erzählte.

»Hallo, Mama«, sagte Lea ruhig. Da ihre Mutter nicht antwortete, trat sie etwas näher an sie heran.

»Mama, geht es dir gut?«

Claudia reagierte weiterhin nicht. Also rief Lea laut: »Mama, was ist los?«

Dabei zog sie die letzten beiden Buchstaben in die Länge, um sicherzugehen, dass ihre Mutter sie verstanden hatte. Claudia atmete tief durch. Sie richtete sich auf und schaute ihre Tochter an. Ihre braunen Augen funkelten vor Wut. Lea ahnte, dass ihre miese Laune mit ihr zu tun hatte.

»Sagst du es mir?«, fragte ihre Mutter herausfordernd und zog eine ihrer schmalen Augenbrauen hoch.

»Was?«

»Dass du einen Freund hast.«

»Du weißt es?«, fragte Lea leise.

»Ja. Jasmin war hier. Sie wollte sich an eurem freien Tag mit dir verabreden. Dabei sind wir ins Plaudern gekommen. Schade, dass du mich jetzt, wo du erwachsen bist, anlügst. Das hätte ich erwartet, als du fünfzehn warst, aber nicht jetzt.«

Sie hatte ihre Mutter enttäuscht und das machte Lea traurig. Obwohl sie erwachsen war, fühlte sie sich wie ein kleines Mädchen.

»Es tut mir leid, Mama, aber ich habe mich nicht getraut.«

Zum ersten Mal seit Jahren zitterte die Stimme ihrer Mutter, als sie erwiderte: »Es schmerzt, dass du mich anlügst. Ja, Rick ist ein Schweinehund, und ich finde es schrecklich, dass du ausgerechnet ihn als ersten Freund hast, aber dass du mich anlügst, das ...« Vor Wut konnte sie nicht weitersprechen.

»Mama, es tut mir leid. Aber genau wegen dieser Reaktion habe ich es dir nicht erzählt.«

Ihre Mutter hörte ihr nicht zu, sondern schüttelte nur den Kopf. Sie war sauer, weil Lea sie angelogen hatte, aber sie machte sich auch Sorgen, denn sie sah ihre Tochter in Gedanken bereits mit gebrochenem Herzen weinend im Wohnzimmer sitzen.

»Jetzt hat er es schon geschafft, den ersten Riss in unsere Beziehung zu reißen, dabei habt ihr euch gerade erst kennengelernt!«, schimpfte sie. Etwas sanfter fuhr sie fort: »Schatz, ich weiß, dass er dir das Herz brechen wird!«

Lea fühlte sich furchtbar klein und wusste nicht, was sie

darauf erwidern sollte. Ohne ein Wort zu sagen, ging sie in ihr Zimmer. Sie hatte das gleiche schreckliche Gefühl wie damals, als ihre Eltern sich gestritten hatten, kurz bevor sie sich trennten. Es war eine Mischung aus Ohnmacht, Sprachlosigkeit und Trauer. So hatte ihre Mutter noch nie mit ihr gesprochen. Lea war harmoniebedürftig und sie hasste Streit.

Traurig warf sie sich auf ihr Bett und drückte ein altes Kuscheltier, einen schwarz-weißen Wal, an sich, der sonst ein einsames Dasein im Regal fristete. Sie wollte ihre Mutter nicht enttäuschen. Sie hatte so viel für sie getan. Aber durfte sie sich deshalb in ihre Beziehung einmischen?

Die junge Frau grübelte lange vor sich hin. Am liebsten hätte sie mit jemandem gesprochen, aber mit wem? Vielleicht mit Sandra? Lea sah sich suchend um und bemerkte, dass sie ihr Handy nicht mit ins Zimmer genommen hatte. Sie überlegte, wo sie es das letzte Mal gesehen hatte. Heute Morgen hatte sie es auf die Kommode neben der Eingangstür gelegt. Wahrscheinlich hatte sie es dort vergessen.

Sie öffnete die Zimmertür und schlich möglichst leise die Treppenstufen hinunter. Aus dem Augenwinkel sah sie, dass ihre Mutter inzwischen im Wohnzimmer angekommen war. Der Boden im Flur glänzte bereits.

Sie schnappte sich das Handy und lief schnell wieder nach oben. Im Zimmer schaute sie nach, ob jemand versucht hatte, sie anzurufen. Sandra dreimal, Jasmin und Rick je einmal. Er hatte ihr außerdem eine Nachricht hinterlassen.

»Prinzessin, wie geht es dir? Ich vermisse dich. Bin den ganzen Tag in Meetings. Können wir uns morgen sehen? – Rick«

Sie antwortete sofort.

»*Hey, war in der Altstadt, um mir das Psychologische Institut anzusehen, und hatte mein Handy vergessen. Vermisse dich auch. Lea.*«

Sie fühlte sich gleich etwas besser.

Danach schrieb sie Sandra, was passiert war. Diese antwortete schnell.

»*Was? Warum hat Jasmin es deiner Mutter erzählt?*«

Es klopfte an der Tür und Claudia steckte den Kopf herein.

»Möchtest du etwas essen?«, fragte sie.

»Später.«

»Ich wollte dich nicht verunsichern, Schatz. Ich war nur enttäuscht und verletzt.«

»Ist schon gut, Mama. Ich komme später, du kannst gerne schon essen.«

Claudia nickte stumm und schloss die Tür. Lea atmete tief durch. Sie rief Sandra an, erzählte ihr alles und machte ihrem Ärger über Jasmin Luft.

»Sie hat bestimmt nicht gewusst, dass du deiner Mutter nichts gesagt hast. Sonst habt ihr doch ein super Verhältnis.«

»Stimmt.«

»Und wie ist es, kein Single mehr zu sein?«

»Wunderbar«, antwortete Lea und seufzte verliebt.

Sie hatte keine Lust, mit ihrer Mutter zu reden, deshalb ging sie erst nach unten, als sie sicher war, dass Claudia zu ihrer wöchentlichen Verabredung zum Walken aufgebrochen war. Während Lea kalte Gnocchi aß, klingelte ihr Telefon. Es war Rick.

Schnell schlang sie das Essen hinunter und meldete sich.

»Hey, ich wollte einfach nur deine Stimme hören. Damit ich gut schlafen kann«, sagte er.

Lea kicherte. »Ich esse gerade, ich weiß nicht, wie romantisch das klingt.«

»Ist mir egal. Nach zehn Stunden Sitzung jogge ich durch den Wald und denke an dich.«

»Ich denke auch an dich.«

»Vielleicht können wir uns in Gedanken treffen?«

Beide lachten. Er erzählte ihr kurz von seinem Tag, und Lea berichtete ihm von ihrem Besuch an der Uni. Den Streit mit ihrer Mutter erwähnte sie nicht, sie wollte ihm nicht sagen, was Claudia von ihm hielt. Schließlich verabredeten sie sich für den nächsten Abend zu Kino und Abendessen.

Nachdem sie sich verabschiedet hatten, legte sich Lea wieder auf ihr Bett, die Hände auf ihrem Bauch. Diese Berührung half ihr, sich zu spüren, und beruhigte sie. Die letzten Tage und Wochen waren so unglaublich schön und aufregend gewesen. Als Jugendliche hatte sie sich gefragt, wann das Leben, das richtige Leben beginnen würde. Sie konnte mit absoluter Sicherheit sagen, dass ihr richtiges Leben mit der Begegnung mit Rick begonnen hatte.

Was konnte ihr Besseres passieren? Mit neunzehn hatte sie die Liebe ihres Lebens getroffen! Ein Strahlen ging über ihr Gesicht und wollte nicht mehr verschwinden.

Der Wunsch, ihn wiederzusehen, war groß, größer als die gesellschaftlichen Vorgaben, zum Beispiel, dass sie ihn nicht unnötig nerven und sich bis morgen gedulden sollte. Sie wollte sich nicht an die Regeln halten. Eine neue Seite war in ihr erwacht, die der Abenteurerin. Rasch griff sie zum Telefon und rief ihn an.

»Hallo«, meldete er sich.

»Ich bin's noch mal«, meldete sie sich fast schüchtern. »Störe ich dich?«

»Du störst mich nie«, war seine Antwort.

»Joggst du noch?«

»Ich laufe gerade nach Hause.«

»Sollen wir uns treffen?«

»Das machen wir.«

»Ich meine jetzt.«

Sie biss sich auf die Lippe und war froh, dass er es nicht sah.

»Okay. Klar. Wo?«

Ganz in der Nähe gab es einen kleinen Park. Lea schlug ihm vor, dorthin zu kommen, und eine halbe Stunde später verließ sie das Haus. Ihre Mutter würde erst spät nach Hause kommen, weil sie nach dem Sport immer eine Mädelsrunde beim Griechen machte.

Diesmal hatte Lea gar nicht darauf geachtet, wie sie aussah, sie war einfach aus dem Haus gelaufen. Sie war es nicht gewohnt, sich hübsch zu machen, bevor sie rausging, und es fiel ihr erst auf, als sie schon fast am Park war. Sie wollte nicht noch mal umkehren, schließlich war es sowieso gleich dunkel.

Rick wartete schon auf sie. Es war kurz nach einundzwanzig Uhr. Die Sonne verabschiedete sich gerade hinter dem Horizont und tauchte den Himmel in zarte Orange- und Violetttöne. Eine Art sanfter Abschied. Rick stand da, in Shorts und T-Shirt. Seine Beine waren muskulös, man sah ihm an, dass er als Ausgleich zu seinem stressigen Job viel Sport trieb. Er war kein Bodybuilder, aber seine Oberarme waren gut definiert. Leas Herz schlug bei seinem Anblick schneller. Er lächelte, als er sie sah.

Dieses Mal war er nicht so zurückhaltend.

»Hallo, Freundin«, begrüßte er sie mit einem zärtlichen Kuss.

Obwohl er Sport gemacht hatte, roch er nicht nach Schweiß, sondern frisch geduscht.

»Hast du dich umgezogen?«

»Natürlich, ich habe schnell geduscht. Ich werde dich doch nicht verschwitzt in den Arm nehmen.«

Sie lachte.

»Du siehst wunderschön aus«, sagte er und sah sie bewundernd an.

Lea kam sich vor wie eine Filmheldin. Er umarmte sie und sie schlang die Arme um seinen Hals.

Eine Weile sahen sie sich nur an. Um sie herum war es still, lediglich die Grillen zirpten. Der kleine Park war leer und in den Häusern waren die ersten Lichter zu sehen.

Das Abendlicht ließ sie im schönsten Licht erstrahlen. Sie feierten ihre frische Liebe mit dem ersten Kuss, den sie ganz allein genießen konnten. Dieses Mal spürte Lea nicht nur seine Lippen. Die ganze Zeit hatte sie Angst davor, weil sie nicht wusste, wie man küsst, und sich nicht blamieren wollte. Aber zu ihrer Überraschung war bei Rick alles so entspannt und natürlich. Bei ihm fühlte sie sich sicher.

»Ich wünsche mir, dass dieser Moment nie endet«, flüsterte sie, während er mit seinen großen, warmen Händen zärtlich über ihre Wangen strich.

»Ich auch.«

11

FRÜHLING 2023

»Wir können reingehen.«

Die Stimme von Ricks Schwester riss sie aus ihren Erinnerungen. Lea räusperte sich, atmete tief durch und nickte. Diese Angst und Aufregung, die sie überkam, hatte sie nicht einmal bei ihrer letzten Scheidung erlebt.

Zum Glück griff Steffi nach ihrer Hand.

»Danke noch mal, dass du gekommen bist. Ich weiß, du wolltest keinen Kontakt mehr, auch nicht zu mir, aber es tut gut, dich zu sehen. Ich habe dich wirklich vermisst.«

Steffis Stimme bebte vor Trauer.

Lea rang sich ein Lächeln ab.

»Es tut mir leid, dass ich den Kontakt zu dir ohne ein Wort abgebrochen habe. Aber damals war alles zu schmerzhaft und ich wollte einfach niemanden mehr sehen, der mich an ihn erinnert.«

»Ich verstehe«, antwortete Steffi mit Tränen in den Augen. Sie drückte Leas Hand. »Hab keine Angst, wenn wir reingehen«, sagte sie und Lea merkte, wie sie sich bemühte, einen beruhigenden Tonfall beizubehalten. »Er sieht nicht aus wie vor dem Schlaganfall. Er ist an viele Geräte angeschlossen und liegt im Koma.«

»Koma?«, fragte Lea.

»Die Ärzte haben ihn in ein künstliches Koma versetzt, um den Hirndruck zu senken. Es geht wohl darum, dass er keine weiteren Schäden erleidet.«

Sie atmete laut hörbar aus. Es fiel ihr offensichtlich schwer, die Fassung zu wahren.

Schließlich fing sie sich und sagte: »Lea, neben seinem Sohn und mir bist du die Person, die er immer geliebt hat. Ich weiß noch nicht, wie sich sein Zustand entwickeln wird, aber ich weiß, dass er sich freuen würde, dich zu sehen. Vielleicht gibt ihm das Kraft. Egal, was du zu sagen hast.«

Lea sah sie erschrocken an, nickte aber. Am liebsten wäre sie weggelaufen. Dennoch, etwas in ihr freute sich, ihn wiederzusehen.

Beide atmeten tief durch, dann öffnete seine Schwester die schwere, breite Tür zum Intensivzimmer.

Auf den Schock, ihn in diesem Zustand zu sehen, hätte Steffi Lea mit keinem Wort vorbereiten können. Sofort schossen ihr Tränen in die Augen. Ihre Brust fühlte sich schwer an, als läge darauf ein großer Stein.

Sie erkannte Rick kaum wieder. Seine Haare waren kurz und größtenteils grau. Seine Augen waren geschlossen, als würde er schlafen. Die rechte Seite seines Gesichts wirkte seltsam entspannt, fast hängend. An Nase und Mund hingen Schläuche und die Geräte neben seinem Bett piepten monoton. Ein großer Monitor zeigte wellenförmige Linien.

Eine Krankenschwester stellte gerade etwas an einem Infusionsbeutel ein. Sie begrüßte sie und sagte in gebrochenem Deutsch zu Steffi: »Sie wissen: Etwas passiert? Knopf drücken.«

Bei diesen Worten zeigte sie auf eine Art Joystick neben dem Bett. Rick war nur mit einem dünnen Laken zugedeckt, seine Arme waren frei. Auf dem Oberarm hatte er eine Tätowierung, ein Herz mit dem Namen *Julian* darin. Der Name seines Sohnes. Das Tattoo erinnerte Lea plötzlich an damals, der Schmerz war da und ihr Herz fühlte sich so schwer an, dass sie dachte, sie würde gleich ohnmächtig werden. Sie musste sich sehr anstrengen, um die Fassung zu bewahren.

Lea, atme tief durch, ermahnte sie sich in Gedanken. *Es ist lange her. Es ist vorbei. Du tust Steffi nur einen Gefallen.*

Leider war nichts vorbei, das spürte sie sofort. Der Schmerz war genauso groß wie vor zehn Jahren. Und noch andere Gefühle erwachten in ihr. Wut, Trauer, Mitleid und Liebe. Letztere versuchte sie seit Jahren zu ersticken. Jetzt war sie machtlos.

Weitere Schläuche hingen an seinen Händen. Während Lea sie betrachtete, entdeckte sie etwas oberhalb seiner Hand ein zweites Tattoo, auf der Innenseite des Unterarms. »Lea für immer« stand darauf.

Der alte Rick hatte keine Tattoos gemocht. Er fand sie unästhetisch und kommentierte die Tattoos ihrer Bekannten mit einem ironischen Unterton. Er hatte Lea sogar gebeten, sich das nie anzutun. Umso mehr wunderte es sie, dass er sich zwei hatte stechen lassen.

Steffi streichelte ihn liebevoll.

»Hallo, Rickilein, wie geht es dir heute?«, fragte sie ruhig und lächelte ihn liebevoll an.

Keine Antwort. Nur sein Atem war zu hören. Doch das hielt sie nicht davon ab, weiterzureden. Sie sah sich prüfend um, nahm ein feuchtes Tuch und wusch ihm sanft das Gesicht.

»Seine linke Gesichtshälfte ist schlaff«, erklärte Steffi

und bestätigte, was Lea bereits aufgefallen war. »Das sind Lähmungen durch den Schlaganfall. Jetzt müssen wir sehen, wie es sich entwickelt. Manchmal werden die Lähmungen auch wieder besser.«

»Was ist denn genau passiert?«, fragte Lea.

»Es war ein schwerer Schlaganfall. Er war wohl gerade im Park spazieren. Zum Glück hat ihn ein Jogger gefunden und den Krankenwagen gerufen. Die Ärzte sagen, jede Minute zählt bei so etwas.«

Lea nickte.

»Und jetzt?«

Steffi zuckte mit den Schultern und ihre Augen füllten sich wieder mit Tränen.

»Wir hoffen auf ein Wunder. Die Ärzte können noch nicht genau sagen, wie gut oder schlecht sein Zustand ist. Es kann sich in alle Richtungen entwickeln. Sie haben eine Thrombolyse durchgeführt, um das Blutgerinnsel aufzulösen, aber es war schon viel Zeit vergangen. Jetzt geht es darum, wie viel Hirngewebe gerettet werden konnte. Sie sagen, obwohl er im Koma liegt, kann man mit ihm reden. Vielleicht möchtest du ihm etwas sagen?«

Erschrocken sah Lea sie an und widersprach: »Ich weiß nicht, was.«

»Du wolltest ihn doch heiraten. Ich bin sicher, es gibt Dinge, die du ihm sagen möchtest. Auch wenn es unangenehm ist.«

Sie streichelte über ihren Oberarm.

Lea sah Steffi an. Die letzten zehn Jahre waren nicht spurlos an ihr vorübergegangen und die Sorgen der vergangenen Tage saßen tief. Das war nicht zu übersehen. Unter ihren Augen waren dunkle Ringe, die sie mit Make-up zu kaschieren versucht hatte.

»Ich gehe mal kurz raus. Vielleicht fällt es dir dann leichter«, sagte Steffi ermutigend.

Am liebsten hätte Lea gerufen: »Bitte bleib, lass mich hier nicht allein.« Aber das konnte sie Steffi nicht antun. Sie war kein Weichei, also blieb sie äußerlich ruhig und nickte.

Als die Tür zufiel, traute sie sich kaum, Rick anzusehen. Ganz vorsichtig drehte sie sich zu ihm um. Sie war dankbar, dass er sie nicht sah. Das gab ihr die Möglichkeit, ihn genauer zu betrachten. Immer wieder fiel ihr Blick auf das Tattoo mit ihrem Namen. Hatte er sie wirklich nicht vergessen? Dabei war er es doch, der sie so tief verletzt hatte. Wie hatte er ihr das nur antun können, wenn er sie so sehr liebte, dass er sich sogar ihren Namen tätowieren ließ, nachdem sie sich getrennt hatten?

Die Gefühle von vorhin kamen wieder hoch. Doch sie wollte sie nicht mehr ertragen. Zu lange hatten diese schon ihr Leben bestimmt. Erst letztes Jahr war sie so weit gewesen, dass sie die Vergangenheit aufarbeiten wollte, um sie für immer hinter sich zu lassen. Ein Jahr hatte sie auf den Therapieplatz warten müssen. Die ersten Stunden hatten bereits einige Vermutungen bestätigt, die sie schon länger hatte. Und nun holte sie die Vergangenheit so schnell ein, dass sich die Gedanken in ihrem Kopf überschlugen. Die ganze Gefühlsarbeit war umsonst gewesen.

Warum zitterte sie bei seinem Anblick, obwohl sie sich seit zehn Jahren nicht mehr gesehen hatten? Sie fühlte sich ähnlich aufgewühlt wie bei ihrer ersten Begegnung.

Wieder sah sie ihn an, ihr Blick wanderte an seinem Körper entlang. Er hatte sich nicht verändert und gleichzeitig war er nicht wiederzuerkennen. Auf den ersten Blick war er immer noch der gut aussehende Rick. Er hatte graue Haare und Falten, aber das störte den Gesamteindruck nicht. Gleichzeitig wirkte er so leblos. Sie konnte nicht sagen, ob dies auf den Schlaganfall und das künstliche Koma zurückzuführen war oder zu seinem Leben gehörte.

»Hey«, sagte sie und überlegte, was sie ihm sagen wollte. Nein, sie würde ihm keine Vorwürfe machen. Er sollte ja gesund werden.

»Wir haben uns lange nicht gesehen. Das letzte Mal war nicht so schön. Ich habe dir sogar den Tod gewünscht.« Ein ironisches Lachen fand seinen Weg nach außen. »Und auch danach noch ziemlich oft. So wütend war ich auf dich.«

Sie hatte das Bedürfnis, ihn zu berühren. Vorsichtig und in Zeitlupe, als wollte sie eine Rosenblüte berühren, die abzufallen drohte, strich sie nur mit den Fingerspitzen über seinen Oberarm.

»Aber das tue ich nicht mehr. Es tut mir leid, was dir passiert ist. Ich hoffe, es geht dir bald besser.«

Seine Augenlider hoben sich leicht. Nur für einen kurzen Moment. Lea stieß einen leisen Schrei aus. Hatten sich seine Pupillen bewegt? Sie war sich fast sicher, dass sie eine Bewegung in ihre Richtung gesehen hatte.

In diesem Moment kam Steffi herein.

»Steffi, er hat die Augen bewegt!«, rief Lea.

Seine Schwester legte eine Hand auf seine Wange. Sie sah Rick an, der seine Augenlider nun wieder geschlossen hatte.

»Das sind nur Reflexe, sagen die Ärzte. Aber vielleicht ...« Steffi zuckte mit den Schultern.

So schnell, wie die Bewegung gekommen war, so schnell war Ricks Gesicht wieder in den regungslosen Zustand verfallen. Aber Lea konnte nicht vergessen, was sie gesehen hatte. Sie spürte, wie aufgewühlt sie war.

»Vielleicht kann er uns wirklich hören«, überlegte Steffi laut. »Ich weiß, dass du ihm etwas bedeutest. Auch wenn er dir damals wehgetan hat.«

Steffi seufzte. Lea hatte sie von Anfang an gemocht. Sie war ein paar Jahre älter als Rick und eine unglaublich kluge Frau. Sehr autoritär, aber gleichzeitig liebevoll und wortgewandt. Damals war sie für sie die große Schwester gewesen, die Lea nie gehabt hatte. Neben ihrer Familie und Rick war Steffi eine der wichtigsten Personen gewesen. Als Lea den Kontakt zu allen, die mit Rick zu tun hatten, abgebrochen hatte, hatte sie dieser Verlust am meisten geschmerzt. Sie hatte sonst niemanden, der weise genug war, um ihr zu raten, aber auch noch jung genug, um sich in ihre Lage zu versetzen.

Es war das erste Mal, dass sie Steffi gegenüberstand und selbst eine reife Frau war. Trotzdem spürte sie wieder diese Verbindung zu ihr, wie zu einer Schwester.

»Das sind bestimmt die Reflexe«, wiederholte Lea.

»Willst du gehen?«, fragte Steffi.

Lea wusste es nicht. Alles kam ihr so unwirklich vor. Wie ein böser Traum.

»Ich weiß nicht.«

»Du kannst gerne noch bleiben.«

»Vielleicht ist es besser, wenn ich jetzt fahre.«

»Das kann ich verstehen. Danke, dass du gekommen bist. Du weißt nicht, wie sehr ich das schätze.«

Lea nickte wieder stumm und verzog den Mund zu einem höflichen Lächeln.

»Wo wirst du übernachten?«

»Bei meiner Mutter.«

»Habt ihr das Haus noch?«

»Nein. Meine Mutter hat es verkauft und sich dafür eine schnuckelige Dreizimmerwohnung in der Altstadt gekauft. Ganz in der Nähe von der Eisdiele, in der ich früher gejobbt habe.«

»Gute Entscheidung, für sie alleine war das Haus ja viel zu groß.«

»Ja, wobei sie den Garten vermisst. Aber sie reist jetzt so viel, da könnte sie sich eh nicht um die Pflanzen kümmern.«

Die beiden Frauen umarmten sich zum Abschied und Lea ging nachdenklich nach draußen.

12

Als sie auf dem Parkplatz zu ihrem Auto lief, sah sie in
einiger Entfernung die Frau, die sie seit Jahren in ihren
Träumen verfolgte und von der Lea gehofft hatte, ihr nie
wieder begegnen zu müssen. Neben ihr stand ein Junge. Sie
wusste sofort, wer es war, denn er war seinem Vater wie aus
dem Gesicht geschnitten. Julian, der Name im Herztattoo.

Die beiden bewegten sich wie in Zeitlupe. Zum Glück
sahen sie nicht in Leas Richtung. Der Junge wirkte traurig
und seine Mutter auch. Lea hatte sie seit damals nicht mehr
gesehen. Und nun kreuzten sich ihre Wege. Seltsamerweise
fühlte sie nichts bei diesem Anblick. Vielleicht zeigte die
Therapie ja doch erste Erfolge.

Auf den letzten Metern zu ihrem Auto duckte sich Lea
fast, um nicht von der Frau entdeckt zu werden. Sie stieg in
den Wagen, schaltete das Radio ein und fuhr los.

Erleichtert atmete sie auf, als die Autobahnschilder
auftauchten. Eine halbe Stunde später stand sie vor dem
Mehrfamilienhaus, in dem ihre Mutter lebte. Sie klingelte,
dann ging sie durch das geschwungene Treppenhaus des

Altbaus in den zweiten Stock. Ihre Mutter erwartete sie freudestrahlend im Rahmen der Wohnungstür und nahm sie in den Arm.

»Mein Schatz, schön, dass du da bist.«

Während Lea die Umarmung erwiderte, konnte sie schon am Geruch erahnen, dass es Lasagne gab. Ihr Lieblingsessen von früher.

»Danke, Mama, dass du Lasagne gemacht hast«, sagte Lea auf dem Weg ins Gästezimmer.

»Sie ist vegetarisch, ich hoffe, das ist okay für dich. Ich esse seit ein paar Monaten kein Fleisch mehr.«

Das wunderte Lea nicht. Ihre Mutter probierte ständig neue Ernährungstrends aus.

»Das ist völlig in Ordnung.«

Nachdem Lea ihr Gepäck abgestellt hatte, setzten sie sich an den runden Tisch in der Küche und fingen an zu essen.

Claudia schaute ihre Tochter immer wieder neugierig an. Sie wusste, was los war, aber sie war einfühlsam genug, sie nicht mit Fragen zu löchern.

Die Wohnung ihrer Mutter gefiel ihr. Es gab große Fenster in der Küche und dem Wohnzimmer, die viel Licht hereinließen, sodass die Wohnung größer wirkte, als sie eigentlich war. Alles war sehr geschmackvoll eingerichtet und die Wohnung strahlte aus, dass es ihrer Mutter gut ging. Claudia war mit ihrem Leben zufrieden. Das hätte sie vor ein paar Jahren wahrscheinlich selbst nicht geglaubt.

Nach dem Nachtisch, Leas geliebtem Grießbrei mit Kirschen, setzten sie sich aufs Sofa. Nach einem Moment des Schweigens wagte Claudia zu fragen: »Wie war es?«

Lea sah ihre Mutter nicht an, sie brauchte einen Fluchtpunkt, und das war der kleine Kaktus auf der Anrichte.

»Schlecht, Mama, ganz schlecht. Er hatte einen Schlaganfall. Es ist noch nicht klar, wie sich sein Zustand entwickeln wird.«

»Kann er sprechen?«

»Nein, die Ärzte haben ihn in ein künstliches Koma versetzt. Ich weiß nicht, ob er überhaupt gemerkt hat, dass ich da war.«

»Ich habe ihn vor drei Jahren einmal zufällig in der Stadt gesehen«, sagte ihre Mutter. »Er war mit seinem Sohn Eis essen.«

»Habt ihr euch gegrüßt?«

»Nein, haben wir nicht. Das war mir zu unangenehm und ich bin mir sicher, dass er sich auch nicht wohlgefühlt hätte. Er wusste ja, wie ich zu ihm stehe.«

»Wann kommen Lydia und Moritz wieder?«, wechselte Lea das Thema. Sie merkte, dass jetzt, wo sie über Rick sprach, zu viele negative Gefühle die Oberhand gewannen. Das wollte sie nicht, denn der Besuch im Krankenhaus hatte sie schon viel Kraft gekostet.

»Die waren das ganze letzte Wochenende mit den Kindern hier. Es geht ihnen gut. Ich glaube, sie wollen noch ein drittes Kind«, antwortete Claudia stolz.

»Wirklich? Ich werde wieder Tante?«, fragte Lea. Sie freute sich für ihren Bruder, und doch ...

»Es hat sich so angehört. Lydia fühlt sich noch nicht vollständig.«

»Noch eine kleine Baby-Nichte wäre schön«, meinte Lea.

»Wie geht es dir damit?«, fragte Claudia feinfühlig.

»Ich freue mich für sie«, antwortete Lea. Ihre Stimme zitterte. »Aber ich fühle mich schrecklich dabei. Ich wäre so gerne Mutter geworden.«

Ihre Mutter umarmte sie mit Tränen in den Augen.

»Ach, mein Schatz, es tut mir so leid.«

»So ist das Leben. Erbarmungslos«, erwiderte Lea bitter.

»Petras Tochter ist einfach nach Dänemark gefahren und hat sich mit Spendersamen befruchten lassen.«

»Ich werde mir einen Hund kaufen, Mama«, unterbrach Lea das leidige Thema.

Überrascht und traurig sah ihre Mutter sie an und sagte: »Also wenn du dich für ein Kind entscheiden würdest, würde ich dir helfen, es großzuziehen.«

»Das ist lieb, Mama, aber ich will keine alleinerziehende Mutter sein.« Lea legte ihrer Mutter liebevoll eine Hand auf den Oberschenkel.

»Du hast recht. Hauptsache, du bist glücklich. Ich habe versprochen, mich nicht in dein Leben einzumischen.«

Lea sah ihre Mutter ernst an und widersprach: »Ich möchte, dass du dich einmischst. Du bist meine Mama und ich weiß, dass du mich liebst.«

Sie umarmten sich. Nie hätte Lea geglaubt, dass sie einmal diesen Satz sagen würde.

Für einen Moment sprach keine der beiden. Dann fragte ihre Mutter: »Wollen wir noch einen Film gucken? Ich habe ein paar Hitchcock-DVDs ausgeliehen bekommen.«

Lea nickte. »Soll ich eine Flasche Wein aus dem Keller holen?«, fragte sie.

»Oh, gerne. Soll ich nicht mitgehen?«

»Ach was, ich kenne mich mittlerweile aus.«

Lea nahm sich den Schlüssel vom Board im Flur und lief nach unten. Im Keller war es angenehm kühl. Der Verschlag ihrer Mutter war winzig, wie so oft in alten Häusern, aber sie hatte mehrere Regale aufgebaut, sodass alles ordentlich und gut zu finden war. Als Lea zum Weinregal in der hintersten Ecke ging, ließ sie ihren Blick über die Kisten in den Regalen wandern. Ein weißer Kleidersack, der bis auf den Boden reichte, erweckte ihre Aufmerksamkeit. Oben stand »She« und auf einem Schild, das an einem Reißverschluss befestigt war, ihr Name: Lea.

Den gibt es noch, dachte sie überrascht. Sie lief hin und öffnete den Reißverschluss. Elfenbeinfarbener Organzastoff kam zum Vorschein und der muffige Geruch alter Kleidung stieg ihr in die Nase.

Sofort tauchten Bilder von einem fast vergessenen Frühlingstag in ihr auf.

13

FRÜHLING 2013

Lea saß am Mannheimer Marktplatz am Außentisch eines Cafés und trank einen Eistee. Es war einer der ersten Frühlingstage und trotz des kalten Windes schien die Sonne. Den ganzen Morgen über war sie beim Zentralinstitut für seelische Gesundheit gewesen, das sich nur ein paar Straßen weiter befand. Dort nahm sie an einem interdisziplinären Forschungsprojekt zwischen den Universitäten Heidelberg und Mannheim teil, das sich mit Sozialpsychologie befasste. Nun gönnte sie sich eine Auszeit, bevor sie die Bahn zurück nach Heidelberg nehmen würde.

Immer wieder blickte Lea auf den Verlobungsring, der filigran an ihrem linken Ringfinger funkelte. Sie konnte ihren Stolz und ihre Freude nicht unterdrücken. Er war schmal, schlicht, mit einem kleinen Diamanten in der Mitte. Obwohl sie keine Schmuckliebhaberin war, hatte sie sich sofort in diesen Ring verliebt.

Sie hatte ihn nicht einmal ihrer Mutter gezeigt. Sie wusste, dass sie sich nicht für sie freute. Selbst nach fast fünf

Jahren Beziehung akzeptierte sie Rick nicht als Partner für ihre Tochter. Sie duldete ihn lediglich.

Lea seufzte. Sie hatte noch niemandem davon erzählt, obwohl sie den Ring schon seit vier Wochen trug. In diese Zeit war ihr Forschungsprojekt und der Urlaub ihrer Mutter gefallen. Auch ihre Freundinnen hatte sie in letzter Zeit nicht gesehen. Sandra lebte mittlerweile in Berlin, und Jasmin war in ihrem neuen Job sehr eingespannt.

Wieder strich Lea über den Ring. Es fühlte sich noch so unwirklich an. Er hatte ihr wirklich einen Antrag gemacht. Sie hatte zwar nie an seiner Liebe gezweifelt, aber sie hätte ihn nie gedrängt, den nächsten Schritt zu unternehmen. Sie lebten bereits seit zwei Jahren zusammen, hatten einige Höhen und Tiefen zusammen gemeistert und konnten nach wie vor nicht voneinander lassen. Dennoch hätte sie das Thema Hochzeit wahrscheinlich erst angesprochen, wenn das Ende ihres Studiums greifbar war. Ihr Bachelorstudium in Psychologie hatte sie vor anderthalb Jahren abgeschlossen. Sie war eine der ersten Studentinnen gewesen, die in Heidelberg einen Abschluss in dem noch recht neuen Bachelorstudium absolviert hatten. Trotz einiger Praktika war sie unschlüssig gewesen, wie sie sich danach beruflich orientieren sollte. Rick hatte ihr geraten, ein Masterstudium draufzusetzen. Nun war die Zeit gekommen, ein Thema für ihre Masterarbeit zu suchen.

Und nun würde sie vielleicht noch vor dem Master in Psychologie einen Ehemann haben. Sie würde tatsächlich seine Frau sein!

Lea bezahlte und schlenderte durch eine Nebenstraße zurück in Richtung der nächsten Haltestelle, an der die Bahn nach Heidelberg fuhr. Dabei fiel ihr auf, dass sich in dieser Straße zwischen Dönerläden und Restaurants ein Brautgeschäft mit türkischem Namen an das andere reihte.

Die meisten Kleider wirkten sehr pompös und glitzernd und waren eher nicht nach ihrem Geschmack. Sie blieb vor einem Laden stehen und betrachtete die Kleider im Schaufenster. Bald würde auch sie sich auf die Suche nach einem passenden Kleid machen.

Beim Betrachten der Brautkleider bekam Lea Lust, eines anzuprobieren. Sie ging hinein, einfach so, ohne eine Vorstellung zu haben, nur ihrem Wunsch oder einer Laune folgend.

Es waren keine Kunden im Geschäft. Irgendwo zwischen den Kleiderstangen trat eine sehr freundliche, stark geschminkte Frau mit pechschwarzem Haar hervor. Sie war etwa Mitte vierzig und wirkte südländisch.

»Guten Tag, kann ich Ihnen helfen?«, fragte sie.

Lea lächelte verunsichert.

»Ich wollte nur mal sehen, was es hier für Kleider gibt.«

Die Frau mit den großen braunen Augen musterte sie aufmerksam und wusste sofort Bescheid.

»Wir haben Kleider für alle festlichen Anlässe, aber vor allem für diesen einen besonderen Tag.« Ihr Blick verweilte kurz auf Leas Händen. »Frisch verlobt, nehme ich an?«

Lea kicherte verlegen und nickte.

»Ihr Bräutigam hat Geschmack, das ist ein sehr schöner Ring, er passt perfekt zu Ihnen.«

»Danke.«

Lea betrachtete den Ring noch einmal und strich über den Diamanten.

»Möchten Sie einen Tee oder unsere selbst gemachte Limonade?«

Überrascht sah Lea sie an. Es gab Tee und Limonade in einem Brautladen? Aber sie lehnte dankend ab. Schließlich wollte sie gar nichts kaufen, sondern sich nur umsehen.

»Herzlichen Glückwunsch zur Verlobung«, fügte die aufmerksame Verkäuferin hinzu.

»Danke.«

»Haben Sie schon einen Termin?«

»Nein, noch nicht. Ich habe den Antrag erst vor Kurzem bekommen.«

»Genießen Sie die Zeit, es ist manchmal die schönste.«

Lea nickte, auch wenn das eher negativ klang, und nahm sich vor, sie zu genießen.

»Sie haben Glück, ich habe keine Termine, wir können gemeinsam nach etwas Passendem suchen. Soll es opulent oder schlicht sein? Prinzessin oder elegant?«

»Ehrlich gesagt, habe ich mir darüber noch keine Gedanken gemacht. Ich war in letzter Zeit mit meinem Studium beschäftigt, das bald zu Ende geht. Vielleicht haben Sie ja eine Idee?«

Die Frau legte ihr die Hand auf die Schulter und sagte selbstbewusst: »Bei einer so schönen Braut habe ich viele Ideen.«

Sie schenkte Lea einen Tee ein und stellte ihr Kekse hin. Ein Nein ließ sie wohl nicht so einfach gelten. Obwohl Lea weder Hunger noch Durst hatte, nahm sie einen Keks, denn sie wollte nicht unhöflich sein.

»Wie lange sind Sie schon zusammen?«

»Seit fast fünf Jahren«, erzählte sie. »Mein erster und einziger Freund.«

»Das ist ja wunderbar«, antwortete die Frau, auf deren Namensschild »Yildiz« stand. »Und wie heißt er?«

»Rick.«

»Er ist bestimmt groß und sieht gut aus.«

Lea nickte verträumt.

»Ich sehe, Sie sind sehr verliebt.«

»Das bin ich, immer noch. Wir haben uns vor zwei

Jahren für ein paar Wochen getrennt. Das war die schlimmste Zeit für mich, und für ihn auch.«

»Warum habt ihr euch getrennt, wenn ich fragen darf?«

Lea bemerkte, dass die Verkäuferin sie plötzlich duzte, aber es störte sie nicht. Sie konnte sich selbst nicht erklären, warum sie der fremden Frau bereitwillig und ohne Hemmungen so etwas Intimes über sich und ihre Beziehung erzählte. Vielleicht gerade, weil sie sie nicht persönlich kannte, und im Gegensatz zu ihrer Mutter mit ihr ohne Bedenken über die Beziehung zu Rick sprechen konnte? Selbst bei den Treffen mit Sandra und Jasmin vermied sie es, zu viele Details über ihre Beziehung zu erzählen. Trotz aller Beteuerungen von Jasmin, dass sie sich für Rick und sie freue, spürte Lea doch ein gewisses Unbehagen, wenn sie in ihrer Gegenwart über ihn sprach. Wahrscheinlich bildete sie es sich nur ein, aber es fühlte sich manchmal so an, als ob Jasmin ihr nicht recht verziehen habe, obwohl sie etwas anderes behauptete. Ihre Körpersprache sagte etwas anderes.

»Hat er dich betrogen?«, fragte die Verkäuferin geradeheraus.

»Nein, meine Mutter mag ihn nicht und das ist immer ein Streitpunkt. Die Anspannung war so groß, dass ich es nicht mehr ausgehalten habe. Aber dann konnten wir es doch nicht ohne einander schaffen.«

»Warum mag sie ihn nicht?«, fragte Yildiz beiläufig, während sie nach passenden Kleidern suchte.

»Er ist etwas älter und hat im Gegensatz zu mir schon viele Beziehungen gehabt.«

Yildiz nickte, ohne etwas zu sagen, aber Lea hatte das Gefühl, dass sie sich sofort ein Bild von ihm machte.

»Ich bin auch Mutter einer Tochter und kann deine Mutter verstehen.«

»Aber die Beziehungen hatte er, bevor wir zusammen waren.«

»Wenn er älter ist als du, ist das ja auch normal. Hast du ein Foto von ihm?«

Lea zückte ihr Smartphone und zeigte Yildiz das letzte gemeinsame Foto von Rick und ihr.

»Wow!«, rief die Verkäuferin begeistert. »Ein tolles Paar, und ich habe eine Idee, wie du am schönsten Tag deines Lebens aussehen könntest.«

Während Yildiz das Kleid holte, blätterte Lea in einem Katalog und war überwältigt von der Auswahl. Sie hätte nicht gedacht, dass es so viele unterschiedliche Modelle gab, aber sie hatte keine Ahnung, was ihr stand und was nicht.

Gerade als sie aus lauter Langeweile an dem leckeren Tee nippte, kam Yildiz mit einem Kleid zurück. Es war ein tief ausgeschnittenes Kleid mit einem Mieder und einem langen, weiten Rock. Eines dieser klassischen Brautkleider, die in den Schaufenstern hingen. Lea zuckte mit den Schultern und dachte: »Ach, was soll's. Ich probiere es an.«

Tatsächlich stand ihr das Kleid sehr gut. Doch die Verkäuferin war kritischer. Mit ihrem geschulten Auge musterte sie Lea von Kopf bis Fuß.

»Nein, das bist du nicht«, sagte sie. »Du brauchst etwas Schlichteres, Romantischeres, Zarteres.«

Sie ging zurück zu den Kleiderstangen mit den unzähligen Kleidern und kam mit einem anderen Kleid zurück.

»Probier das mal an.«

Sie half Lea in das lange elfenbeinfarbene Kleid und rief begeistert: »Ich wusste es! Das ist dein Kleid. Modelle wie dieses verkaufen wir selten. Meine Kundinnen wollen meistens etwas Opulentes, aber mir persönlich gefällt es am besten, und wenn ich noch einmal heiraten würde, dann würde ich dieses Kleid tragen.«

»Was für ein Kleid hattest du denn bei deiner Hochzeit?«

»Das hat meine Mutter ausgesucht, so ein weites Prinzessinnenkleid mit einer endlosen Schleppe. Meine Mutter hat sich damals eher ihren eigenen Traum erfüllt, als auf meine Wünsche Rücksicht zu nehmen.«

Yildiz warf Lea einen etwas wehmütigen Blick zu.

»Gut, dass du allein hier bist.«

Lea antwortete traurig: »Ich glaube, meine Mutter hätte sich gewünscht, mitzukommen. Vielleicht können wir noch einmal zusammen hierherkommen und ich zeige ihr das Kleid.«

»Natürlich, das ist eine gute Idee.«

Lea betrachtete sich im Spiegel. Das Kleid war lang, hatte bestickte Ärmel und eine kurze Schleppe. Der zarte Organzastoff mit den fließenden Übergängen umspielte ihre hübsche Figur. Sie verliebte sich sofort und wusste, dass sie kein anderes Kleid anprobieren musste. Dieses Kleid würde sie an ihrem Hochzeitstag tragen.

Yildiz sah sie gerührt an, als wäre sie selbst die Mutter der Braut.

»Es ist wirklich wunderschön. Einfach perfekt. Was kostet es denn?«

Lea musste schlucken, als die Verkäuferin den Preis nannte.

Yildiz deutete ihre Mimik richtig. »Ach, weißt du, man heiratet nur einmal, und da solltest du dein Traumkleid tragen. Und es ist bei Weitem nicht unser teuerstes Kleid.«

Lea nickte. Sie füllte einen Vorvertrag aus, schließlich musste das Kleid in ihrer Größe bestellt und angepasst werden, und das ging nicht ohne Anzahlung. Zum Glück hatte sie noch ihren Job in der Eisdiele. Mittlerweile war sie quasi die rechte Hand des Chefs geworden. Aber das sollte sich bald ändern. Rick hatte ihr vorgeschlagen, nach ihrem Studium mit ihm gemeinsam ein Beratungsunternehmen zu gründen. Lea könnte ihr Fachwissen einbringen und er seine Expertise. Persönlichkeitstests für Mitarbeiter, Programme zur Stressbewältigung und Burn-out-Vorsorge, Seminare zu Teamdynamik und Mitarbeiterführung – die Liste mit Ideen, die sie gemeinsam erarbeitet hatten, war schier endlos.

Lea freute sich schon darauf, mit ihm zusammenzuarbeiten. Sie waren einfach ein gutes Team, daran gab es keine Zweifel. Doch bei all den Zukunftsüberlegungen schweiften ihre Gedanken immer öfter zu Kindern. Sie wollte unbedingt eine Familie gründen. Auch Rick wünschte sich Kinder, doch er konnte warten. Nur weil er älter war als sie, sollte sie nicht sofort nach ihrem Studium Mutter werden.

Lea war es gewohnt, dass die Planung ihres Lebens in Ricks Händen lag. Er war es gewesen, der gesagt hatte, sie solle erst ihr Studium beenden und mindestens ein Jahr arbeiten, dann würden sie sich an die Erweiterung der Familie machen. Sie verstand Ricks Gedankengang und wusste, dass er nur ihr Bestes im Sinn hatte. Aber für sie selbst war es gar nicht so dringend, sich zuerst beruflich zu verwirklichen. Wenn sie jetzt schwanger geworden wäre, hätte es sie nicht gestört. Keine ihrer Freundinnen hatte bisher Kinder, aber Lea fühlte sich bereit.

Als Lea sich schließlich von der Verkäuferin verabschiedete, hatte Yildiz Tränen in den Augen. Spontan umarmte sie die junge Frau.

»Ich weiß nicht, warum ich das tue. Irgendwie habe ich das Gefühl, dich umarmen zu müssen.«

Lea war gerührt. Ein Teil von ihr fragte sich, ob Yildiz das mit allen Bräuten machte. Vielleicht war es eine Verkaufstaktik? Aber es fühlte sich so echt an. Sie mochte die Verkäuferin jedenfalls auf Anhieb und freute sich darauf, sie zur Anprobe wiederzusehen.

Als sie aus dem Laden trat, war sie eine andere Frau. So wie damals, als sie Rick kennengelernt hatte. Es war, als hätte sie ihr altes Leben verlassen und ein neues wartete auf sie. Aufgeregt und überglücklich entschloss sie sich, Sandra und Jasmin einzuweihen. Obwohl sie sich in den letzten zwei Jahren etwas aus den Augen verloren hatten, war ihr klar, dass sie sie über die Neuigkeit informieren musste. Es war an der Zeit.

Sie schrieb zuerst Sandra eine Kurznachricht.

Gleich darauf klingelte das Telefon und Sandra rief in den Hörer: »Was? Du hast ohne mich ein Kleid gekauft? Das verzeihe ich dir nie!«

»Du musst natürlich zur Anprobe kommen.«

»Sag bloß nicht, es gibt schon einen Hochzeitstermin!«

»Nein, es war eher Zufall. Ich war in einem Geschäft und wollte einfach mal reinschauen.«

»Wer hätte gedacht, dass du mal als Erste von uns heiratest?«

»Stimmt, ich war mir immer sicher, dass Jasmin die Erste sein würde.«

»Hm, weiß sie es schon?«

»Noch nicht, wir haben uns in letzter Zeit nicht so oft gesehen und gehört. Du weißt schon, der Stress mit der Arbeit und dem Studium. Jasmin ist echt fleißig. Und irgendwie haben wir uns auseinandergelebt.«

»Stimmt, es ist nicht mehr wie früher, aber wir sind auch nicht mehr die von früher«, antwortete Sandra.

»Ehrlich gesagt, ist es schon anders geworden, als ich Rick kennengelernt habe.«

»Meinst du? Vielleicht war sie ein bisschen eifersüchtig, weil sie nicht die Erste in einer festen Beziehung war.«

»Oder sie dachte, ich hätte ihr Rick weggeschnappt.«

»Sie hat ihn nur gesehen und fand ihn toll. Das war alles.«

»Keine Ahnung, ist nur so ein Gefühl, wahrscheinlich hast du recht. Und wie läuft's bei dir?«, fragte Lea.

»Ach, mir gefällt es einfach super gut hier in Berlin. So ganz anders als das verschlafene Heidelberg oder Mannheim. Und an der Charité ist es sowieso genial.«

Wenn Lea mit Sandra sprach, war es immer so, als hätten sie sich erst gestern gesehen. Sie war so dankbar, dass sie noch gute Freundinnen waren. An der Uni hatte sie zwar manchmal etwas mit Kommilitonen unternommen, aber gute Freundschaften hatten sich nicht daraus ergeben.

»Wie wär's, wenn ich mal Jasmin frage, ob sie Lust hat, mit mir zu dir nach Berlin zu fahren? Dann können wir ein bisschen feiern«, schlug Lea spontan vor.

»Ja, das ist eine tolle Idee. Mensch, Lea, ich dachte schon, ihr würdet nie heiraten.«

»Ich ehrlich gesagt auch. Rick wollte mich nie in eine Rolle drängen.«

»Und deine Mutter?«

Lea seufzte. »Ich habe es ihr noch nicht gesagt«, musste sie gestehen.

»Wirklich? Oh, sie akzeptiert es immer noch nicht?«

»Ich würde sagen, dass sie ihn toleriert. Aber mehr nicht.«

»Puh, in diesem Punkt ist sie echt stur.«

»Das kannst du laut sagen. Sie redet jetzt mit ihm und er wird sogar ab und zu eingeladen.«

»Irgendwas muss passiert sein, dass sie ihn so ablehnt.«

»Sie meint einfach, dass er ein Womanizer ist und mich verletzen wird. Nur weil er früher schon ein paar Frauen hatte. Egal, sie haben zumindest Waffenstillstand. Sie muss ihn auch nicht mögen, um ihn zum Geburtstag einzuladen.« Wieder seufzte sie. »Sie hatte genug Zeit, sich an den Gedanken zu gewöhnen, dass wir heiraten.«

»Ach, inzwischen sind doch schon ein paar Jahre vergangen. Ich bin sicher, sie wird sich mit dir freuen. Ich glaube, sie wäre traurig, wenn du das Kleid ohne sie kaufen würdest.«

»Glaubst du?«

»Da bin ich mir sicher.«

»Ich habe das Kleid schon, aber ich nehme euch und Mama mit zum Anprobieren.«

»Das klingt gut, aber vergiss nicht, einen Termin zu vereinbaren.«

Lea lachte.

»Stimmt, das habe ich ganz vergessen. Ich habe nur an das Kleid gedacht.«

Sie scherzten noch eine Weile, bevor sie auflegten.

14

Als Nächstes versuchte Lea, Jasmin zu erreichen, aber das Telefon war ausgeschaltet. Vielleicht war sie wieder einmal im Ausland.

Erst gegen Abend meldete sich ihre Freundin. »*Ja, ich bin auf Geschäftsreise*«, schrieb sie. »*Mega stressig, bin mit meinem Chef unterwegs. Ist was passiert? Bin in drei Tagen zurück. LG Jasmin.*«

»*Nein, nein, alles in Ordnung. Melde dich, wenn du zurück bist*«, antwortete Lea.

Seit Jasmin vor einem Jahr begonnen hatte, bei einer Investmentfirma zu arbeiten, hatten sie nur noch wenig Kontakt. Sie hatte fast nie Zeit für ein Telefonat, und Treffen waren noch seltener. Nur wenn Sandra in der Stadt war, schafften sie es, sich auf einen Cocktail zu verabreden.

Als Lea in ihre Dreizimmerwohnung in dem hübsch renovierten Altbau kam, roch es schon im Flur nach gebratenen Zwiebeln und Knoblauch. Sie sog genießerisch den Duft ein. Rick war ein hervorragender Koch und in letzter

Zeit überraschte er sie oft mit einem besonderen Essen, Blumen oder Konzertkarten.

»Meine Prinzessin!«, rief er fröhlich.

Als sie ihn mit dem Geschirrtuch auf der Schulter in der Küche stehen sah, musste sie grinsen. Rick sah immer noch gut aus, nein, mit seinen sechsunddreißig Jahren sah er noch besser als vor fünf Jahren. Gefühle tiefer Verbundenheit erwachten in ihr und sie lief zu ihm, um ihn zu küssen.

»Wow! Hey! Womit habe ich das verdient?«

»Weil du mein Mann bist«, antwortete sie und schlang ihre Arme um seinen Hals. Rick sah sie an, lächelte zärtlich und blickte dann kurz an ihr vorbei.

»Oh, das Gemüse. Es verbrennt gleich.«

Widerwillig ließ Lea ihn gehen. Sie deckte den Tisch, während er sich um das Essen kümmerte. Bald darauf saßen sie mit der obligatorischen Kerze und einem Glas Roséwein am runden Glastisch. Im Hintergrund lief Klassikradio.

»Wie war dein Tag?«, fragte Rick und nahm eine Gabel von dem Wokgemüse mit Basmatireis.

»Er war gut. Richtig gut.«

Er sah sie an. »Was war denn so gut?«

»Ach, ich war shoppen.«

»Was hast du gekauft?«

Lea warf ihm einen dieser Blicke zu, sexy und geheimnisvoll. Sie genoss es, mit seiner Neugier zu spielen.

»Willst du es mir zeigen?«

Theatralisch verzog sie den Mund, als würde sie nachdenken, dann lächelte sie ihn wieder an.

»Nein, das möchte ich nicht.«

»Hört sich nach schöner Unterwäsche an.«

Lea kicherte. »Wer weiß.«

Rick sah sie genauer an. »Irgendwas stimmt nicht. Sag es mir!«

Lea spielte unbewusst mit ihrem Verlobungsring.

Ricks Blick blieb daran hängen und er sagte: »Irgendwann demnächst sollten wir nach einem Termin für unsere Hochzeit suchen.«

»Das stimmt, aber du hast so viel um die Ohren.«

Rick nahm ihre Hand. »Ich werde mir dafür Zeit nehmen. Du bist das Wichtigste für mich, und ich möchte, dass unsere Hochzeit unvergesslich wird.«

Lea schossen Tränen in die Augen. Rick schaffte es, mit Worten aus jedem noch so unbedeutenden Moment etwas Unvergessliches zu machen.

»Hast du es deiner Mutter schon erzählt?«, wollte er wissen.

»Noch nicht, das mache ich morgen. Und ich wollte noch mit Jasmin reden. Vielleicht kann ich morgen auch mit ihr sprechen. Ich übe erst mal bei ihr, bevor ich es meiner Mutter erzähle. Du hast doch in Jasmins Firma Seminare gegeben. Sie ist ständig gestresst. Irgendwie scheint die Firma super anstrengend zu sein.«

Rick zuckte desinteressiert mit den Schultern und sah nicht einmal auf, während er antwortete: »Keine Ahnung. Es ist wie überall, sie haben viel zu tun.«

»Sie ist wieder auf Geschäftsreise. Ich glaube, sie ist immer noch ein bisschen eifersüchtig, dass ich mit dir zusammen bin«, probierte Lea, ihn aus der Reserve zu locken.

Rick ging nicht darauf ein, sondern widmete sich seinem Essen.

Kümmerte ihn das wirklich nicht? Aber Jasmin war ja nur eine Freundin seiner Verlobten, die er ziemlich selten sah.

»Deine Mutter wird sicher nicht begeistert sein«, sagte er schließlich.

»Ach, sie wird sich damit abfinden müssen. Sie weiß bestimmt selbst, dass es der nächste Schritt ist. Unsere Liebe hat schon so viele Proben überstanden.«

Rick sah sie fast traurig an und sagte: »Ich liebe dich.« Er streckte die Hand über den Tisch und ergriff ihre. »Ich liebe dich auch.«

Rick war schon im Bett und las noch eine Zeitschrift, als sie später im Morgenmantel aus dem Bad kam.

Sofort legte er die Zeitschrift weg und sah sie mit großen Augen an.

»Ich bin bereit.«

Überrascht und fast verwirrt sah sie ihn an.

»Wofür denn?«

»Na, die Unterwäsche.«

»Was für Unterwäsche?«, fragte sie verwundert. Wovon redete er?

»Die, die du gekauft hast.«

Lea prustete los. »Ich habe wirklich keine gekauft.«

Wie ein Welpe, der kein Leckerli bekommen hat, sah er sie an und sagte: »Du verheimlichst mir etwas.«

Lea lächelte überlegen und erwiderte: »Schon möglich.«

Plötzlich bemerkte sie eine Veränderung in seinem Gesicht. Einen Anflug von Freude. Er setzte sich auf.

»Bist du schwanger?«

»Nein, natürlich nicht.«

Sie klang gekränkt und traurig, dabei hätte sie viel lieber: »Leider nicht«, gesagt.

Rick kannte sie gut, und doch verstand er nicht, was in ihr vorging.

»Entschuldige, ich habe Blödsinn geredet«, sagte er,

stand auf und ging zu ihr. Sanft strich er ihr über die Schulter.

»Es war dumm von mir, bitte vergiss, was ich gesagt habe«, bat er.

Lea sah ihn an.

»Ist schon gut, Schatz. Das ist schon lange her«, antwortete sie, denn sie wusste, dass dieses Thema auch für ihn schmerzhaft war, obwohl es schon drei Jahre her war. »Die meisten Frauen haben irgendwann in ihrem Leben eine Fehlgeburt. Auch wenn sie jung sind.«

Im Nachhinein fragte sie sich, ob die Trauer über die Fehlgeburt einer der Gründe gewesen war, warum sie sich für ein paar Wochen getrennt hatten, obwohl sie sich liebten. Damals war ihr alles zu viel geworden.

»Wir werden noch viele Kinder bekommen, das hat die Ärztin doch auch gesagt«, tröstete er sie.

»Genau, und wir wären wahrscheinlich beide noch nicht bereit für ein Kind gewesen«, stimmte sie ihm zu, obwohl sie sich längst bereit für ein Kind fühlte. Aber logisch betrachtet war es natürlich sinnvoller, noch zu warten. Bald würde Lea ihr Studium abschließen, und dann würde es noch besser passen.

Rick hielt ihre Hand und wiederholte: »Es tut mir trotzdem leid, dass ich so dumm war.«

Die Traurigkeit kam überraschend, aber Lea schob sie beiseite. Keiner von beiden wollte über dieses verdrängte Thema sprechen. Stattdessen begann Lea, Rick leidenschaftlich zu küssen. Sie sehnte sich nach seiner Nähe.

Er zog ihr den Morgenmantel aus und flüsterte: »Du bist so schön.«

Lea schloss die Augen und genoss die Berührung seiner Hände, die über ihren Rücken strichen.

Rick kannte ihren Körper, er wusste, was ihr gefiel, und

sie kannte ihn. Für einige Augenblicke entkamen sie der Realität, gaben sich einander hin, waren eins. Es war leidenschaftlich, fast wie am Anfang ihrer Beziehung.

Später, als Rick neben ihr eingeschlafen war, stand Lea auf, zog ein T-Shirt über und ging ins Arbeitszimmer. Dort nahm sie eine Schachtel aus dem Regal. Sie schaute noch einmal zur Tür. Sie war allein. Vorsichtig holte sie den alten Mutterpass heraus. Sie strich darüber und betrachtete die wenigen Ultraschallbilder ihres ungeborenen Kindes.

Sie seufzte. Es hatte nicht sein sollen. Den errechneten Geburtstermin wagte sie nicht anzuschauen. Auf der einen Seite wollte sie verdrängen, auf der anderen Seite war der Wunsch groß, diese wenigen Erinnerungen zu sehen.

Wie seltsam. Als sie damals gemerkt hatte, dass sie schwanger war, fand sie es im ersten Moment schrecklich, aber als Rick sie überredet hatte, das Baby zu behalten, hatte sie es schon verloren.

Sie war wütend auf die ganze Welt gewesen, auf Rick und vor allem auf ihre Mutter. Denn die schien damals sichtlich erleichtert, dass sie noch nicht Großmutter werden würde.

Was folgte, war der einzige große Streit, den sie mit Rick je gehabt hatte. Auch von ihm hatte sie sich damals nicht verstanden gefühlt. Aber ihr Leben hatte sich so schrecklich ohne ihn angefühlt. Nach nur vier Wochen waren sie wieder zusammengekommen.

Lea schaute ihren Ring an und lächelte. Sie legte das Etui weg und lief zurück ins Schlafzimmer. Er schlief tief und fest. Sollte sie ihm sagen, dass sie ein Brautkleid gekauft hatte? Diesmal würde alles nach Plan laufen – Kleid, Hochzeit und dann ein Baby.

Sie schaute noch einmal zu Rick und streichelte ihm liebevoll über das Gesicht. Sie liebte ihn so sehr. Die Freude auf ihre gemeinsame Zukunft überdeckte alle anderen Gefühle.

15

Am nächsten Tag schrieb Sandra Lea, dass sie am Wochenende spontan nach Heidelberg kommen würde. Sie schlug ein Treffen zu dritt vor. Sie hatte zuerst mit Jasmin gesprochen, die am wenigsten flexibel war, aber am Samstagabend hatte sie Zeit. Lea entschied, Jasmin bei diesem Treffen von der Verlobung zu erzählen, das war besser als am Telefon. Oder wollte sie es einfach noch aufschieben? Dann war nun erst einmal ihre Mutter an der Reihe.

Seit Lea ausgezogen war, besuchte sie ihre Mutter einmal in der Woche zu Hause. Meistens kochten sie etwas zusammen. Den Termin an diesem Abend hatten sie schon letzte Woche ausgemacht, also gab es kein Zurück.

Lea war aufgeregt. Heute kostete es sie viel Überwindung, sich in Ricks Auto zu setzen. Sie wusste, dass ihre Mutter Rick nie mögen würde, denn sie machte kein Geheimnis daraus. In seiner Gegenwart war sie meist ruhig und kühl, aber im Nachhinein gab es immer etwas an seinem Verhalten zu bemängeln.

»Hallo, mein Schatz«, begrüßte ihre Mutter sie wie gewohnt, als sie ihr die Tür öffnete.

Claudia hatte sich verändert, seit ihre Tochter ausgezogen war. Sie ging auf Reisen und trieb viel Sport. Pilates hieß ihr neues Hobby, das sie mit viel Begeisterung mehrmals die Woche betrieb. Mit ihrer Trainerin und der Gruppe reiste sie mindestens zweimal im Jahr an die schönsten und sonnigsten Orte der Welt, um noch mehr Pilates zu machen. Entsprechend gut sah sie aus. Besser als früher, als sie noch jünger war, fand ihre Tochter. In ihren hautengen Leggings und der weißen Bluse wirkte sie nicht so, als hätte sie bereits erwachsene Kinder.

»Sag mal, Mama, du hast schon wieder neue Leggings?«

»Ja, die waren im Angebot. Ich habe mir noch ein paar kürzere für Bali gekauft.«

»Für was?«

Lächelnd drehte sich Claudia um. »Kerstin macht wieder ein Pilates-Retreat auf Bali. Alle fahren hin, und da du aus dem Haus bist und dein Freund dein Studium finanziert, habe ich mir die Freiheit genommen.«

Ihre Mutter zuckte die Schultern.

Lea schaute sie mit großen Augen an. Den letzten Teil des Satzes ließ sie unkommentiert, als hätte sie ihn überhört, und sagte nur: »Ihr seid ja krass! Du hattest doch gerade Urlaub.«

»Urlaub kann man nie genug haben. Ich habe dir schon vor einem Jahr gesagt, mach mit. Ich hätte dir finanziell ausgeholfen, aber du wolltest nicht von ihm getrennt sein.«

»Daran liegt es nicht, Mama. Als Studentin habe ich weniger Zeit, als alle denken.«

Claudia lächelte.

»Aber du musst Sport treiben. Das ist sehr wichtig.

Schau mich doch an! Ich bin über fünfzig und fitter als die Dreißigjährigen bei uns.«

»Ich bin stolz auf dich, Mama. Du hast mehr Muskeln als ich.«

»Dafür bist du jung und eine natürliche Schönheit.«

Claudia gab ihrer Tochter einen Kuss.

»Wenn du deinen Master hast, möchte ich dir eine Reise schenken, nur du und ich.«

»Noch ist es nicht so weit.«

Ihre Mutter strich ihr übers Haar.

»Ich bin sicher, du wirst es gut machen, mein Schatz.«

Plötzlich fiel Claudias Blick auf den Ring. Entsetzt starrte sie ihn an. Lea konnte beinahe ihre Gedanken lesen. Der Schreck wich einem fragenden Gesichtsausdruck, aber er war immer noch ernst.

»Ist es das, was ich denke?«

Lea nickte.

»Er will dich heiraten?«, fragte sie. Es klang beinahe ängstlich.

Zögernd antwortete Lea: »Wir sind verlobt.«

Einen Moment schwieg Claudia. Schließlich brachte sie ein Lächeln zustande und umarmte Lea.

»Herzlichen Glückwunsch, Schatz!« Wieder sah sie ihre Tochter an. »Das ist aber eine Überraschung. Puh.«

»Ich wusste es, du freust dich nicht«, sagte Lea. Obwohl sie keine andere Reaktion von ihrer Mutter erwartet hatte, tat es doch mehr weh, als sie gedacht hatte.

»Nein, nein, ich bin nur überrascht«, versuchte ihre Mutter, sie zu beschwichtigen.

»Warum magst du ihn denn nicht?«

»Das weißt du doch, weil er so ein Womanizer ist. Aber du kannst nicht ohne ihn, also akzeptiere ich ihn.«

Diesen Satz hatte Lea in den letzten Jahren schon ein paarmal gehört. Sie seufzte.

»Ich liebe dich und deshalb freue ich mich für dich«, behauptete Claudia. »Komm, Schatz, lass uns anstoßen.«

»Du freust dich nicht und das tut mir weh. Ich will doch nur, dass du ihn magst.«

»Ich werde es versuchen, okay?«

Claudia legte den Arm um ihre Tochter.

Wie ein kleines Mädchen schaute Lea mit großen Augen zu ihr auf und fragte: »Wirklich?«

Ihre Mutter nickte. »Okay. Dann hole ich den Sekt und wir stoßen an.«

»Lieber nicht.«

»Warum?« Ihre Mutter sah sie erschrocken an.

»Weil ich noch fahren muss, Mama.«

»Ach so, natürlich.«

Lea verdrehte die Augen.

»Warum glauben alle, dass ich schwanger bin? Ist das der einzige Grund, um zu heiraten?«

»Passiert öfter, als man denkt. Komm, wir machen das Essen und danach erzählst du mir alles.«

»Da gibt es nicht viel zu erzählen. Es war ganz unspektakulär. Aber ich habe gestern zufällig das passende Brautkleid gefunden!«

Wieder fror der Blick ihrer Mutter ein.

»Was? Jetzt schon? Habt ihr überhaupt schon einen Termin?«

»Nein, noch nicht. Ich hatte auch gar nicht vor, ein Kleid auszusuchen. Ich wollte nur mal sehen, was Bräute so tragen, und dann habe ich angefangen, anzuprobieren.«

Sie erzählte ihrer Mutter von dem Kleid, zeigte ein Foto und fügte hinzu: »Zur letzten Anprobe kommst du natürlich mit.«

Ihre Mutter seufzte.

»Ich kann gar nicht glauben, dass es schon so weit ist. Du bist doch noch so jung.«

»Na ja, Mama, so jung auch wieder nicht. Ich bin vierundzwanzig.«

»Hast ja recht. Komm, wir machen noch den Salat, während die Lasagne im Ofen ist. Und den Prosecco trinke ich allein.«

Lea hätte sich gewünscht, dass ihre Mutter sich mehr freute, aber sie war erleichtert, dass sie Rick nicht schon wieder kritisierte.

Trotzdem fragte sie: »Mama, freust du dich wirklich für mich?«

»Wenn du dich freust, freue ich mich auch. Es ist mir wichtig, dass du glücklich bist. Dass ich Rick nicht mag, ist ja kein Geheimnis. Ich habe Angst, dass er dir wehtut. Aber du liebst ihn und er dich offenbar auch.« Sie schaute ihrer Tochter in die Augen. »Dann soll es so sein und ich gebe dir meinen Segen.«

Erleichtert umarmte Lea ihre Mutter und murmelte: »Vielleicht kannst du ein bisschen aufpassen und nicht immer so spitze Bemerkungen in seiner Gegenwart machen.«

»Ich? Wann mache ich denn spitze Bemerkungen?«

»Na ja, schon öfter.«

»Das ist mir gar nicht aufgefallen. Aber gut, ich werde darauf achten. Ich bin eben so.«

Lea dachte bei sich, dass ihre Mutter nicht mit jedem so geradeheraus war. Aber sie sagte nichts. Schließlich hasste sie hitzige Diskussionen, besonders mit ihrer Mutter.

Später saßen sie auf dem Sofa, und während Lea Tee trank, nippte ihre Mutter am Prosecco.

»Wisst ihr schon, wann und wo ihr feiern wollt?«

»Auf irgendeinem Weingut wahrscheinlich. Rick kennt sich da aus und hat viele Kontakte durch seine Seminare.«

»Du solltest aber auch deine Wünsche äußern«, wandte Claudia ein.

»Natürlich werde ich das tun. Rick hat kaum Zeit, das alles zu organisieren. Das muss ich schon selbst in die Hand nehmen. Und ich hoffe, dass du mir als absolutes Organisationstalent dabei hilfst.«

Claudia schien zum ersten Mal gerührt.

»Das werde ich, Schatz, natürlich. Hast du deinen Vater schon angerufen?«

»Das mache ich morgen, ich wollte es erst dir sagen.«

Das war genau die richtige Antwort, um ihre Mutter zu versöhnen.

»Wo treibt er sich eigentlich herum?«, fragte Claudia.

»Na, da wo er die letzten Jahre auch war. Er wohnt mit seiner Freundin Anja in Stuttgart.«

»Ist mir eigentlich auch egal.«

»Mama, ihr habt zwei Kinder zusammen. Irgendwie müsst ihr doch kommunizieren.«

»Stimmt, das ist auch das einzig Gute, was bei der ganzen Ehe herausgekommen ist.«

Lea sah ihre Mutter an und fragte sich, ob ihr Vater der Grund dafür war, dass sie Männer so negativ betrachtete. Claudia auf ihre Gefühle anzusprechen, lohnte sich nicht. Sie blockte immer ab.

»Und jetzt heiratet mein kleines Mädchen«, sagte Claudia und strich Lea über den Arm. »Als wir geheiratet haben, war eine Hochzeit in Weiß nicht modern. Wir haben es eher schlicht gehalten. Wenn ich ehrlich bin, hätte ich mir auch eine schöne Hochzeit mit vielen Gästen gewünscht.« Sie seufzte. »Jetzt darf ich wenigstens auf deiner Hochzeit sein.«

Sie lächelte und Lea nickte stolz.

»Ich hole was zum Schreiben, dann können wir eine To-do-Liste erstellen«, schlug Claudia vor.

Sie holte ihren Blackberry und begann zu notieren, was an einem solchen Tag wichtig war.

Lea war erleichtert. Ihre Mutter war dabei!

Müde, aber zufrieden fuhr sie ein paar Stunden später nach Hause. Es war schon spät und sie freute sich auf ihr eigenes Heim. Ihr gemeinsames Zuhause mit Rick. Sie war stolz, nicht mehr bei Mama zu wohnen. Sie war erwachsen geworden.

Am nächsten Tag rief sie ihren Vater an und teilte ihm mit, dass sie sich verlobt hatte. Im Gegensatz zu seiner Ex-Frau war er weder überrascht noch hegte er Unmut gegenüber Rick.

»Anja und ich haben uns schon gefragt, ob ihr nicht auch bald heiraten wollt. Schließlich ist Rick nicht mehr der Jüngste.«

Das war neben den Glückwünschen sein einziger Kommentar.

Am Samstagabend traf sich Lea mit ihren Freundinnen in einem dieser hippen, schicken Cafés, die einfachen Gerichten verführerische Namen wie »Morgenröte« oder »Wellenschaum« gaben und sie so schön anrichteten, dass man glaubte, ein Sterneessen zu bekommen, obwohl es nur überbackenes Brot mit Käse und Gemüse war.

Sandra trug wie immer ihre Karottenjeans, die alten Puma-Turnschuhe aus den Neunzigern und ein einfaches weißes T-Shirt. Sie trug jetzt einen Bob mit Pony. Alles stand ihr gut, sogar die übergroße Brille als modisches Accessoire, natürlich ohne Dioptrie.

Das genaue Gegenteil von Jasmin, die sich seit ihrer Schulzeit am meisten verändert hatte. So recht hatte Lea sich ihre Freundin damals nicht in einer Business-Welt wie ihre Mutter vorstellen können. Sie hatte sich gefragt, ob BWL wirklich die beste Entscheidung für Jasmin gewesen war. Doch sie hatte ihr Bachelorstudium mit Bravour abgeschlossen und danach sofort begonnen, in der Investmentfirma zu arbeiten, in der sie bereits ein Praktikum absolviert hatte. Ein Faible für schicke Klamotten hatte sie schon als Jugendliche gehabt. Nun war sie eine richtige Geschäftsfrau.

»Wow!«, sagte Sandra.

»Tja, Mädels, wer Karriere machen will, muss sein Aussehen verändern«, meinte Jasmin und lächelte, als hätte sie die Büchse der Pandora geöffnet.

Lea musste zugeben, dass sie in dem kurzen Kleid mit den passenden Schuhen und der darauf abgestimmten Handtasche gut aussah. Sogar für das lockere Abendessen mit ihren Freundinnen hatte sie sich geschminkt, als würde sie gleich zu einem Fotoshooting gehen.

Im Gegensatz zu früheren Begegnungen wirkte sie aber entspannter und besser gelaunt. Fast überschwänglich begrüßte sie ihre beiden Freundinnen mit Küsschen. Sie hatte ihnen sogar Pralinen von ihrer Geschäftsreise mitgebracht.

Nachdem sie kurz die Speisekarte studiert und etwas bestellt hatten, wollte Sandra wissen, wie es ihnen ging.

Jasmin platzte heraus: »Alles läuft super. Ich bin richtig glücklich.«

Sandra musterte sie und meinte: »Du strahlst auch. So entspannt, ganz anders als in den letzten Jahren.«

Jetzt kicherte Jasmin und beide, Lea und Sandra, wussten es.

»Du hast jemanden!«, rief Sandra laut.

Jasmin wurde rot.

»Ach, ich muss erst mal sehen, ob das was wird.«

»Erzähl!«

»Da gibt es nicht viel zu erzählen. Wirklich. Noch ist da gar nichts, ich muss erst einmal sehen, wie es weitergeht.«

»Wann hast du überhaupt Zeit, jemanden kennenzulernen?«, fragte Lea. »Du bist doch ständig auf Reisen?«

»Bestimmt bei der Arbeit«, vermutete Sandra.

Jasmin lächelte ertappt. »Kann sein. Aber das ist alles, was es dazu zu sagen gibt. Mir geht es gut. Und jetzt du, Sandra.«

»Mir geht es auch gut. Ich lebe mein Leben als Hipster in Berlin. Ich denke, das sagt alles.«

Die Liebe hatte Sandra nach Berlin verschlagen, wo sie ihr Medizinstudium fortsetzte. Von ihrem damaligen Freund hatte sie sich allerdings kurz nach dem Umzug wieder getrennt.

»Und, was macht die Facharztprüfung?«, fragte Lea.

»Ach, das dauert noch«, sagte Sandra.

»Und die Liebe?«, fragte Jasmin. »Was ist mit – wie hieß er noch ...?«

»Jan? Nein, das ist schon lange nicht mehr aktuell. Ich habe einen neuen Freund, er kommt aus Prag und arbeitet bei einem Start-up, das die Textilindustrie erneuern will.«

»Echt?«

Sandra setzte sich auf. Mit ihrer Retrobrille sah sie aus wie eine junge Wissenschaftlerin.

»Ja, aber jetzt zu dir, Lea. Warum haben wir uns überhaupt getroffen? Erzähl doch mal deine Neuigkeiten.«

Sie zwinkerte ihr zu. Jasmin sah sie neugierig an und Lea zeigte auf ihre Hand mit dem Verlobungsring.

»Wer hätte das gedacht, unsere Lea ist die erste Verlobte!«, rief Sandra freudig.

Jasmin schaute sie erst einen Moment lang sprachlos an, als müsste sie erst verarbeiten, was Sandra gesagt hatte. Aber dann schrie sie fast überschwänglich in einem schrillen Ton, als hätte sie gerade selbst einen Heiratsantrag bekommen: »Du bist verlobt!«

Nachdem sie sich etwas beruhigt hatte, wiederholte sie: »Du bist verlobt!«

Alle drei umarmten sich abwechselnd. Schließlich kam das Essen und es gab eine kurze Pause im Gespräch. Die drei jungen Frauen waren damit beschäftigt, die Speisen zu bewundern, zu probieren und anschließend die Gerichte der anderen zu kosten und zu bewerten. Die Stimmung war gut, doch Jasmin aß kaum etwas.

»Es sieht lecker aus, aber irgendwie habe ich keinen Hunger«, sagte sie.

Als die Hälfte aufgegessen war, sah Sandra zu Lea und befahl: »Erzähl jetzt mehr!«

»Es gibt nicht viel zu erzählen. Er hat mir ganz überraschend einen Heiratsantrag gemacht, auf der Neckarwiese. Genau da, wo wir zusammengekommen sind.«

»Rick ist ein verdammter Romantiker«, seufzte Sandra.

Lea zeigte ihr noch einmal den zarten Silberring mit dem dezenten Diamanten.

»Ich weiß nicht, ob ich jemals heiraten werde. Ich will Kinder, aber heiraten ist mir zu altmodisch«, sagte Jasmin und Sandra stimmte ihr zu.

»Das sehe ich auch so. Aber eine Hochzeit finde ich cool. Das Verkleiden und Feiern macht Spaß, genau mein Ding.«

»Verkleiden? Es ist doch keine Faschingsparty!«, widersprach Lea.

Alle drei lachten.

»Wie geht's weiter?«, fragte Sandra, nachdem die Teller abgeräumt waren.

Lea zuckte mit den Schultern.

»Wir suchen eine Location, schauen, wann sie frei ist, und danach kommt alles Weitere.«

»Und dann fehlt noch die Kleidersuche«, meinte Jasmin.

»Ja, das habe ich schon«, antwortete Lea fast ängstlich.

»Wie?«

»Na ja, das war eigentlich nicht geplant. Es war ganz spontan.«

Sie erzählte, wie es dazu gekommen war. Sandra war ganz bei der Sache, aber Jasmin wirkte abgelenkt. Schließlich schaute sie auf ihr Handy und sagte: »Mädels, ich muss los, ich werde morgen verreisen und muss um sechs Uhr aufstehen. Trinkt noch einen für mich.«

Sie verabschiedeten sich und Lea und Sandra sahen Jasmin nach, wie sie eilig das Café verließ.

»Wer hätte gedacht, dass sich unsere Jasmin so verändert«, murmelte Sandra.

»Ach, das passt eigentlich zu ihr. Sie wollte immer mehr.«

»Wer will nicht mehr?«, wandte Sandra ein. »Sie war wirklich überrascht über deine Verlobung.«

»Oh ja«, stimmte Lea zu. »Weißt du noch, als wir unser Abi gefeiert haben? Damals wusste ich noch gar nicht, was ich will. Das kommt erst nach und nach.«

»Und was wünschst du dir jetzt?«

Lea schaute ihrer besten Freundin in die Augen und fragte: »Soll ich ehrlich sein?«

Diese nickte überrascht.

»Ich wünsche mir eine Familie mit Rick. Kinder. Mehr als eine Karriere wünsche ich mir, Mutter zu sein.«

Ihre Freundin klopfte ihr auf die Schulter.

»Dann mach es doch. Ich bin sicher, dass Rick sich auch wünscht, Vater zu werden.«

»Meinst du?«

»Ziemlich sicher.«

»Und du? Was wünschst du dir?«, fragte Lea.

»Ich weiß noch gar nicht, ob ich überhaupt Kinder möchte. Das ist schon eine ziemliche Verantwortung und Einschränkung, findest du nicht? Jetzt muss ich mich erst mal aufs Studium konzentrieren. Da bleibt eh keine Zeit für was anders. Sollte ich jemals Kinder haben, dann irgendwann in der Zukunft, nicht jetzt.«

Sandra schüttelte sich, als hätte sie etwas Saures gegessen. Lea schmunzelte. Ihre Freundin war abenteuerlustig und ernsthaft engagiert. Kinder gehörten nicht zu ihrer Lebensplanung.

Als Lea nach Hause kam, saß Rick noch an seinem Schreibtisch. Sein Arbeitsplatz war chaotisch wie er selbst, und doch schaffte er es, in letzter Sekunde gute Ideen zu liefern.

So sehr sie seine Spontaneität und Kreativität liebte, so schwierig war es, seine fehlende Struktur in den Alltag zu integrieren. Trotzdem gelang es ihm immer wieder, ihr so viel Zuneigung und Liebe zu schenken, dass alle Unzulänglichkeiten dagegen verblassten.

Er drehte sich zu ihr um und küsste sie.

»Hallo, mein wunderbarer Schatz!«, sagte er.

»Na, du fleißiger Bär!«

Sie umarmte ihn und fragte: »Brauchst du noch lange?«

»Ja, der Kunde ist sehr schwierig, ich brauche noch ein paar Stunden.«

»Noch ein paar Stunden? Es ist kurz vor Mitternacht.«

Rick zuckte die Schultern.

»Ich bin eine Nachteule, du kennst mich.«

»Welcher Kunde ist das?«

»Jasmins Chef. Ein schrecklicher Kerl, er hat völlig überzogene Vorstellungen, was man alles in ein Seminar packen kann. Mit dem will ich nie wieder zusammenarbeiten.«

»Das tut mir leid. Ich kann mit Jasmin reden. Ihr Chef hat großes Vertrauen zu ihr. Vielleicht kann sie vermitteln.«

»Ich weiß nicht. Das brauchst du nicht, das kriege ich schon hin. Es macht nur keinen Spaß.«

»Das verstehe ich, mir macht so vieles im Studium keinen Spaß.«

Sie küsste ihn und ging ins Bad. Während sie sich bettfertig machte, fiel ihr das Gespräch mit ihrer Gynäkologin wieder ein. Aus ihrer Tasche zog sie die kleine Dose, die eher an Pfefferminzbonbons erinnerte als an Tabletten. Es war Folsäure, die sie bei einem Kinderwunsch einnehmen sollte, damit das Baby von Anfang an gut versorgt war. Aufregung machte sich in ihr breit. Was, wenn sie bald schwanger würde?

Im Bett malte sie sich aus, wie es wäre, ein Kind zu haben. Sie dachte an die Hochzeit. Was war mit ihrem Plan? Erst die Hochzeit, dann ein Baby? Wenn sie jetzt schwanger würde, würde das Kleid nicht mehr passen. Hatte sie es umsonst gekauft? Sollten sie doch lieber noch verhüten, bis der richtige Zeitpunkt gekommen war?

16

In den nächsten Tagen unternahmen Lea und Rick nichts gemeinsam. Erst war er sehr beschäftigt und kaum ansprechbar, danach war er für eine ganze Woche geschäftlich verreist. Lea fühlte sich einsam ohne ihn und verbrachte die meiste freie Zeit mit ihrer Mutter.

Die beiden begannen mit der Hochzeitsplanung, wie viele Gäste wollten sie einladen, wie würde die Hochzeit ablaufen und was sollte es zu essen geben. Dass Lea ihre Mutter in den Entscheidungsprozess mit einbezog, half sehr, die Lage zu entspannen. Tatsächlich machte Claudia keine abfälligen Bemerkungen mehr über Rick. Sie blühte sogar etwas auf und brachte viele Ideen ein. Es gab so viel zu entscheiden, und Lea fragte sich, wie sie das alles schaffen sollten.

»Schatz, wir sind schon so lange zusammen, da wird uns die Hochzeit nicht entgleiten«, hatte Rick ihr gesagt, bevor er losgefahren war.

Sicher hatte er recht und sie machte sich umsonst Gedanken.

Rick organisierte in einem kleinen Burghotel in der Eifel ein Retreat für die Firma, in der Jasmin arbeitete. Die Mitarbeiter sollten auf die anstehenden Umstrukturierungen vorbereitet werden und die Chefetage ließ sich das einiges kosten. Rick hatte den Job nur angenommen, weil er damit genug Geld verdienen konnte, um sich ein paar Monate Auszeit zu gönnen.

In dem Hotel gab es kaum Handyempfang, sodass Lea Rick nur zweimal über das Festnetz des Schlosses erreichte. Sie freute sich, seine Stimme zu hören, doch Rick war nicht gut drauf. Er erzählte, dass er es bereute, den Job angenommen zu haben. Es war nicht sein Fachgebiet, aber er biss sich durch.

Am Tag seiner Rückkehr bereitete Lea sein Lieblingsessen zu, Burger und Tiramisu. Aber Rick kam und kam nicht. Sie machte sich schon Sorgen, als er ihr eine Nachricht schickte:

»Liebling, ich stecke im Stau und komme sehr spät, warte nicht auf mich. Ich liebe dich so sehr. Dein Mann.«

Ein warmes, wohliges Gefühl überkam sie. In den ersten Tagen seiner Abwesenheit hatte sie genug zu tun gehabt, aber seit gestern schaute sie immer wieder auf die Uhr und konnte es kaum erwarten, ihn wieder bei sich zu haben.

Als sie am nächsten Morgen die Augen öffnete, wusste sie, dass er da war, auch wenn sie ihn noch nicht gesehen hatte. Sein Geruch gehörte zu ihrem Leben und sie liebte ihn.

Ich kann dich immer noch riechen, dachte sie und musste lächeln.

Sie drehte sich auf die Seite und sah ihn neben sich im Bett liegen. Lea setzte sich leise auf und betrachtete ihn. Wie friedlich er wirkte. Die Liebe war in den Jahren ihres Zusammenseins nicht kleiner geworden, nur anders, ruhiger, vertrauter. Wie ein Fluss, der nicht mehr wie ein Wasserfall herabstürzt, sondern geradliniger verläuft.

Lea liebte ihr Leben. Für sie stand fest, dass sie nie wieder einen anderen lieben, geschweige denn brauchen würde. Sie waren in den letzten Jahren zu einer Symbiose verschmolzen. Wie es erst sein würde, wenn sie verheiratet waren? Als ob er spürte, dass sie ihn beobachtete, wachte Rick auf und öffnete die Augen. Im ersten Moment zuckte er zusammen.

»Alles in Ordnung?«, fragte sie.

Er fing sich. »Ja«, murmelte er verschlafen.

Lea lachte.

»Ich starre dich an wie ein Freak«, sagte sie.

Er sah sie irgendwie verloren an. Fast traurig.

»Tut mir leid, ich wollte dich nicht erschrecken.«

Rick stützte sich auf die Ellenbogen. »Du kannst mich nicht erschrecken, du bist mein Engel«, antwortete er so poetisch, dass sie sich zu ihm beugte und ihn küsste.

»Und du bist mein Engel.«

Er schien mit seinen Gedanken ganz woanders. Oder war er einfach noch zu müde?

»Wie war deine Woche?«

Er zuckte mit den Schultern. »Anstrengend, aber jetzt ist sie zum Glück vorbei.«

»Heute ist unser Tag! Schlaf weiter, ich mache uns Frühstück.«

»Nein, das übernehme ich.«

Schon war die Energie in Rick zurückgekehrt. Er sprang auf und sagte: »Du kannst dich im Bad fertig machen, ich bereite alles vor.«

Das tat er auch. Während Lea sich anzog und die Zähne putzte, zauberte Rick ein Frühstück mit Rührei, Pancakes, Saft und Kaffee auf den Tisch.

»Wann hast du denn schon mal so schnell ein Frühstück zubereitet?«, fragte Lea erstaunt.

Rick lächelte. Aus den Lautsprechern dröhnten lateinamerikanische Klänge. Er kochte immer mit Musik. Dabei bewegte er sich wie ein Tänzer zu den schwungvollen Rhythmen. Lea sah ihm bewundernd zu. Nur mit Boxershorts bekleidet, schwang er die Hüften und sang mit. Ein weiteres Talent ihres zukünftigen Mannes. Er war sehr musikalisch. Und im Gegensatz zu ihr hatte er ein gutes Rhythmusgefühl.

Rick drehte sich um, sah sie wieder mit diesem verwunschenen, fast traurigen Blick an, und streckte ihr die Hand entgegen.

»Babe, komm her. Ich hab dich so vermisst.«

Lea kam auf ihn zu. Sie trug Leggings und ein T-Shirt und ihr Haar war noch nass vom Duschen. Rick umarmte sie und wippte mit ihr im Takt. In der Pfanne auf dem Herd zischte es.

»Schatz, die Pfannkuchen verbrennen«, sagte sie.

Er küsste sie und drehte die kleinen Küchlein um.

»Ich bin fertig. Der Kaffee ist auch fertig. Alles bereit für meine wunderbare Frau. Meine zukünftige Frau.«

Lea lächelte.

»Aber für die Hochzeit müssen wir noch ein paar Tänze einstudieren«, sagte er.

»Oh je!«

»Keine Sorge, ich bringe es dir bei.«

Das war der einzige Teil, vor dem sie Angst hatte. Das Tanzen. Sie hatte überhaupt kein Gefühl dafür. Rick legte seine Arme auf ihren unteren Rücken, berührte dabei ihren Po und lehnte seine Stirn an ihre.

»Hast du die Erdbeeren aus dem Kühlschrank gegessen?«, fragte Lea und überließ ihm den Takt.

»Hm, warum? Sollte ich nicht?«

»Ach ... Ich wollte eigentlich ein neues Dessert ausprobieren.«

»Bist du sauer auf mich?«, fragte er verführerisch.

»Vielleicht«, antwortete sie im selben Ton.

»Du machst mich verrückt. Was hältst du davon, wenn wir das Frühstück ein paar Minuten aufschieben und uns den wirklich wichtigen Dingen widmen?«

»Nur wenn die Pfannkuchen nicht anbrennen.«

Während die mitreißenden lateinamerikanischen Rhythmen erklangen, schloss Lea die Augen und gab sich seiner Führung hin. Sie spürte jeden Teil seines Körpers.

Rick schüttelte den Kopf, schaltete den Herd aus und begann, sie leidenschaftlich zu küssen.

»Ich hab dich so sehr vermisst.«

»Ich dich auch«, flüsterte sie und warf den Kopf zurück, während seine Lippen ihren Ausschnitt fanden.

Kleine Stromschläge durchzuckten sie, wie beim ersten Mal, als sie mit ihm geschlafen hatte. Damals waren sie schon ein Jahr zusammen gewesen. Sie wusste nicht, wie es mit anderen Männern war, aber das war ihr egal, denn mit Rick war es genau richtig. Sie kannten sich so gut, dass es für Lea immer ein Genuss war. Sie kam jedes Mal zum Höhepunkt. Auch jetzt, auf dem Küchenboden.

Irrte sie sich, oder wirkte Rick ein wenig verwirrt und nervös? Wenn dem so war, riss er sich zusammen, und kurz darauf lagen sie erleichtert und zufrieden nebeneinander auf dem dünnen Teppich.

»Lass uns nicht mehr lange mit der Hochzeit warten«, sagte Rick, hielt ihre Hand und starrte an die Decke.

»Wie meinst du das?« Lea wandte ihm den Kopf zu.

»Na ja, nicht nächstes Jahr, sondern in ein paar Monaten. Warum müssen wir alles Jahre im Voraus planen?«

»Okay, aber wie sollen wir das in der kurzen Zeit organisieren?«

»Das kriegen wir hin.«

Lea wunderte sich, stellte es aber nicht infrage, so wie sie überhaupt nichts infrage stellte, was Rick betraf.

Er küsste ihre Hand, sprang auf und sagte: »Jetzt können wir frühstücken, ich habe einen Riesenhunger.«

Am Abend wollten sie Ricks ältere Schwester besuchen und ihr von ihren Plänen erzählen. Steffi war nicht nur seine große Schwester, sondern ein bisschen wie eine Mutter für ihn. Die beiden hatten ihre Eltern bei einem Unfall verloren. Steffi war damals schon an der Uni, aber Rick war erst siebzehn gewesen.

Lea hatte Steffi sofort in ihr Herz geschlossen. Sie war ein bisschen wie eine große Schwester für sie, jemand, der schon genug Lebenserfahrung hatte, aber trotzdem noch offen genug für ihre Lebenswelt war und jeden Ratschlag auf eine Weise gab, dass Lea sich nicht bevormundet fühlte. Sie hatte erst spät geheiratet und sich den Traum von einer eigenen Familie erfüllt. Ihr Mann war einige Jahre jünger als sie.

Erschöpft öffnete ihnen Steffi die Tür des Einfamilienhauses.

»Hallo, ihr Hübschen!«

Sie umarmten sich, dann bedeutete sie ihnen, leise auf die Terrasse zu gehen.

»Die Kinder sind gerade erst nach oben gegangen. Als hätten sie gerochen, dass jemand kommt.«

Sie setzten sich an den Gartentisch.

»Klaus ist noch oben und wartet darauf, dass sie die

Äuglein schließen. Wenn sie wüssten, dass ihr hier seid, würde sie keiner mehr in die Heia kriegen.«

Rick und Lea grinsten.

»Ich hole uns einen Aperol«, schlug Steffi vor.

»Wegen uns brauchst du das nicht«, warf Lea ein.

»Aber wegen mir.«

Kurz darauf kam Steffi mit einem Tablett und drei Cocktails wieder.

»So, ich bin so weit.«

Sie lächelte und schaute auf Leas Hand. Lea wusste, dass sie eingeweiht war. Rick erzählte seiner Schwester alles.

Trotzdem fragte sie scheinbar überrascht: »Was glitzert denn da so schön?«

Stolz hob Lea die Hand und drehte den Ring in ihre Richtung.

»Dein Bruder hat mir einen Heiratsantrag gemacht!«, sagte sie und musste kichern.

Fast schüchtern saß Rick da und sagte nichts. Steffi jedoch hatte Tränen in den Augen.

»Ich freue mich für euch!«, rief sie und umarmte erst Lea und dann Rick. »Das wurde aber auch Zeit.«

Lea und Rick sahen sich lächelnd an, während er ihre Hand hielt.

»Und wann ist der große Tag?«

Lea zuckte mit den Schultern und meinte: »So bald wie möglich. Ich werde mich in den nächsten Tagen nach Hochzeitslocations umsehen.«

»Warum so eilig?«, fragte Steffi. Sie sah Lea an, als wollte sie sagen: »Du bist doch nicht schwanger?«

»Dein Bruder hat es so eilig. Vielleicht ist er schwanger«, scherzte Lea.

Rick sah sie ernst an und fragte: »Was?«

»Ich glaube, Brüderchen ist müde, er versteht den Witz nicht«, meinte Steffi.

Die beiden Frauen machten noch zwei Scherze auf seine Kosten und Rick lächelte stumm. Sie stießen noch einmal auf Lea und Rick an und genossen ihre Cocktails.

»Ich fahre, da nehme ich lieber Saft«, sagte Rick nach dem ersten Glas.

Steffi, angeheitert vom Alkohol, strich ihrem Bruder über das dunkle Haar.

»Wenn das nur Mama und Papa sehen könnten. Euer Rickilein heiratet bald.«

Sie wischte sich eine Träne weg und sah die beiden an.

»Und was für eine Braut du gefunden hast! Die musst du weiter hegen und pflegen. So eine Frau gibt es nur einmal.«

Lea umarmte Steffi.

»Du bist die beste Schwägerin, die man sich wünschen kann.«

»Schwesterherz, du hast zu viel getrunken, deshalb bist du so emotional«, sagte Rick trocken.

Steffi streckte ihm die Zunge heraus.

»Das darf ich, schließlich bin ich die Älteste.«

Als ihr Mann runterkam, stießen sie noch mal mit ihm an.

Später im Auto betrachtete Lea Rick. Sie liebte dieses Profil. Seine etwas krumme Nase, die schönen großen Augen und das markante Kinn. Aber heute wirkte er sehr nachdenklich. Die Straßen waren dunkel und menschenleer. Nur das leise Motorengeräusch war zu hören. Das Radio hatte Rick ausgeschaltet. Er liebte die Stille im Auto.

»Du bist so ruhig heute Abend«, sagte Lea.

»Steffi redet genug.«

Lea strich ihm übers Bein. Rick nahm ihre Hand und gab ihr einen Kuss.

»Du bist wirklich das Beste, was mir passieren konnte«, sagte er.

Er sah sie kurz an, aber sein Blick blieb ernst.

In Leas Bauch kribbelte es. Vorfreude und Aufregung überkamen sie, wie damals, als sie ihre ersten Dates hatten. Die berühmten Schmetterlinge im Bauch waren wieder da.

»Ich habe das Gefühl, dass die letzten fünf Jahre wie im Flug vergangen sind«, sagte sie.

»Bist du bereit für die nächsten fünfzig Jahre mit mir?«, fragte er. Rick drehte den Kopf kurz zu ihr und sah sie wehmütig an.

Lea nickte. Ihre Augen, ihre Lippen, ihr ganzes Gesicht stimmten zu.

»Ich liebe dich«, sagte er.

»Und ich liebe dich«, antwortete sie.

17

SOMMER 2013

Seit ihrer Verlobung waren vier Monate vergangen und die Hochzeitsvorbereitungen liefen auf Hochtouren. Es war kein Problem gewesen, einen Termin Anfang Oktober auf einem schönen kleinen Weingut in der Pfalz zu finden, in der Nähe des Weinstädtchens Deidesheim. Die Einladungen waren gerade verschickt worden und sie waren dabei, das Menü zusammenzustellen.

Leas Mutter beteiligte sich nach wie vor an der Organisation, während sich Rick auf seine Arbeit konzentrierte und ihnen freie Hand bei der Planung ließ. Lea suchte immer noch nach einem Thema für ihre Masterarbeit, aber ihr war mittlerweile klar, dass sie es nicht mehr schaffen würde, die Arbeit noch dieses Jahr fertigzustellen. Doch das fand sie nicht weiter schlimm, sie hatte keine Eile. Ihre erste Priorität war die Hochzeit.

An einem Mittwochmorgen geschah etwas Ungewöhnliches. Rückblickend war es der Anfang vom Ende, wie Lea es später in der Therapiestunde nannte.

Mitten in der Arbeit bei der Eisdiele, es war ein nasskalter Junivormittag, klingelte ihr Handy. Sie hatte es auf lautlos gestellt und neben die Schlagsahnemaschine gelegt, deshalb bemerkte sie den Anruf zunächst gar nicht. Ihre neue junge Kollegin, ebenfalls Studentin, machte sie darauf aufmerksam.

»Lea, dein Telefon klingelt bestimmt schon zum dritten Mal.«

Lea sah aufs Display, das gerade wieder leuchtete. Es zeigte eine Nummer an, die sie nicht kannte.

Wer konnte das sein? Als sie zum Handy griff, hatte das Klingeln bereits aufgehört. Aber da dieselbe Person schon dreimal angerufen hatte, beschloss sie, kurz zurückzurufen.

»Guten Tag, Sie haben mich angerufen?«

»Hallo, guten Tag, hier ist der Brautmodeladen«, meldete sich eine jung klingende Frauenstimme. »Sie haben ein Hochzeitskleid bestellt.«

»Richtig, ist es schon da?«

»Ja«, antwortete die Frau knapp. Nach einem ungewöhnlich langen Moment der Stille fuhr sie fort: »Ich wollte Sie fragen, ob Sie es abholen können, da die Besitzerin leider verstorben ist und wir das Geschäft vorerst schließen müssen.«

»Was? Wie schrecklich«, rief Lea schockiert. »Mein Beileid. Äh, ja, ich kann in ein oder zwei Stunden vorbeikommen.«

»Das wäre schön.«

Zitternd legte Lea auf. War Yildiz, diese nette Frau, die sie so freundlich beraten hatte, auch die Besitzerin? Aber sie war doch noch so jung gewesen und hatte völlig gesund ausgesehen. Bestimmt war sie nur die Verkäuferin gewesen.

Da in der Eisdiele nicht viel los war, beendete Lea ihre Schicht eine halbe Stunde früher und fuhr direkt nach Mannheim. Langsam ging sie auf den Laden zu. Von außen war nichts zu sehen. Die hübsch verzierte goldene Tür war verschlossen. Lea suchte nach einer Klingel, aber es gab keine. Sie klopfte und eine junge Frau, die der freundlichen Verkäuferin sehr ähnlich sah, öffnete. Ihre Augen waren rot und verquollen vom Weinen.

»Hallo, wir haben telefoniert. Lea Meister mein Name.«

»Hallo, ich bin Elif, die Tochter der Besitzerin.«

»Was ist passiert?«

Die Tochter wollte antworten, aber der Schmerz war offensichtlich zu frisch. Sie schluchzte nur. Nachdem sie sich ein wenig beruhigt hatte, sagte sie: »Wir verstehen es selbst nicht. Sie war doch immer gesund. Es ging ganz plötzlich, dass sie krank wurde.«

Lea sah sie mitfühlend an. Elif bat sie herein und holte das Kleid. Behutsam legte sie es auf den großen weißen Tisch mit den goldenen Beinen. Lea brauchte einen Moment, bevor sie sich dem Kleid widmen konnte. Aber dann wurde ihr warm ums Herz. Ehrfürchtig berührte sie den elfenbeinfarbenen Organzastoff, der die zweite Lage bildete. Die bestickten Ärmel.

»Es ist noch nicht angepasst, das müssten Sie leider selbst organisieren. Und den Rest bezahlen. Natürlich ohne die Kosten für die Anpassung.«

Lea nickte. Elif überreichte ihr eine Rechnung und sagte: »Entschuldigen Sie bitte die Unannehmlichkeiten.«

»Aber das ist doch nicht Ihre Schuld.«

Mitfühlend sah Lea die junge Frau an. Sie sah ihrer Mutter so ähnlich! Sie hatte fast das Gefühl, die verstorbene Besitzerin vor sich zu haben. Sie strich der jungen Frau kurz über den Arm und Elif lächelte dankbar. Sie packte das Kleid in einen weißen Kleidersack und Lea bezahlte mit ihrer Kreditkarte. Nachdenklich fuhr sie nach Hause und hängte es in den Schrank. Sie musste eine Schneiderin finden, die das Kleid anpassen konnte. Oder passte es vielleicht so? Immerhin würde sie dazu keine Turnschuhe tragen wie im Laden und wäre sicher ein bisschen größer.

Sie holte das Kleid aus dem Kleidersack und betrachtete es voller Bewunderung. Wieder fuhr sie zärtlich über den Stoff. Sie sah auf die Uhr. Rick würde sicher erst in einer Stunde nach Hause kommen. Kurzentschlossen streifte sie ihre Kleider ab und zog das Brautkleid an. Sie stellte sich auf die Zehenspitzen, als würde sie Stöckelschuhe tragen. Das Kleid war zwar etwas zu lang, aber trotzdem wunderschön. Viel würde die Schneiderin nicht anpassen müssen. Lea steckte sich die Haare mit einer Spange hoch und betrachtete sich stolz im Spiegel. Sie summte gerade den Hochzeitsmarsch, als die Zimmertür aufging.

Erschrocken schrie Lea auf. Rick stand im Türrahmen und sah sie wie erstarrt an.

»Oh nein, oh nein, du darfst das Kleid nicht sehen! Geh raus! Schnell!«, schrie Lea.

Rick schluckte und schien so überwältigt vom Anblick seiner zukünftigen Braut, dass er ihre Worte nicht wahrnahm. Er starrte sie mit halb geöffnetem Mund weiter an. Als hätten sie sich abgesprochen, stand er in seinem schicken schwarzen Anzug, mit weißem Hemd und dunkler Krawatte im Türrahmen. Kein Hochzeitsanzug, sondern sein normales Outfit, wenn er bei einer distinguierten Firma arbeitete. Elegant und attraktiv.

»Geh raus, geh raus!«, rief sie.

Endlich setzte sich Rick in Bewegung und schloss die Tür hinter sich. Lea schluchzte enttäuscht auf.

»Bitte nicht weinen. Du siehst so bezaubernd aus, dass es mir den Atem verschlägt«, hörte sie ihn durch die angelehnte Tür sagen.

Lea schimpfte: »Du darfst es nicht vorher sehen. Das bringt Unglück.«

»Das ist Unsinn, das weißt du doch selbst. Warum sollte der Bräutigam die Braut nicht vorher sehen dürfen? Wer hat sich denn diesen Blödsinn ausgedacht? Jetzt freue ich mich erst recht.«

»Der Wow-Effekt ist jetzt weg«, jammerte sie.

»Überhaupt nicht! Ich denke jeden Tag, wenn ich dich sehe, wow! Und in dem Kleid noch mehr. Bitte mach auf. Ich möchte dich so gerne noch einmal sehen und dann warte ich bis zur Hochzeit, versprochen.«

Lea zögerte.

»Bitte.«

Er sagte das auf eine Weise, dass sie nicht Nein sagen konnte. Sie konnte ihm sowieso selten etwas abschlagen.

»Also gut.«

Sie öffnete. Er blieb in der Tür stehen und strahlte sie an.

»Du bist meine Königin! Keine Prinzessin, nein, eine Königin! Wenn ich ein König wäre, würde ich dir mein ganzes Reich zu Füßen legen.«

Spätestens bei diesem Satz lächelte sie. Und in diesem Kleid fühlte sie sich tatsächlich wie eine Königin.

»Darf ich näher treten?«, fragte er leise und sah sie mit dem schiefen Blick an, den sie so an ihm liebte. Er lockerte seine Krawatte.

»Mir ist die Luft weggeblieben. Ich brauche mehr Luft.«

Lea kicherte.

»Du Womanizer, du.«

Er nahm ihre Hand und sagte leise, während er ihr in die Augen sah: »Ja, ja, ich will dich heiraten. Mehr als alles andere.«

Dann zog er sie an sich, küsste sie und legte seine Arme auf ihren Rücken. Lea sah in den Spiegel und betrachtete sie beide. Ja, sie waren das perfekte Paar. Alles war perfekt. Sie schloss die Augen und genoss die Küsse, die er auf ihren Schultern verteilte.

Später würde sie sich fragen, ob die Geschehnisse an diesem Tag nicht schon die Vorboten des kommenden Unheils gewesen waren.

18

HERBST 2013

Zwei Wochen vor der Hochzeit lud Sandra Lea in ein Spahotel ein. Während sie in einem Hamam saßen und von zwei älteren Damen mit großen Schwämmen eingeseift wurden, fragte Sandra: »Sag mal, ist denn schon alles geregelt?«

»Eigentlich schon, meine Mutter hat ein absolutes Händchen für so was. Es hat richtig Spaß gemacht, mit ihr zusammen alles zu planen.«

»Und, steigt die Aufregung?«, wollte Sandra wissen.

»Ich bin irgendwie mega entspannt, aber ich glaube, Rick ist super aufgeregt.«

»Wirklich? Hat er das gesagt?«

»Nein, so was sagt er doch nicht! Aber er hatte kaum Zeit, was zu erledigen, ist ziemlich oft weg und muss viel arbeiten, damit wir danach auf Hochzeitsreise gehen können. Er hat sich ganze sechs Wochen freigenommen, stell dir mal vor!«

»Wow, das werden bestimmt geniale Flitterwochen! Wohin geht's denn?«

»Er will mich überraschen. Aber es wird bestimmt warm.«

»Der hat Nerven.«

Lea lächelte statt einer Antwort und genoss, wie ihr Rücken sanft von oben bis unten geschrubbt wurde.

»Ich freue mich auf die Hochzeit«, meinte Sandra. »Hoffentlich habt ihr schönes Wetter.«

»Ist doch egal. Ich freue mich einfach darauf, mit unseren Freunden und Verwandten zu feiern.«

»Und deine Mutter hat ihren Frieden mit Rick geschlossen?«

»Sie hat keine andere Wahl«, antwortete Lea trocken und beide lachten.

»Ich glaube, nach dieser Behandlung habe ich keine einzige abgestorbene Hautzelle mehr«, stöhnte Sandra.

Nach einer Massage, die auf das Bad folgte, saßen die beiden Frauen im Wintergarten vor einem großen Salat und einem sehr gesund aussehenden Getränk, das die Farbe von abgestandenem Blumenwasser hatte, aber nach Ingwer und Zitrone roch.

»Also, wenn du das trinkst, wirst du strahlen«, behauptete Sandra, während sie in ihrem kuscheligen weißen Bademantel das Glas erhob.

»Oder mich übergeben!«

Sie lachten, prosteten sich zu und probierten.

»Das schmeckt besser, als es aussieht«, meinte Lea anerkennend.

»Da ist Grünkohl drin«, erklärte Sandra.

Lea verzog das Gesicht und antwortete: »Ich wünschte, das hättest du mir nicht gesagt. Ich hasse Grünkohl.«

»Was man nicht alles für die Braut tut«, säuselte Sandra. Dann fügte sie hinzu: »Ich hoffe, es hat dir gefallen.«

»Liebe Sandra, du bist die beste Freundin, die man sich

wünschen könnte. Danke, dass du keinen Junggesellinnen-abschied für mich organisiert hast. Das hätte mir überhaupt nicht gefallen.«

»Ach, ich finde so was eigentlich ganz witzig. Aber hier war es auch schön. Nur schade, dass Jasmin nicht dabei war.«

»Na ja, ich glaube nicht, dass sie sich freut, dass ich heirate. Ich bin gespannt, ob sie wirklich kommt.«

Lea sagte das so beiläufig, als hätte sie einen Fleck auf dem Glas gefunden, das sie nebenbei begutachtete.

»Warum?«

»Ich weiß nicht, aber ich habe so ein komisches Gefühl, dass sie nicht ehrlich ist.«

Sandra nickte und sagte: »Wir haben uns eben alle verändert. Vielleicht ist sie ein bisschen neidisch, dass du als Erste von uns einen Mann fürs Leben gefunden hast.«

»Aber ihr beide sagt doch immer, dass ihr gar nicht heiraten wollt.«

»Ja gut. Irgendwann vielleicht schon«, erwiderte Sandra und schmunzelte. »Und da hast du mit deinem Traumtypen die Messlatte ganz schön hoch gehängt. Aber natürlich freuen wir uns für dich. Also ich tue das auf jeden Fall!«

Bei diesen Worten legte sie Lea den Arm um die Schultern.

Als Lea nach Hause kam, fühlte sie sich unglaublich gesund und schön. Gut gelaunt öffnete sie die Tür. Sie legte ihren Mantel ab und hörte ein Pling, dann das nächste. Sie sah in die Küche. Rick hatte sein Handy auf dem Tisch liegen lassen. Er musste es vergessen haben, denn ohne Handy ging er normalerweise nicht einmal auf die Toilette. Vielleicht war er joggen gegangen? Damit hatte er vor ein paar Wochen wieder angefangen, als Ausgleich zu seinem stressigen Job. Es war seine einzige handyfreie Zeit.

Als es nicht aufhörte zu piepsen, schaute Lea auf das Display. Eine nicht gespeicherte Nummer sandte jede Menge Nachrichten. Eigentlich las sie keine fremden Nachrichten, aber ihr Blick wanderte automatisch über die kurzen Sätze, die als Vorschau auf dem Display erschienen.

»Es ist deins, natürlich bin ich mir sicher.«

Als Nächstes erschien:

»Wir können gerne darüber reden.«

»Wie lange willst du es ignorieren?«

»Hast du mit ihr gesprochen? Oder soll ich?«

»Ich behalte es, egal was du willst.«

Ein mulmiges Gefühl beschlich Lea. Was war das? Worum ging es?

Sie stand einfach nur da und starrte auf das Telefon, während ihr Gehirn verzweifelt versuchte, die kurzen, unzusammenhängenden Sätze zu verstehen.

Was meinte dieser Mensch mit: »Es ist deins, natürlich bin ich mir sicher«?

Plötzlich überkam sie eine schreckliche Ahnung. Der Gedanke war so ungeheuerlich, dass sie sich selbst nicht mehr spürte. Ihre Arme, ihre Beine. Es war, als wäre ihre Seele aus ihrem Körper gewichen. Sie konnte nicht einmal mehr schlucken.

Nein, das konnte nicht sein. Es würde sich alles aufklären. Es musste etwas mit seiner Arbeit zu tun haben. Er würde sie niemals betrügen. Genauso wenig wie sie ihn betrügen würde.

Lea war so in diesen überwältigenden Gedanken gefangen, dass sie alles um sich herum vergaß.

Sie bemerkte Rick erst, als er verschwitzt neben ihr stand und sie begrüßte.

»Lea, was ist los? Ist was passiert?« Erschrocken sah er sie an.

Lea konnte nichts sagen, sie sah ihn einfach nur mit einer seltsam ausdruckslosen Miene an. Sein Blick wanderte zum Handy, das vor ihr lag, und er verstand.

»Scheiße«, murmelte er und griff sich an den Kopf. »Ich wollte nicht, dass du es so erfährst.«

Sie antwortete nichts, sah ihn nur mit diesen leeren Augen an und ihr Blick jagte ihm Angst ein.

»Ich habe einen Fehler gemacht, einen großen Fehler. Ich bereue es zutiefst«, stammelte Rick und biss sich auf die Lippen. Tränen liefen ihm über die Wangen und tropften auf sein T-Shirt. »Es war vor ein paar Monaten, wir hatten die Abschlussfeier unseres Workshops und ich habe zu viel getrunken, weil es so stressig war.«

Er stockte. So verlegen und unsicher hatte sie ihn noch nie gesehen. Wie ein kleiner Junge, der vor der ganzen Klasse seine Schuld gestehen muss. Rick wagte nicht, ihr in die Augen zu sehen.

»Und dann habe ich dich betrogen.«

Er atmete aus, als wäre es eine Art Befreiung für ihn.

Das letzte Wort bohrte sich so tief in Leas Herz, dass ihr schlecht wurde. Ihr Körper reagierte auf seine Aussage, noch bevor ihr Verstand vollständig erfassen konnte, was er da eigentlich beichtete. Ihr war mit einem Schlag so übel, dass sie zur Toilette rannte, um sich zu übergeben.

Dieses schreckliche Gefühl, es war schlimmer als die Fehlgeburt. Damals war er an ihrer Seite gewesen, hatte den Schmerz mit ihr geteilt. Doch jetzt fühlte sie sich furchtbar alleine. Sie hatte sich noch nie in ihrem Leben so leer gefühlt. Als wäre alles in ihr erloschen, alle Gefühle, als könnte sie nie wieder lachen, sich nicht mehr ärgern, nicht mehr weinen. Sie fühlte sich wie ein Zombie. Als wäre alles Menschliche, alles Leben aus ihr gewichen. Es war, als ob sie gerade einem Erschießungskommando entflohen wäre. Sie nahm die Realität kaum wahr.

Kreidebleich lehnte sie an der Badezimmertür. Rick kam zu ihr und fragte mit zitternder Stimme: »Kann ich dir helfen?«

Sie warf ihm einen Blick zu, der ihn verstummen ließ, und fragte mit zusammengebissenen Zähnen: »Ist sie schwanger?«

Er nickte.

»Wer ist sie?«

Als Rick die Frage nicht beantwortete, fragte sie noch einmal hartnäckiger: »Wer ist sie?«

»Es ist Jasmin.«

Lea schnaubte kurz. Warum überraschte sie die Antwort nicht?

Sie blieb ruhig. Beängstigend ruhig. In diesem Moment war all ihre Liebe wie auf Knopfdruck verschwunden. Einfach verpufft. Der Mann vor ihr erschien ihr fremd. Sie kannte ihn nicht mehr.

Rick sah zu ihr auf, dann kniete er sich hin.

»Ich habe dich zutiefst verletzt und Mist gebaut. Bitte verzeih mir.«

Lea sah ihn kalt an und erwiderte: »Du bist für mich gestorben. Ich will dich nie wieder sehen oder sprechen.«

Sie ging ins Schlafzimmer, holte einen kleinen Koffer und packte Kleidung und ein paar persönliche Sachen ein, ohne eine einzige Träne zu vergießen.

Als sie in den Flur zurückkam, lag Rick immer noch auf den Knien und weinte wie ein kleines Kind.

»Bitte verzeih mir, bitte. Ich kann ohne dich nicht leben, Lea. Ich werde alles tun, was du willst.«

Sie warf ihm einen Blick zu, der ihn erstarren ließ. Er war so kühl und emotionslos, dass Rick nichts mehr sagte. Nur die Tränen flossen weiter.

Lea verließ die gemeinsame Wohnung, um nie mehr zurückzukehren. Sie irrte mit ihrem kleinen Rollkoffer ziellos durch die Straßen. Stunden später stand sie vor der Tür ihrer Mutter und fiel ihr weinend in die Arme.

19

FRÜHLING 2023

Statt mit dem Wein kam Lea mit dem Kleid nach oben. Ihre Mutter schnitt gerade in der Küche Sellerie.

»Warum hast du es nicht weggeworfen oder verschenkt?«, fragte Lea.

Ihre Mutter zuckte die Schultern.

»Ein Hochzeitskleid einfach so weggeben ... Das konnte ich nicht. Es gehört dir.«

»Ich will es nicht haben. Sollen wir es verbrennen?«

Empört rief ihre Mutter: »Nein, dafür war es viel zu teuer. Warum spenden wir es nicht? Ich habe irgendwo gelesen, dass es Läden für Bräute gibt, die finanziell nicht so gut gestellt sind.«

Lea legte das Kleid auf einen der Esszimmerstühle.

»Das ist eine gute Idee. Ich hoffe nur, dass die nächste Braut damit glücklich wird. Allein die Umstände, wie ich das Kleid abgeholt habe und er mich darin gesehen hat, hätten mir eine Warnung sein sollen.«

»Hätte, hätte, Fahrradkette. Es bringt nichts, darüber nachzudenken, Liebling. Es hat dein ganzes Leben beeinflusst. Du musst die Entscheidung treffen, die Vergangenheit loszulassen.«

Wenn es nur so einfach wäre. Sie wollte ihrer Mutter nicht die Wahrheit sagen, die sie längst geahnt und vor Kurzem mit ihrer Therapeutin erarbeitet hatte. Sie empfand immer noch etwas für Rick. Und sie konnte dieses Gefühl nicht einfach sterben lassen. Es war zu sehr ein Teil von ihr.

»Ich werde mich darum kümmern. Ich weiß, dass es dich zu sehr mitnimmt«, bot ihre Mutter an.

Überrascht und verlegen sah Lea ihre Mutter an. Wie gut sie sie doch kannte! Als sie nickte, brachte Claudia das Kleid ins Schlafzimmer. Danach setzten sie sich aufs Sofa und aßen Sellerie und Karotten mit einem Käse-Dip.

»Weißt du, ich habe so gehofft, dass ihr wieder zusammenkommt«, sagte Claudia.

Lea schaute sie mit großen Augen an. »Was?«

»Es brach mir das Herz, dich so verletzt zu sehen, und das ist bis heute so geblieben. Du hast dein Leben nicht gelebt.«

Sie seufzte und Lea umarmte sie. Wie sehr hatte sie ihr Mutterherz unterschätzt. Diese Worte berührten sie so sehr, dass ihr die Tränen kamen.

»Ach, Mama, jeder muss im Leben mal leiden«, versuchte sie, Claudia zu trösten. »Das ist einfach so.«

Sie zuckte mit den Schultern und ihre Mutter streichelte ihren Arm. Statt Wein tranken sie Tee und kuschelten sich auf der Couch im Wohnzimmer aneinander.

»Was wirst du jetzt machen?«, fragte Claudia. »Willst du ihn wieder besuchen?«

»Das ist eine gute Frage. Weißt du, Mama, ich glaube, ich habe nie mit ihm abgeschlossen, weil wir nie ein Gespräch hatten, nachdem die Bombe geplatzt war.«

»Das heißt, du willst ihn sehen, um mit ihm zu reden?«

»Keine Ahnung. Momentan ist er nicht einmal bei Bewusstsein.«

»Ich denke, du kannst trotzdem mit ihm reden. Wird das nicht immer empfohlen, mit Komapatienten zu reden? Und vielleicht hilft es dir sogar, wenn er nicht antworten kann. Ich sehe ja, wie sehr dich die Sache noch beschäftigt.«

Lea nickte. »Ich weiß nicht, ob ich die Kraft habe, noch einmal zu ihm ins Krankenhaus zu gehen. Geschweige denn, ob ich mich mit ihm aussprechen könnte. Es ist eine furchtbare Überwindung, in diese sterile Station zu gehen. Es ist wirklich nicht schön.«

»Ich verstehe dich, mein Schatz. Ruh dich erst mal aus, und dann siehst du weiter. Du wirst schon das Richtige tun.«

Als sie am nächsten Morgen im Gästebett bei ihrer Mutter erwachte, fühlte Lea sich viel entspannter als am Vortag. Sie blickte auf die Uhr und sah, dass es bereits kurz nach neun war. In der Küche hatte ihre Mutter einen Zettel hinterlassen.

»Bin bei der Arbeit, Schatz. Habe dir Frühstück hingestellt.«

Auf dem Esstisch standen verschiedene Teesorten, Vollkornbrötchen, Marmelade und Müsli. Lea kochte sich einen Tee und frühstückte in Ruhe.

Als sie fertig war, schrieb sie Steffi, um sich nach Ricks Zustand zu erkundigen. Doch Steffi meldete sich erst nach etwa einer Stunde mit einer kurzen Sprachnachricht. Sie klang gehetzt, als hätte sie die Worte im Laufen aufgenommen.

»Hallo, Lea, ich bin im Krankenhaus. Rick muss notoperiert werden. Es ist kompliziert. Ich melde mich später. Es gibt *so viel Papierkram zu erledigen. Ich weiß nicht, wo mir der Kopf steht.«*

Wieder einmal fühlte Lea sich, als ob ihr der Boden unter den Füßen wegbrechen würde. Gleichzeitig empfand sie ein großes Mitgefühl für Steffi. Ohne lange nachzudenken, schrieb sie zurück:

»Wie kann ich dir helfen?«

Steffi antwortete sofort: *»Könnte moralische Unterstützung brauchen! Kannst du vorbeikommen?«*

Keine fünf Minuten später saß Lea im Auto und fuhr zum Krankenhaus. Dort angekommen, schlug ihr als Erstes der typische Krankenhausgeruch entgegen, eine strenge Mischung aus Desinfektionsmittel und Kräutertee. Neben der Cafeteria saß Steffi niedergeschlagen auf einer Besucherbank. Sie starrte auf ihr Handy, trug die gleiche Kleidung wie am Vortag und ihre Augenringe waren noch größer geworden. Lea setzte sich zu ihr und legt eine Hand auf ihre.

»Soll ich dir einen Kaffee bringen?«

Steffi blickte auf und versuchte zu lächeln.

»Ich habe seit gestern Abend so viel Kaffee getrunken, dass ich bald selbst einen Herzstillstand bekomme.« Sie deutete auf eine Thermoskanne neben sich. »Ich habe meine Flasche Tee. Danke, dass du gekommen bist. Das bedeutet mir sehr viel.«

»Du brauchst dich nicht bei mir zu bedanken. Ich freue mich, dass ich das für dich tun kann«, erwiderte Lea und legte ihren Arm um Steffi. Ricks Schwester fing an zu weinen.

»Wenn Rick stirbt, bin nur noch ich übrig.«

»Ach, Steffi, ich wünschte, ich könnte dir helfen.«

Sie schluchzte. »Das ist alles zu viel für mich. Ich bin völlig überfordert. Woher soll ich wissen, wann etwas ausgeschaltet werden soll? Ich bin die ganze Zeit damit beschäftigt, über seinen Tod nachzudenken. Er soll einfach weiterleben, so wie früher.«

Wortlos strich ihr Lea über den Rücken. Was sollte sie auch sagen? Stand es wirklich so schlimm um ihn, dass Steffi von seinem möglichen Tod sprach? Oder malte sie sich lediglich alle Szenarien aus? Lea traute sich nicht, zu fragen.

»Lass uns nach oben gehen«, sagte Steffi schließlich. »Ich möchte mit der Oberärztin sprechen.«

Auf der Intensivstation mussten sie kurz warten, dann kam eine dunkelhaarige Frau mit einem akkuraten Pferdeschwanz in einem weißen Kittel auf sie zu. Sie wirkte ernst und nachdenklich. Steffi sprang auf.

»Ich bin in fünf Minuten bei Ihnen, ich muss noch kurz zu einem anderen Patienten«, wimmelte die Ärztin sie ab und verschwand in dem langen weißen Flur.

»Es ist schwer, einen Arzt zu finden, der sich auskennt, um eine vernünftige Auskunft zu bekommen«, sagte Steffi.

Aus den fünf Minuten wurden fünfzig. Lea und Steffi verbrachten sie mit Smalltalk über das Wetter, das Krankenhaus und schauten auf ihre Telefone. Die Zeit zog sich wie Kaugummi auf einem heißen Kopfsteinpflaster.

Endlich kam die Ärztin zu ihnen und bat sie in ein Büro, das aussah wie ein Pausen- oder Besprechungsraum.

Sie setzten sich.

»Sie sind also ...?«, wollte die Ärztin wissen. Lea schätzte sie auf Anfang vierzig.

»Ich bin die Schwester von Rick Winter und das ist eine enge Freundin.«

»Hat er eine Partnerin oder einen Partner?«

Steffi schüttelte den Kopf.

»Er hat einen Sohn, aber der ist noch klein.«

Die Ärztin fragte weiter: »Eltern?«

Steffi schüttelte wieder den Kopf.

»Ich bin die Einzige.«

»Gut. Was möchten Sie von mir wissen?«

»Wie es ihm jetzt geht und wie seine Heilungschancen stehen.«

Die Ärztin zog die Augenbrauen hoch und meinte bedauernd: »Sein Zustand ist im Moment noch kritisch. Wir konnten bei der OP ein Blutgerinnsel entfernen. Der Eingriff verlief so weit gut, allerdings wissen wir noch nicht, inwiefern sein Gehirn geschädigt wurde. Wir müssen ihn jetzt mehrere Tage intensiv beobachten, bis wir die Situation besser einschätzen können.«

»Heißt das, er wird bleibende Schäden davontragen?«, fragte Steffi.

»Das hängt davon ab, wie sehr die Thrombose die Luftzufuhr im Gehirn beeinträchtigt hat. Noch ist es zu früh, eine Diagnose zu stellen. Wenn er viel Glück hatte und sich in den nächsten Tagen stabilisiert, wird er vielleicht seine Fähigkeiten zurückerlangen können. Er wird auf jeden Fall eine Reha benötigen.«

»Was meinen Sie damit, wenn er viel Glück hatte?«

»Ich möchte Sie nur darauf vorbereiten, dass es schwierig werden könnte. Möglicherweise wird er Probleme beim Sprechen oder mit der Bewegung haben. Vielleicht wird er nicht mehr in der Lage sein, für sich selbst zu sorgen. Oder schlimmer.«

Leas Magen drehte sich wie die Trommel einer Waschmaschine. Was meinte sie damit, dass es noch schlimmer sein könnte? Dass er sterben könnte?

»Ich möchte Ihnen keine Angst machen, aber im Moment kann es in alle Richtungen gehen. Auch dass er gar nicht mehr zu Bewusstsein kommt. Und wenn es so weit kommt ... Im allerschlimmsten Fall müssen Sie sich überlegen, ob so ein Leben für Ihren Bruder lebenswert ist.«

»Moment, wie meinen Sie das?«

Die Ärztin begann, mit medizinischen Fachausdrücken Ricks Gesundheitszustand zu erklären. Steffi zückte ein Notizbuch und schrieb panisch alle Begriffe auf. Lea räusperte sich.

»Wollen Sie damit sagen, dass er immer noch sterben könnte oder schwer behindert sein wird?«, fragte sie.

»Er könnte langfristig im Koma liegen und dann müssten wir entscheiden, ob wir die Geräte abschalten. Wenn er aufwacht, ist es durchaus möglich, dass einige Bereiche in seinem Kopf irreparabel zerstört sind.«

»Was heißt irreparabel?«, fragte Steffi fast wütend.

»Dass man es nicht reparieren kann«, antwortete die Ärztin sachlich. »Ich möchte Sie einfach darauf aufmerksam machen, dass er mit großer Wahrscheinlichkeit ein Leben vor sich haben wird, das anders sein wird als bisher.«

»Aber er könnte überleben und seine Fähigkeiten zurückerlangen?«

Steffi wollte nicht aufgeben.

»Ja, das hoffen wir sehr. Ab und zu gibt es ein Wunder, aber wir müssen realistisch bleiben. Wenn Sie keine weiteren Fragen haben, würde ich mich gerne verabschieden. Die anderen Patienten warten.«

Die Ärztin gab den Frauen zum Abschied noch einmal die Hand und verließ den Raum. Steffi schrieb hastig in ihr Notizbuch.

»Ich muss das notieren, sonst vergesse ich, was sie genau gesagt hat«, murmelte sie.

In diesem Moment kamen zwei Krankenschwestern mit Brotdosen herein und sahen die Frauen fragend an. Es war wohl nicht nur das Sprechzimmer, sondern auch der Pausenraum.

»Wir sind gleich weg«, sagte Lea. »Komm, Steffi, lass uns rausgehen.« Als Steffi nicht reagierte, zog Lea sie einfach mit sich. Sie hatte das Gefühl, dass sie die Führung übernehmen musste, obwohl sie selbst nur Leere in ihrem Kopf spürte.

20

»Ich brauche frische Luft«, sagte Steffi und sie fuhren mit dem Aufzug nach unten.

Draußen gingen Sie an einigen Patienten vorbei, die rauchten. Plötzlich blieb Steffi stehen.

»Sag mal, habe ich das richtig verstanden, dass sie mir klarmachen wollte, dass er schwerstbehindert werden könnte und wir uns schon mal überlegen sollten, ob er dann nicht lieber sterben sollte?«

»Das habe ich auch so verstanden«, sagte Lea leise.

»Wenn ich Raucherin wäre, würde ich mir jetzt eine Zigarette anzünden.«

Lea verstand, was sie meinte. Wütend blieb Steffi stehen.

»Es kann doch nicht alles so hoffnungslos sein! Er ist noch jung und Wunder gibt es immer wieder. Facebook ist voll von Wundergeschichten.«

Sie hob die Schultern, als wollte sie der Realität trotzen.

Lea rang sich ein Lächeln ab. Es war das Einzige, was sie tun konnte, um dieser lieben Frau Mut zu machen. Sie selbst fühlte keine Hoffnung in sich. Die Nachricht war zu niederschmetternd.

Steffis Telefon klingelte und sie ging ein paar Schritte weiter.

Lea setzte sich auf die Bank und Wortfetzen des Gesprächs hallten in ihrem Ohr wider.

Wie zerbrechlich und verletzlich der Mensch doch war. Eben noch mitten im Leben und jetzt wurde darüber geredet, ob das Leben noch lebenswert sein würde? Er war nur noch ein Patient, nicht der Rick, bei dessen Anblick alle Frauen bewundernd aufsahen. Diese Zeit würde nicht mehr kommen.

Es gab so viel Unausgesprochenes zwischen ihnen, und wahrscheinlich würde Lea es nicht schaffen, mit ihm über die Vergangenheit zu sprechen. Sie musste sie ungeklärt begraben. Bedrückt sah sie zu Boden und merkte nicht einmal, dass Tränen auf das Display ihres Handys fielen. Steffi kam und setzte sich zu ihr. Sie umarmten sich und weinten leise.

»Ich werde ihn nicht aufgeben. Niemals. Das habe ich mir geschworen, als unsere Eltern gestorben sind. Er wird es schaffen!«

Steffi sagte das so überzeugt, dass selbst Lea wieder Hoffnung schöpfte.

»Kann ich noch etwas tun?«, fragte sie.

»Es darf noch niemand in sein Zimmer. Ich glaube nicht, dass du heute viel tun kannst. Danke, dass du da warst. Alleine hätte ich das nicht durchgehalten.«

»Niemand will bei so etwas alleine sein.«

»Lea, kann ich dich was fragen?«

»Klar.«

»Hast du ihm vergeben?«

»Ich versuche es«, gab sie ehrlich zu.

Steffi nickte verständnisvoll. »Ich glaube, was damals passiert ist, ist das, was ihm am meisten im Leben zu schaffen macht.«

Verlegen blickte Lea zu Boden und Steffi wechselte das Thema: »Im Moment können wir hier wohl nichts mehr tun. Zum Glück habe ich keine kleinen Kinder zu Hause.«

»Wie geht es den beiden denn?«

»Gut. Es sind richtige Teenager, anstrengend, das kann ich dir sagen. Puh.«

Sie lachten, doch sofort kamen ihnen wieder die Tränen.

»Und wie geht es dir, Lea? Was machst du so?«, fragte Steffi. Zum ersten Mal, seit sie sich wiedergesehen hatten, ging das Gespräch nicht um Rick.

»Ich leite eine private Kinderkrippe.«

»Ich habe dich gar nicht gefragt, ob du Kinder hast ...«

»Nein, die dreißig Kinder bei der Arbeit reichen mir. Und ich bin geschieden.«

»Also glücklicher Single.«

»So ähnlich.«

Lea wollte ihr nicht erzählen, dass es die zweite Scheidung in zehn Jahren war. Das klang, als würde etwas mit ihr nicht stimmen. *Wobei das ja wahrscheinlich tatsächlich so ist*, dachte sie.

»Hauptsache, du bist glücklich«, sagte Steffi. »Das bist du doch?«

Lea lachte ironisch und antwortete: »Glück, das spürt man immer nur kurz. Der Rest ist Arbeit auf dem Weg dorthin. Es ist schwer, zu beschreiben, und bei jedem anders, aber ich versuche es.«

Steffi sah sie fragend an und so erzählte Lea noch ein wenig von sich, ihrer Arbeit, ihrem Exmann Nummer zwei und ihrem Leben in Hamburg.

»Weißt du, Lea«, sagte Steffi unvermittelt. »Als Rick

dich mir damals vorgestellt hat, dachte ich wirklich, er hat es geschafft. Das war eine große Sache, dass er dich zu meiner Familie mitgebracht hat.«

»Wie meinst du das?«, fragte Lea.

»Du weißt ja, was für ein Frauenheld Rick war, bevor er dich kennengelernt hat. Als große Schwester habe ich ihn geliebt, aber ich war nicht immer einer Meinung mit ihm. Was Beziehungen betrifft, hatte er lange ganz andere Überzeugungen als ich. Als Frau war es nicht schön, zu sehen, wie wenig ernst er es mit den Mädchen meinte, mit denen er ausging. Jahrelang dachte ich, in dieser Beziehung würde er wie unser Vater werden.«

»Von dem hat Rick mir nur einmal erzählt«, sagte Lea.

»Wirklich?«, fragte Steffi. »Na ja, von den Toten soll man ja nicht schlecht reden. Klar, ich liebe meinen Vater, auch heute noch. Aber als rauskam, dass er unsere Mutter jahrelang betrogen hat, hat mir das den Boden unter den Füßen weggezogen. Ich war so erleichtert, als ich Rick mit dir gesehen habe. Plötzlich war er wie ausgewechselt. Zuverlässig, liebevoll, und sogar heiraten und eine Familie wollte er mit dir.«

Wieder so eine Aussage, die wie eine dunkle Welle über Lea hinwegschwappte. Ja, eine Familie wollte er mit ihr.

»Und doch hat er mich betrogen«, sagte sie bitter. »Und eine andere hat seinen Sohn bekommen.«

Steffi nickte traurig. »Als ich es gehört habe, konnte ich es nicht glauben. Es war, als würde sich die Familiengeschichte wiederholen. Nur dass unsere Mutter es aus Gründen der finanziellen Sicherheit weiter mit unserem Vater ausgehalten hat. Aber glücklich war sie nicht mehr. Da warst du stärker, Lea.«

»Glaubst du, Rick hätte es wieder getan?«, fragte Lea.

Auch eine der Fragen, die sie seit Jahren verfolgte. Hätte er sich geändert, wenn sie ihm eine Chance gegeben hätte?

Steffi zögerte. »Ich weiß es nicht«, sagte sie ehrlich. »Ich verstehe bis heute nicht, wie das überhaupt passieren konnte. So wie ich es verstehe, hatte Jasmin seit Langem ein Auge auf ihn geworfen. Und bei dieser Tagung sah sie ihre Chance, ihn zu verführen. Vielleicht hat sie ja sogar darauf spekuliert, dass eure Beziehung auseinanderbricht, wenn sie es schafft, ihn dazu zu bekommen, dich zu betrügen. Wer weiß. Ich habe keine Ahnung, wie sie es angestellt hat, aber eins weiß ich sicher, Lea –«

Steffi machte eine Pause, um sich zu sammeln. Dann sah sie Lea in die Augen und sagte: »Rick hat nur dich geliebt. Er hat Mist gebaut. Das muss man nicht schönreden und die Konsequenzen musste er tragen. Ein Leben ohne dich, seine große und einzige Liebe. Es war dumm, was er getan hat, furchtbar dumm. Aber ich weiß, dass er sich nichts sehnlicher gewünscht hat, als dass du ihm vergibst.«

»Steffi, hör bitte auf«, sagte Lea. »Danke, dass du mir das alles erzählst. Aber es ist immer noch schwer für mich. Es ist gerade alles zu viel.«

Mit zitternder Stimme fuhr Steffi fort: »Entschuldige, ich werde das Thema nicht mehr ansprechen. Aber da wir nicht wissen, ob er jemals wieder reden wird, wollte ich, dass du es weißt.«

Lea wollte gerade gehen, als jemand rief: »Tante Steffi!«

Es war Ricks Sohn Julian.

»Hey, Großer. Wie geht's dir?«

Ein paar Meter hinter ihm entdeckte Lea seine Mutter. Es war Jasmin sichtlich unangenehm, sie zu sehen. Doch es gab kein Zurück.

Jasmin lächelte kühl und sagte: »Hallo.« Sie umarmte Steffi, die die Umarmung halbherzig erwiderte.

»Wer ist das?«, fragte Ricks Sohn, während er Lea freundlich und aufmerksam musterte.

»Eine alte Freundin«, erklärte Lea und sah Jasmin an.

Nun stand sie vor ihr: Das war die Frau, die ihr das Glück genommen hatte und die einmal eine ihrer besten Freundinnen gewesen war. So oft hatte sie sich vorgestellt, was sie mit ihr machen würde, wenn sie ihr gegenüberstehen würde. Aber wie schon gestern, als sie Jasmin kurz auf dem Parkplatz gesehen hatte, fühlte sie nichts bei ihrem Anblick. Hatte die Therapie doch etwas gebracht?

»Eine alte Freundin von Mama oder von Papa?«, fragte der Junge.

»Von beiden«, antwortete Lea.

Jasmin blickte unangenehm berührt zu Boden, aber Julian sah Lea interessiert an.

»Papa hatte einen schlimmen Anfall. Einen Schlaganfall.«

»Ich weiß«, antwortete Lea knapp und lächelte den Jungen an.

Er sah seinem Vater sehr ähnlich. Sein Blick war wach und sie hätte ihn auf elf geschätzt, wenn sie nicht gewusst hätte, dass er erst neun Jahre alt war.

Er trug weite Jeans und ein Star-Wars-T-Shirt. Rick war ein großer Star-Wars-Fan, das hatte er wohl mit seinem Sohn gemeinsam.

Jasmin wandte sich an Steffi und fragte, wie es Rick ginge. Lea konnte an ihrer Körpersprache deutlich sehen, dass die beiden nicht gut miteinander auskamen. Steffi wirkte angespannt und antwortete nur kurz: »Er wurde operiert. Jetzt lassen sie niemand zu ihm. Wir können nur beten.«

Jasmin traten Tränen in die Augen.

»Was werden wir nur ohne ihn machen?«

»Wir sind nicht ohne ihn«, entgegnete Steffi scharf.

»Aber sein Sohn vermisst ihn«, jammerte Jasmin leise.

»Alles wird gut«, erklärte Steffi und lächelte ihren Neffen an.

Julian nickte unsicher.

»Ich hab Durst«, sagte er.

»Ich habe nichts dabei«, bemerkte Jasmin. »Vor lauter Stress ...«

»Komm, Großer, ich gehe mit dir in die Cafeteria und wir kaufen uns eine Apfelschorle«, schlug Steffi vor.

Julian nickte und ging zufrieden mit seiner Tante mit.

Lea schaute ihnen nach und betrachtete dann Jasmin genauer. Ihr Gesicht trug nicht mehr die Züge eines jungen Mädchens, sondern die einer Frau und Mutter. Sie war attraktiv und sah gepflegt aus, aber die Zeit der Jugend war vorbei. Lea senkte den Blick. Sie hatte keinerlei Bedürfnis, mit Jasmin allein zu sein, aber jetzt war es passiert. Sie konnte der Situation nicht entfliehen. Also zückte sie ihr Handy und gab sich beschäftigt.

»Bist du immer noch sauer auf mich?«, fragte Jasmin wie aus dem Nichts.

Lea hob den Kopf und sah zu ihr auf. Sie hatte sich ein Wiedersehen mit Jasmin oft ausgemalt und es gab viele Szenarien. Sie hatte sie schon geschlagen, getötet, bloßgestellt, aber auch mithilfe der Therapeutin einfach nicht angerührt, sondern ihr gesagt, wie sie sich fühlte. Das war Traumabewältigung. Obwohl sie das alles schon hinter sich hatte, fragte sie sich, ob Jasmin sie provozieren wollte oder ob ihr einfach das Einfühlungsvermögen fehlte.

»Na ja, du bist eine ehemalige enge Freundin, die mich mit meinem Verlobten betrogen hat. Sauer ist also das falsche Wort.«

Jasmin seufzte.

»Du hast ihn mir ausgespannt, schließlich habe ich ihn zuerst entdeckt.« Sie klang wie ein trotziges kleines Kind, das unfähig war, einen Fehler zuzugeben.

Lea sah sie an und aus ihren Augen schlugen Blitze. Jasmin zuckte zusammen. Leas Herz schlug ihr bis zum Hals. All die Therapiesitzungen schienen vergeblich gewesen zu sein. Lea spürte, wie eine unheimliche Wut in ihr aufstieg, wie ein Deckel, der von kochendem Wasser in die Luft gewirbelt wird. Bevor dieses negative Gefühl die Oberhand gewinnen konnte, stand sie auf und ging, ohne ein weiteres Wort zu sagen.

21

Als sie am Auto ankam, hörte sie Steffis Stimme hinter sich rufen.

»Lea, warte!«

Sie drehte sich um und sah, wie Steffi mit beiden Armen wedelte.

»Bitte warte.«

Als sie bei ihr ankam, fuhr sie völlig außer Atem fort: »Ich wollte dir nur sagen, lass dich von der nicht provozieren. Sie ist ein falscher Fuffziger. Du bist meine Herzensschwägerin, und egal, wie dein Verhältnis zu meinem Bruder ist oder sein wird, ich möchte den Kontakt zu dir nicht verlieren, weil du ein toller Mensch bist.«

Lea musste unwillkürlich lächeln und umarmte Steffi.

»Das weiß ich. Es war nur schwer, mit ihr so ruhig zu reden, als wäre nichts passiert.«

»Das erwartet auch niemand von dir, schließlich hast du dir nichts zuschulden kommen lassen.«

»In einem Punkt hat sie recht. Sie hat ihn als Erste gesehen und von ihm geschwärmt.«

»Na und? Das ist doch nicht dasselbe, wie die beste Freundin mit ihrem Verlobten zu betrügen!«

Steffis Stimme vibrierte beinahe vor Wut.

»Sie setzt Rick die ganze Zeit mit Drohungen unter Druck. Ich kann dir nur sagen, dass er für seinen Seitensprung bitter bezahlt.«

»Aber dein Neffe macht einen netten Eindruck.«

»Er ist ein Schatz. Ganz wie sein Papa. Weißt du, Rick war nie mit ihr zusammen, aber er war immer für seinen Sohn da. Er liebt Julian abgöttisch. Eine Weile haben sie in einer Art Wohngemeinschaft im selben Haus gelebt, aber Jasmin hat Rick nie in Ruhe gelassen. Deshalb wohnt er seit ein paar Jahren allein. Und er ist Single.«

»Ist ja auch egal. Rick ist mir nichts schuldig. Ich habe mich gleich nach ihm in die nächste Beziehung gestürzt und innerhalb eines Jahres geheiratet.«

Lea lachte ironisch auf, und Steffi sah sie mitfühlend an.

»Ich wusste nicht, wie es ist, allein zu leben, und hatte sogar Angst davor«, bekannte Lea.

Steffi seufzte.

»Es ist so traurig, ihr hattet so eine schöne gemeinsame Zeit vor euch, und was ist stattdessen passiert?«

Lea zuckte die Schultern und lächelte.

»Es sollte nicht sein.«

»Stimmt nicht, es hätte sein sollen. Und wie! Ihr seid doch beide unglücklich.«

Lea sah sie ernst an.

»Du hast recht, aber wer weiß, ob unsere Beziehung gehalten hätte, wenn wir geheiratet hätten. Vielleicht hätten wir uns früher oder später getrennt.«

»Das glaube ich nicht. Ihr liebt euch doch heute noch«, widersprach Steffi.

Lea richtete sich auf.

»Woher willst du das wissen? Selbst ich weiß es nicht. Wenn Rick mich so sehr geliebt hätte, hätte er nicht eine andere geschwängert, noch dazu meine Freundin. Und er hat es mir nicht mal gestanden, sondern einfach so getan, als wäre nichts! Ich habe es nur durch Zufall entdeckt.«

Steffi sagte bedrückt: »Tut mir leid, ich sollte mich da nicht einmischen.«

»Schon gut, ich gehe jetzt. Es war keine gute Idee, herzukommen.«

Lea hob noch einmal die Hand, setzte sich ins Auto und fuhr los. Als sie in Heidelberg ankam, setzte sie spontan den Blinker und überquerte den Neckar über die Ernst-Walz-Brücke. Sie suchte sich einen Parkplatz in der Nähe des Ufers und spazierte zur Neckarwiese, dorthin, wo sie ihr erstes Rendezvous gehabt hatten. Lea setzte sich auf eine Bank, die schon damals dort gestanden hatte. Auch hier hatte sie oft zusammen mit Rick gesessen. Die Bank war vollgekritzelt mit Sprüchen und Schimpfwörtern. Ob es noch da war?

Sie schaute auf die Rückseite der Lehne. In einer Ecke stand »Rick+Lea« und drum herum war ein Herz. Das hatte sie damals mit einem Kugelschreiber draufgekritzelt, der dabei kaputtgegangen war. Sie hatte sich richtig rebellisch gefühlt, aber Rick war es peinlich gewesen. Sie schmunzelte, als sie daran dachte. Lea zog das Herz mit dem Finger nach und ein kleiner Splitter bohrte sich in ihren Zeigefinger. Sie steckte den Finger reflexartig in den Mund und versuchte, den Splitter rauszusaugen.

Sie dachte an die Begegnung bei der Klinik. Jasmin hatte sie wirklich aus der Fassung gebracht. Irgendwann musste es ja passieren, dass sie sich wiedertrafen. Hatte sie erwartet, dass Jasmin sich schuldig fühlte? Es war unglaublich, wie skrupellos sie war!

Plötzlich zog ein Lächeln über ihr Gesicht. Sie war stolz auf sich, dass sie ihre ehemalige Schulfreundin nicht beleidigt, sondern den Schauplatz einfach verlassen hatte.

Während Lea gedankenverloren eine Schwanenfamilie beobachtete, erinnerte sie sich an das Gespräch mit der Oberärztin. Ihre Prognosen waren wirklich grausam. Was, wenn sie jetzt Ricks Frau und Julian ihr Sohn wäre? Der Gedanke war schwer zu ertragen. Rick erschien vor ihrem inneren Auge, so wie sie ihn in Erinnerung hatte. Voller Leben, gut aussehend, lustig. Die Ärztin hatte angedeutet, dass es im schlimmsten Fall, wenn die Beeinträchtigungen zu schwer waren, dazu kommen könnte, dass über sein Leben entschieden werden musste. Diese Ärztin hatte kein Recht dazu, so etwas zu sagen. Sie war nicht Gott.

»Du bist nicht seine Frau, nicht einmal eine entfernte Bekannte. Es geht dich gar nichts an«, ermahnte Lea sich und versuchte, ihre Fantasie zu kontrollieren.

Aber hier erinnerte so vieles an ihn und sie merkte, wie sich Gefühle regten, von denen sie schon lange wusste, dass sie da waren. Sie musste sie ersticken, wie ein Krieger, der das Böse besiegen musste. Sie durfte ihr Herz nicht noch einmal verlieren. Der Schmerz des Verlustes war zu groß. Das würde sie nicht noch einmal durchstehen.

Sie fragte sich, warum sie hergekommen war. Er war ihr nicht gleichgültig. Natürlich nicht. Darum saß sie jetzt auf der Bank, auf der sie so oft nebeneinander die Schiffe auf dem Neckar beobachtet hatten, während jeder von seinem Tag erzählte. Lea betrachtete den Fluss, der ruhig dahinfloss. Nichts konnte ihn erschüttern. Was hätte sie Rick heute zu erzählen?

In diesem Moment meldete ihr Telefon eine Nachricht. Sie war von Steffi.

»Sein Zustand hat sich stabilisiert. Sie lassen bald wieder Besuch zu ihm.«

Lea atmete erleichtert auf. Vielleicht würde es Rick, allen Prognosen zum Trotz, langsam besser gehen.

»Das freut mich«, antwortete sie und machte sich auf den Weg zu ihrer Mutter.

Claudia war noch beim Sport und so vertrieb sich Lea die Zeit mit einem Buch, das sie schon gelesen hatte. Gegen zehn Uhr entdeckte sie eine neue Nachricht auf ihrem Handy.

»Druck im Kopf hoch, er wird die Nacht vielleicht nicht überleben.«

Es war das zweite Mal, dass ihr beim Lesen einer Nachricht schlecht wurde, und sie schwor sich, nie wieder Nachrichten zu verschicken. Es war zu schmerzhaft und zu hart. Mit einem einzigen Satz konnte man Menschenleben zerstören. Wer hatte sich das nur ausgedacht?

Lea las die Nachricht noch einmal. Dann rief sie Steffi an. Diese klang erschreckend gefasst.

»Ich wollte es dir nur sagen. Ich bleibe heute Nacht im Krankenhaus.«

»Ich komme.«

»Das brauchst du nicht.«

»Aber ich komme trotzdem«, antwortete Lea, ohne darüber nachzudenken. Sie fragte sich nicht, ob sie gehen sollte oder nicht. Es ging buchstäblich um Leben und Tod.

Als sie gerade hinausgehen wollte, kam ihre Mutter heim. Nachdem sie Leas Gesicht gesehen hatte, fragte sie nicht weiter, sondern umarmte ihre Tochter nur. Lea war so dankbar. Niemand hatte so aus Fehlern gelernt wie Claudia. Die Beziehung zu ihrer Tochter war ihr so wichtig, dass sie über ihren Schatten springen konnte.

»Ich muss los, es ist ernst«, erklärte Lea.

Im Auto schaltete sie das Radio ein. Sie war zu müde, um darüber nachzudenken, was geschah.

Auf der Intensivstation kam ihr eine Krankenschwester entgegen und versuchte, sie abzuwimmeln: »Es ist keine Besuchszeit.«

»Ich weiß, aber es geht um Rick Winter, seine Schwester hat mich angerufen. Sie sagte, es sei ernst.«

»Und Sie sind?«

Die Frau in der hellblauen Uniform und den rosafarbenen Crocs mit Einhörnern sah sie an wie eine Politesse, die Strafzettel verteilte.

Lea überlegte. Wer war sie? Eigentlich nichts weiter als eine Erinnerung.

Hinter sich hörte sie Steffi mit sanfter Stimme sagen: »Das ist einer der wichtigsten Menschen in seinem Leben. Seine einzige Liebe.«

Die Krankenschwester überlegte einen Moment, dann sagte sie: »Sie wissen ja, wo das Zimmer ist.«

Lea drehte sich um. Steffi sah furchtbar aus. Die Augen waren geschwollen und sie wirkte müde und alt, noch viel mehr als vor ein paar Stunden.

Gemeinsam gingen sie in das Patientenzimmer. Auf jeder Seite standen ein paar Monitore und jedes Gerät machte ein anderes Geräusch. Alles war steril beige, nichts Menschliches war hier außer dem Patienten. Rick. Nur sein Kopf und seine Arme waren zu sehen. Das Beatmungsgerät wirkte wie eine Pumpe und gab den Rhythmus vor. Die zwei dünnen Schläuche in seiner Nase und die vielen Kabel, die aus seinem Körper herausführten, vermittelten den Eindruck einer Maschine.

Und das sollte das Ende sein?

Lea atmete tief ein und aus. Verloren stand sie da. Wusste nicht, auf welcher Seite sie sich hinstellen sollte. Sie betrachtete Rick und konnte nicht glauben, dass er es wirklich war.

Steffi hatte sich schon an diesen Anblick gewöhnt. Sie nahm seine Hand und sagte: »Mein kleiner Bruder, wir lassen dich nicht gehen. Nein. Du musst wieder gesund werden. Bitte.«

Die Situation war bedrückend. Eine Weile sagten sie nichts, standen nur da und sahen ihn und die Kabel an. Dann sprach Steffi ihm wieder beruhigend zu.

Und plötzlich fing sie an zu beten: »Bitte, lieber Gott, mach meinen Bruder gesund, lass ihn noch nicht sterben. Ich weiß, ich bete viel zu selten, aber jetzt kannst nur du helfen! Bitte hilf meinem Bruder! Mach ihn gesund. Bitte! Ich will wieder an dich glauben, so wie früher, als wir Kinder waren. Mach ihn einfach gesund. Bitte!«

Ihr Gebet klang immer verzweifelter, und am Ende weinte sie. Lea streichelte Steffis Schulter, und als sie keine Stimme mehr hatte, wollte Lea für sie weitersprechen.

»Ja, Gott, bitte hilf Rick, hilf ihm jetzt.«

Mehr sagte sie nicht. Aber sie hatte das Bedürfnis, Rick zu berühren, während er so hilflos dalag. Vorsichtig legte sie ihre Fingerspitzen auf seinen Oberarm und strich zärtlich bis zu seiner Hand, an der ein weiteres Kabel befestigt war.

Sie konnte sich nicht von ihm verabschieden. Wenn sie ihn ansah, tauchten Hunderte von Bildern mit Rick vor ihrem inneren Auge auf. Die ersten Verabredungen, die erste gemeinsame Nacht. Ihre gemeinsame Wohnung. Der erste Einkauf bei Edeka. All die Momente, die sie tief vergraben hatte, stiegen wie Seifenblasen auf und Lea begann, leise zu weinen.

»Wir hatten so ein schönes Leben zusammen. Das schönste. Danke dafür.« Ganz leise, fast unhörbar, fügte sie hinzu: »Mein Liebster.«

Mehr konnte sie nicht sagen, kein: »Ich verzeihe dir«. Dazu war sie zu aufgewühlt. Sie betete erneut: »Bitte lass ihn nicht sterben.«

Sie wollte seine offenen Augen noch einmal sehen. Nur noch einmal.

Steffi weinte leise.

Irgendwann kam die Ärztin mit einer Schwester herein. Sie war etwa in Steffis Alter.

»Gehen Sie schlafen. Sie können nichts mehr tun.«

»Aber wenn er stirbt?«

»Sie brauchen Kraft für die nächsten Tage.«

»Glauben Sie, dass er es schafft?«

Ricks Schwester sah die Ärztin fast flehend an.

»Alles ist möglich. Wunder passieren noch. Wir beobachten ihn die ganze Zeit. Der Druck muss nachlassen, nur dann kann es besser werden. Die nächsten Stunden sind die wichtigsten«, antwortete sie mit einem ermutigenden Lächeln. Diese Ärztin war ganz anders als die Oberärztin, die am Mittag so sachlich über seinen Zustand gesprochen hatte.

Mehr brauchten die beiden Frauen nicht zu hören. Hier war ein Mensch, der ihnen ein wenig Hoffnung gab.

Doch Steffi schluchzte: »Ich kann ihn nicht allein lassen.«

»Ich bleibe hier, geh du zu deiner Familie«, bot Lea an.

»Ich weiß nicht. Was, wenn …«

Ricks Schwester traute sich nicht, den Satz zu beenden.

»Geh, Steffi. Ich bleibe hier. Du musst Kraft tanken.«

Es war offensichtlich, dass Ricks Schwester eine Pause brauchte.

Steffi seufzte und antwortete widerwillig: »Ich könnte tatsächlich ein bisschen Schlaf gebrauchen. Ruf mich an, sobald …«

Lea rang sich ein Lächeln ab.

»Mach ich.«

Die beiden umarmten sich. Steffi küsste ihren Bruder auf die Stirn und sagte zärtlich: »Mach keine Dummheiten. Ich hab dich lieb.«

Dann ging sie hinaus.

Die Ärztin prüfte gemeinsam mit der Krankenschwester die Vitalzeichen auf den Monitoren. Lea konnte es sich nicht erklären, aber auf einmal freute sie sich sogar, dass sie bald mit Rick allein sein würde.

»Jetzt sind wir allein, wie damals, als wir zusammen in der schönen Altbauwohnung in Neuenheim gewohnt haben«, wisperte sie.

Er rührte sich nicht.

Die Ärztin schaute sie mitfühlend an und ermutigte sie: »Es ist gut, wenn Sie mit ihm reden.«

»Wie ist der Druck im Kopf?«

»Immer noch zu hoch«, antwortete sie in demselben freundlichen Ton, nickte Lea noch einmal zu und verließ gemeinsam mit der Krankenschwester den Raum.

Lea streichelte Ricks Arm, betrachtete noch einmal seine Tätowierungen, seine Füße, die unter der Decke hervorlugten, und musste daran denken, wie sie darüber gewitzelt hatten, ob ihre zukünftigen Kinder vielleicht seine Zehen erben würden, die ein wenig krumm waren. Bei dem Gedanken schmunzelte sie.

Sie betrachtete das Gesicht, das sie tausendmal geküsst hatte. Die geschlossenen Augen, die sie so gern wieder offen gesehen hätte. Wie oft hatte sie sich in seinem Blick verloren! War er wirklich der Rick von damals? Wieder fiel ihr Blick auf das Tattoo mit ihrem Namen.

Lea seufzte.

War es jetzt an der Zeit, den wichtigsten Satz von allen zu sagen?

»Ich ... ich will dir vergeben.«

Es fiel ihr leichter, als sie gedacht hatte. Lea konnte es nicht beschreiben, aber sie fühlte sich plötzlich anders, als hätte sie etwas verlassen. Etwas, das viel zu lange in ihrem Bauch gewohnt hatte.

Sie räusperte sich und sagte die Worte, die sie längst hätte sagen sollen: »Ich vergebe dir, Rick.«

Sie wollte noch viel mehr sagen, aber sie schaffte es nicht. Sie fühlte sich erschöpft und ihr Mund war trocken. Lea legte ihren Kopf neben seine Hand und lauschte dem Piepsen der Geräte, bis ihr die Augen zufielen.

22

Als eine Krankenschwester den Raum betrat, schreckte Lea
auf. Für einen Moment wusste sie nicht, wo sie war. Sie
schaute sich um und sah Ricks Gesicht. Es sah aus, als
umspielte ein Lächeln seinen Mund.

»Was ist los?«, fragte Lea verwirrt.

Die junge Intensivschwester lächelte freundlich.

»Sie sind eingeschlafen.«

»Lebt er noch?«, fragte Lea und blickte ängstlich zu
Rick.

Die kurzhaarige Frau nickte.

»Ja, und der Blutdruck ist gefallen.«

»Wirklich?«, fragte Lea und war mit einem Mal
hellwach.

»Ich hole die Ärztin.«

Lea rieb sich die Augen, während die Krankenschwester
hinausging. Wenige Minuten später kam sie mit der Ärztin
wieder.

Diese sah sich alles an, besprach sich mit der Pflegekraft

und sagte schließlich zu Lea: »Es geht ihm viel besser, aber wir müssen noch abwarten.«

Lea sah sie ungläubig an und hakte nach: »Hat er die Nacht überstanden?«

»Die Nacht dauert noch an, aber es sieht besser aus als vor ein paar Stunden.«

»Dann wird er nicht ...?« Sie wagte nicht, das schreckliche Wort auszusprechen.

»Es sieht nicht danach aus«, antwortete die Ärztin beruhigend.

Lea atmete erleichtert auf und fragte: »Soll ich seiner Schwester schreiben?«

»Nein, lassen Sie die Frau zur Ruhe kommen. Wir haben noch die halbe Nacht vor uns.«

Intuitiv nahm Lea Ricks Hand und küsste sie, als wäre sie seine Frau. Es fühlte sich so natürlich an.

»Wir schaffen das«, sagte sie und betrachtete sein Gesicht.

Es war nur ein Strohhalm, aber für Lea war es die glücklichste Nachricht seit Langem. Er würde nicht sterben. Sie dachte nicht darüber nach, was sonst noch alles sein könnte. Es war, als hätte die Ärztin gesagt, er würde genauso sein wie vorher.

Während sie erleichtert ausatmete, merkte sie, wie durstig sie war. Vorhin war sie nicht in der Lage gewesen, an Essen und Trinken zu denken, aber jetzt brauchte sie dringend etwas gegen ihren trockenen Hals.

»Ich hole mir etwas zu trinken«, erklärte sie der Schwester.

Sie sah noch einmal zu Rick, bevor sie das Zimmer verließ. Seine Augen waren noch immer geschlossen.

Lea holte sich am Wasserspender einen Becher Wasser

und lief eine Weile den Gang auf und ab. Ihre Schultern schmerzten vom Sitzen auf dem unbequemen Stuhl. Die Atmosphäre war beklemmend und steril, so wie es eben auf einer Intensivstation war. Schließlich ging sie zurück in Ricks Zimmer. Die Schwester sah sie mitleidig an.

»Wollen Sie nicht nach Hause, um ein paar Stunden zu schlafen?«

Lea schüttelte den Kopf.

»Ist das Ihr Freund oder Ihr Mann?«

Lea schüttelte den Kopf und erwiderte: »Er war mein Verlobter und hat kurz vor der Hochzeit eine andere geschwängert.« Sie biss sich auf die Zunge. Warum erzählte sie das?

Mit hochgezogenen Augenbrauen sah die junge Krankenschwester sie an.

»Und warum sitzen Sie dann hier?«, fragte sie.

Lea seufzte und antwortete: »Wahrscheinlich, weil ich noch etwas für ihn empfinde. Und weil ich es seiner Schwester versprochen habe.«

»Finde ich ehrenhaft. Ich an Ihrer Stelle hätte ihm den Tod gewünscht.«

»Das habe ich fast zehn Jahre lang getan, aber es hat mir nicht geholfen. Im Gegenteil.«

»Und was machen Sie, wenn er aufwacht?«

Lea zuckte mit den Schultern.

»Ich bin froh, dass er noch lebt. Wirklich. Ich wünsche mir, dass er lebt, und sei es nur, um ihm zu sagen, wie sehr er mir wehgetan hat. Aber das weiß er auch so. Wir haben beide einen hohen Preis für das bezahlt, was geschehen ist. Er vielleicht noch mehr, weil er der Schuldige war.«

In diesem Moment piepste ihr Telefon. Steffi fragte:

»Wie geht es Rick?«

Lea tippte: »Besser, der Druck ist gefallen.«

»Ich komme gleich wieder. Fahr du jetzt nach Hause.«

Nachdenklich betrachtete Lea die Nachricht. Sollte sie heimfahren? Sie erzählte der Krankenschwester, dass Ricks Schwester wieder herkommen wollte.

Die Krankenschwester lächelte ihr ermutigend zu. Dann musterte sie Rick, aber diesmal wirkte sie nicht mehr so freundlich wie zuvor.

Plötzlich empfand Lea, dass er das nicht verdient hatte.

»Wissen Sie, er ist ein ganz besonderer Mensch«, verteidigte sie ihn. »Es war nur eine Dummheit. Wir machen oft Dummheiten. Nehmen Sie es ihm nicht übel. Sie würden ihn mögen. Er ist unglaublich charismatisch.«

»Das kann ich mir vorstellen«, antwortete die Krankenschwester, aber sie wirkte nicht überzeugt.

Lea sah noch einmal zu Rick, strich liebevoll über seinen Arm und verabschiedete sich. »Ich werde mich ausruhen. Morgen komme ich wieder.«

Müde fuhr sie zur Wohnung ihrer Mutter und legte sich ins Gästebett. Ohne sich umzuziehen, ohne sich die Zähne zu putzen. Für all das hatte sie keine Kraft.

Als sie aufwachte, hatte sie Kopfschmerzen. Sie hatte zu wenig getrunken. Lea brauchte ein paar Augenblicke, um zu sortieren, in welchem Bett sie gerade lag. Ihr Blick fiel auf eine Fotoreihe mit der Aufschrift »Familie«. Für einen kurzen Moment dachte sie, sie wäre in der Wohnung ihres ersten Ex-Mannes, denn eines der Fotos zeigte sie in einem weinroten schlichten, langen Kleid mit Neckholder. In ihren kurzen dunklen Haaren trug sie ein Diadem aus dunkelroten Rosen und in den Händen einen Strauß weiße Lilien. Sie sah wunderschön aus, aber als Lea das Bild betrachtete, wurde ihr klar, dass sie damals nicht sie selbst gewesen war.

»Wie konnte ich innerhalb von zehn Jahren zweimal heiraten? Was war los mit mir?«, fragte sie sich. Sie kannte die Antwort. Die zwei Ehen sollten die Wunde heilen. *Trostpflaster*, dachte sie und ihre Gedanken wanderten zurück zu dem Tag, an dem sie das rote Kleid getragen hatte.

23

SOMMER 2014

Lea trug ein langes rotes Abendkleid, das gut zu ihren kurzen, dunkel gefärbten Haaren passte. Es war aus reiner Seide und schmiegte sich an ihren schlanken Körper. Im Haar trug sie ein Rosendiadem, in der Hand hielt sie den Brautstrauß, der aus weißen Lilien gebunden war. Sie stand mit ihrer Trauzeugin Sandra vor dem Standesamt in Heidelberg und atmete tief ein.

»Ich muss sagen, das Kleid aus dem Online-Katalog steht dir fantastisch.«

Lea lächelte.

»Danke, Rot steht mir viel besser als Weiß.«

Sandra musterte sie, als würde sie sich fragen, ob alles in Ordnung war.

»Und ich hoffe, es bringt mir mehr Glück als das letzte«, fuhr Lea fort.

Sandra fragte mit ernster Stimme: »Bist du wirklich glücklich?«

Lea sah sie empört an. »Natürlich, was meinst du?«

»Na ja, es ist noch nicht mal ein Jahr her, seit, du weißt schon. Rick.«

»Rick wer?«, unterbrach sie Lea mit einem spöttischen Unterton. »Den kenn ich gar nicht mehr. Ich liebe Felix, er war in der schlimmsten Zeit bei mir und ihn möchte ich heiraten, das weiß ich genau.«

Sandra sagte nichts darauf. Nur die Liebe zu ihrer Freundin half ihr, zu lächeln.

»Also dann ...«, sagte sie.

»... lass uns reingehen«, beendete Lea den Satz.

Felix trug einen schwarzen Maßanzug und stand aufgeregt allein im Treppenhaus, das mit weißem Marmor ausgelegt war und die Besucher in die Zwanzigerjahre zurückversetzte. Immer wieder schaute er auf die Uhr.

Als er seine Braut sah, konnte er seine Freude nicht unterdrücken. Sie kannten sich noch aus Studientagen in Heidelberg, und als Lea nach Hamburg umgezogen war, hatte sie ihn wiedergetroffen. Felix machte dort eine Weiterbildung zum Psychotherapeuten. Da Lea in Hamburg sonst niemanden kannte, bot er ihr an, ihr die Stadt zu zeigen. Daraus hatte sich schnell mehr entwickelt. Wie sich herausstellte, hatte Felix schon länger für sie geschwärmt.

Und nun stand sie hier. Da Leas Mutter und seine Eltern in Heidelberg lebten, hatten sie sich entschieden, im malerischen Standesamt im Heidelberger Rathaus zu heiraten. Äußerlich war Felix Rick sehr ähnlich: dunkle Haare, dunkle Augen, groß und sieben Jahre älter als Lea. Doch er war ein viel ruhigerer Typ und eher schüchtern.

»Du siehst wunderschön aus«, flüsterte er ihr ins Ohr. »Darf ich dich küssen?«

»Später«, antwortete Lea lächelnd. »Sind alle drin?«

»Ja, alle da. Bereit?«

Lea antwortete glücklich: »Bereit.«

Felix nahm ihre Hand, küsste sie, und Lea bat Sandra, die Tür zu öffnen.

Neben den Trauzeugen waren nur die engsten Familienmitglieder anwesend: Claudia, Leas Bruder Moritz und ihr Vater mit ihren Freundinnen und Felix' Eltern und Geschwister.

»Ich bin der glücklichste Mensch auf der Welt«, wisperte ihr Bräutigam, während sie hineingingen.

Die Standesbeamtin, eine Frau Anfang fünfzig, lächelte die beiden freundlich an und bat sie, sich zu setzen, bevor sie mit feierlicher Stimme begann: »Ich begrüße Sie ganz herzlich zu diesem besonderen Tag von Lea und Felix.«

Die Verwandten applaudierten etwas verhalten, als wüssten sie nicht so recht, was sie von dieser schnellen Hochzeit halten sollten.

»Ihr seid erst seit einem Jahr befreundet, aber in euren Herzen wusstet ihr sofort, dass es eine Beziehung für immer sein würde. Felix erzählte mir, dass ihm Lea schon an der Uni aufgefallen war. Er hat sich damals aber nicht getraut, es ihr zu sagen. Es waren ihre funkelnden, fast traurigen Augen, die ihn dann in Hamburg dazu gebracht haben, es doch zu tun.«

Felix nickte begeistert und Lea lächelte erhaben. Beide schienen sich ihrer Sache sicher zu sein.

»Lea hat in unserem Gespräch die Augen von *traurig* in *nachdenklich* korrigiert«, fuhr sie fort.

Wahrscheinlich hatte die Standesbeamtin bei diesen Worten auf ein paar Lacher gehofft, doch diese blieben aus. Leas Mutter standen die Tränen in den Augen. Ihr Bruder und seine Freundin blickten ernst nach vorn. Felix' Familie wirkte etwas gelassener.

Schließlich kam es zum Jawort und zum Ringtausch.

Das Brautpaar sah sich tief in die Augen und Claudia, die neben Sandra saß, flüsterte ihr ins Ohr.

»Hoffentlich wird alles gut.«

Sandra nickte unmerklich. Genau dasselbe hatte sie auch gedacht.

Während die Gäste das Standesamt verließen, drückte Felix' Freundin jedem eine Dose Seifenblasen in die Hand, und als das Brautpaar als Letzte herauskam, wurden sie von allen Seiten mit Seifenblasen empfangen.

Lea rief den Verwandten zu: »Bei meiner wunderbaren Freundin Sandra bekommt ihr ein Glas Sekt. Danach gehen wir ins Restaurant zum Essen.«

Felix' Bruder fotografierte ununterbrochen. Er war Hobbyfotograf und machte richtig gute Bilder.

»Den Sekt hat mein lieber Vater Peter mitgebracht!«, fuhr Lea fort und warf ihm einen Luftkuss zu. Ihr Vater lächelte stolz, als die anderen ihre Gläser in seine Richtung erhoben. Er freute sich von Herzen, und das sah man ihm an. Sein Haar war schon grau und der Hinterkopf ziemlich kahl, aber er sah trotzdem gut aus. Er war ein großer Mann und früher sehr sportlich gewesen, aber nun war ein großer Teil der Muskelmasse in Fett umgewandelt worden, sodass sein in die Jahre gekommener Anzug um seinen Bauch etwas spannte.

»Auf das Brautpaar!«, rief er.

Als er den beiden gratulierte, fragte er: »Schatz, hast du eigentlich einen neuen Nachnamen? Die Standesbeamtin hat gar nichts erwähnt.«

Lea schüttelte den Kopf und sagte selbstbewusst: »Das macht man heute nicht mehr. Jeder behält seinen Namen.«

Peter sah sie überrascht an und sagte: »Klar, warum nicht.«

Nachdem alle Gäste dem Brautpaar gratuliert hatten,

unterhielten sie sich noch ein wenig, während sie auf dem malerischen Marktplatz standen und an zwei Stehtischen den leckeren Sekt tranken. Bisher hatten Felix' Eltern nur Claudia einmal kurz gesehen. Mit Peter hatte sich vor der Ort Hochzeit kein Treffen ergeben. Lea freute sich, als sie merkte, dass sich auf Anhieb alle gut miteinander verstanden.

Schließlich rief sie: »Meine Lieben, in einer halben Stunde gehen wir ins Restaurant. Ich habe einen Bärenhunger, ihr hoffentlich auch!«

Alle klatschten. Felix zog sie an sich, sah ihr in die Augen und sagte glücklich: »Auf unser gemeinsames Leben.«

Lea umarmte ihn. Während Felix sie festhielt, ging ihr Blick in die Ferne und plötzlich glaubte sie, eine Fata Morgana zu sehen.

Rick? War er das, auf der anderen Seite des Platzes, rechts neben der Kirche? Lea kniff die Augen zusammen, um besser zu sehen. Der Mann, der aussah wie Rick, trug Jeans und ein verwaschenes hellblaues Star-Wars-T-Shirt. Genau so eins hatte Rick auch.

Ihr wurde schwindelig. War er es wirklich? Was machte er da? Für einen Moment verfiel sie in eine Art Schockstarre, bis Felix sie zurückholte.

»Nicht, dass du an meiner Schulter einschläfst.«

Sie nahm all ihre Kraft zusammen, löste sich von ihm und lächelte ihn an, aber Felix merkte, dass etwas nicht stimmte.

»Ist etwas?«, fragte er.

Ihr Blick haftete immer noch an der Stelle. Aber egal, wer es gewesen war – ob Rick oder jemand anderes –, er war nicht mehr da.

Lea schüttelte den Kopf, trank den Sekt aus und

behauptete: »Mir ist nur ein bisschen schwindelig vor Aufregung.«

Felix lächelte erleichtert. Unauffällig sah Lea sich noch einmal um. Niemand war zu entdecken. Hatte sie geträumt? Ihr Blick begegnete dem ihrer Mutter und sie erkannte, dass diese bemerkt hatte, was passiert war. Einen Moment sahen die Frauen sich an, dann wandte Lea sich ab.

Die anderen hatten offensichtlich nichts mitbekommen, aber dieser Augenblick hatte ihr kurzes Glück getrübt. Lea brauchte noch ein Glas, um sich zu entspannen und den Rest des Tages zu genießen.

Zum Mittagessen gingen sie zu Felix' Lieblingsitaliener, danach holten sie ihre Sachen von seinen Eltern ab und fuhren Richtung Paris. Nach drei Tagen in der Stadt der Liebe wollten sie den Rest ihrer Flitterwochen in Südfrankreich verbringen.

Es war das neue Leben, auf das Lea so lange gewartet hatte. Würde es gelingen? Oder musste sie Rick immer wieder aus ihrem Leben reißen, wie ein unermüdlicher Gärtner das Unkraut aus seinen Beeten?

24

FRÜHLING 2023

Ein Klopfen an der Tür des Gästezimmers riss Lea aus ihren Gedanken.

»Komm rein!«, rief sie und Claudia schlich lächelnd auf Zehenspitzen herein. »Ich bin schon wach.«

»Das hoffe ich, es ist elf.«

»Echt?«

Lea setzte sich auf.

»Als ich eben auf die Uhr gesehen habe, war es sechs Uhr morgens.«

Ihre Mutter setzte sich an ihr Bett.

»Du musst wieder eingenickt sein.«

»Bei dir schlafe ich immer gut. Es muss der Geruch von frisch gewaschener Bettwäsche sein, der mich entspannen lässt.«

Ihre Mutter lachte.

»Das liegt daran, dass ich kein parfümiertes Waschpulver benutze. Du hattest immer so empfindliche Haut. Und ich trockne die Wäsche auf dem Balkon.«

Lea lächelte und deutete mit dem Kinn zur Wand.

»Ich habe gesehen, dass du noch alte Fotos von mir hast.«

»Natürlich habe ich die. Du bist mein Kind. Ich möchte jeden Moment mit dir festhalten.« Claudia strich Lea über das Haar. »Schließlich sehe ich dich viel zu selten.«

»Schon seltsam, meine erste Hochzeit damals.«

Ihre Mutter betrachtete die Bilder.

»Du hast bezaubernd ausgesehen, und er war wirklich ein netter Kerl.«

»Das war er, in dieser Hinsicht war ich die Böse.«

»Du warst nicht böse«, widersprach Claudia. »Du warst nur traumatisiert von deiner ersten Beziehung. Es konnte nicht funktionieren. Rick war zu präsent.«

Lea antwortete mit gesenktem Kopf: »Vermutlich hast du recht.«

»Weißt du, was Felix jetzt macht?«, fragte ihre Mutter.

»Wir haben noch sporadisch Kontakt. Er und seine Lebensgefährtin haben ein Kind und leben in Mecklenburg-Vorpommern. Schon verrückt, irgendwie ...«

»Und was ist mit Sebastian?«

Lea zuckte die Schultern.

»Bei ihm wollte ich eigentlich nicht die gleichen Fehler machen wie vorher, aber wir haben uns auseinandergelebt.«

Ihre Mutter nickte verstehend.

»Und ich wollte unbedingt ein Kind und es hat nicht geklappt«, fuhr Lea fort. »Das war sehr belastend. Und dann kam die Sache mit der Kitaeröffnung. Wir wollten verschiedene Sachen. Wir haben uns im Guten getrennt. Eigentlich. Ich glaube, irgendwann waren wir beide erleichtert, dass es zu Ende war. Ich weiß auch nicht, was mit mir los ist. Am Anfang bin ich so unheimlich verliebt und denke: Ja, der ist es! Und nach einer Weile ist alles verblasst.«

Ihre Mutter seufzte und sagte: »Na ja, irgendwann hört das Kribbeln auf.«

»Aber bei Rick hat es auch nach fünf Jahren nicht aufgehört.«

»Vielleicht war es mit ihm eben doch etwas ganz Besonderes«, antwortete Claudia nachdenklich. »Es tut mir leid, dass ich ihn nicht akzeptiert habe.«

Lea schaute ihre Mutter an. Mit ihrem grauen Bob sah sie richtig cool aus. Wie so oft trug sie hautenge Leggings. Vermutlich war gerade irgendeine Sportstunde zu Ende oder würde gleich beginnen.

»Ist schon okay. Am Ende hattest du ja recht.«

»Ach, Schatz.« Ihre Mutter machte eine Pause, bevor sie fragte: »Wie geht es ihm denn?«

»Heute Nacht war er stabil, aber ich weiß nicht, wie es jetzt aussieht«, antwortete Lea. »Ich schau mal, ob Steffi geschrieben hat. – Ja, da ist eine Nachricht von ihr.«

Sie las leise, dann lächelte sie.

»Sie schreibt, dass unsere Gebete erhört wurden, er wird es schaffen. Smiley.«

Ihre Mutter umarmte sie und Lea schossen Tränen der Freude in die Augen. Erst jetzt wurde ihr klar, dass sie Rick nicht aus ihrem Herzen reißen konnte. Das Herz war kein Schrebergarten. Das Herz folgte eigenen Regeln, die sie trotz Therapie noch nicht verstanden hatte. Es war an der Zeit, mit Rick an diesem Thema zu arbeiten. Sie wusste, dass sie sich sonst nie wirklich auf etwas Neues würde einlassen können.

Als sie am Nachmittag wieder durch den sterilen Krankenhausflur lief, hielt Lea in der einen Hand eine Tüte mit Croissants, in der anderen balancierte sie vier Cappuccini in einer Pappschale. Sie hatte Steffi gefragt, ob sie ihr etwas mitbringen sollte, und hatte außerdem Kaffee und Gebäck für die zwei Krankenschwestern und sich selbst in der Cafeteria gekauft.

Mit dem Ellbogen drückte sie den Türknauf herunter und schob die breite Tür auf.

»Hier kommt der Kaffee!«, rief sie.

Steffi zuckte zusammen, als sie Lea sah. Ihr Gesichtsausdruck war irgendwie sonderbar. Erschrocken sah Lea Rick an und bemerkte, dass er die Augen geöffnet hatte. Der Kaffee glitt ihr aus den Händen. Ein starker Geruch von frisch gerösteten Bohnen durchströmte den Raum, doch sie nahm ihn kaum wahr. Die Ärztin hatte ja gesagt, dass Rick irgendwann aus dem Koma erwachen würde, aber dass es so schnell geschah, darauf war sie nicht vorbereitet.

Steffi sprang auf, holte Papiertücher und bemühte sich, die Pfütze aufzuwischen. Lea war dazu nicht in der Lage. Sie starrte Rick an, der unglaublich müde und desorientiert wirkte. Sie fragte sich, ob er sie sehen und erkennen konnte. Der verwirrte Ausdruck in seinen Augen deutete nicht darauf hin. Wusste er, was mit ihm geschehen war?

Leas Körper reagierte mit Herzrasen und Magenschmerzen. Es fühlte sich an wie damals, als sie ihren ersten Schultag hatte. Sie wusste nicht, was sie jetzt erwartete. Mit tiefen Atemzügen versuchte sie, sich zu beruhigen.

Rick versuchte, den Mund zu öffnen, als wollte er etwas sagen, aber es kamen nur unverständliche Laute heraus.

»Rick, mein Schatz«, sagte Steffi sanft und streichelte seinen Oberarm, »du hattest einen Schlaganfall. Es wird eine Weile dauern, bis du wieder sprechen kannst. Die Ärzte sagen, mit Sprachtherapie wird es besser werden.«

Er verdrehte frustriert die Augen und schloss sie wieder.

»Rick, hier neben mir steht Lea. Sie war die letzten Tage

bei uns. Du warst in einem kritischen Zustand. Da stand sie auch neben deinem Bett. Und jetzt geht es dir endlich besser.«

Lea war klar, wie er sich bei diesen Worten fühlen musste. Es war sicher unglaublich demütigend für ihn, dass ihn von allen Menschen ausgerechnet Lea in diesen verletzlichsten Momenten gesehen hatte. Warum war sie nur hier und setzte sich dieser emotionalen Achterbahn aus? Sie hasste Achterbahnen.

Tränen liefen aus Ricks geschlossenen Augen und fielen auf sein Kopfkissen. Weinte er aus Überwältigung, aus Angst oder hatte er Schmerzen?

»Alles wird gut. Alles wird gut, Ricki. Alles wird gut«, flüsterte Steffi und streichelte seine Stirn.

Lea räusperte sich, um etwas zu sagen, aber sie wusste nicht, was. Kein einziges Wort fiel ihr in diesem Moment ein. Am liebsten hätte sie sich rausgeschlichen.

Endlich brachte sie etwas heraus: »Ich wollte nur den Kaffee bringen, vielleicht ist es besser, wenn ich wieder gehe.«

Rick hatte seinen Körper noch nicht unter Kontrolle, nicht einmal seine Gesichtsmuskeln, nur seine Augen sprachen. Er hatte sie wieder geöffnet und durch die Tränen konnte sie Scham und Hilflosigkeit erkennen.

Es tat weh, ihn so zu sehen. Der Hass der letzten Jahre war verschwunden. Sie sah ihn nur noch als Menschen, ohne seine Geschichte. Der Anblick schmerzte sie, weil er ihr nicht gleichgültig war, das wurde ihr immer mehr bewusst. Sie wollte ihn nicht bloßstellen.

»Rick, ich bin froh, dass es dir besser geht«, sagte sie schließlich.

Wieder so ein Satz, für den sie sich am liebsten geohrfeigt hätte.

»Scheiße, ich weiß nicht, was ich sagen soll.«

Was hatte sie nur getan? Noch mehr Tränen tropften auf sein Kopfkissen und Steffi wischte ihm sanft über die Wangen.

Lea hatte das Gefühl, keine Luft mehr zu bekommen. Ihr Magen schmerzte noch mehr und das Herz ließ sich nicht beruhigen. Sie musste hier raus, bevor sie selbst den Boden unter ihren Füßen verlor. Hastig eilte sie zur Tür.

Steffi seufzte. »Was musst du jetzt weinen, Ricki. Die Frau deines Lebens ist hier und du weinst. Reiß dich zusammen.«

Sie lief Lea hinterher, die schon auf dem Flur war. Ziellos irrte sie den Gang entlang.

»Lea, komm zurück. Bitte!«, hörte sie Steffi hinter sich, aber Lea ging einfach weiter. Steffi holte sie ein und griff nach ihrer Hand.

»Das ist zu schwer, Steffi«, sagte Lea leise. Sie atmete tief durch und versuchte, ihre Stimme unter Kontrolle zu bekommen. »So viele Situationen in so kurzer Zeit. Ich befinde mich buchstäblich in einem Wechselbad der Gefühle.«

Steffi sagte nichts, sondern nahm sie einfach in den Arm. Lea atmete laut ein und aus, um nicht von ihren Gefühlen überwältigt zu werden. Sie merkte, dass es half, wenn sie sich auf eine gleichmäßige Atmung konzentrierte. Langsam wurde sie ruhiger.

»Es ist ihm sehr peinlich, dass du ihn so siehst«, erklärte Steffi leise. »Aber ich weiß, dass es ihm alles bedeutet, dass du gekommen bist.«

»Den Eindruck habe ich nicht.«

»Doch, glaub mir. Komm, gehen wir wieder zurück ins Zimmer. Ich bin mir sicher, dass deine Anwesenheit ihm hilft.«

Lea seufzte und gab sich geschlagen. Schweigend gingen sie zurück zu Rick. Als sie eintraten, standen zu ihrer Überraschung Jasmin und Julian an seinem Bett. Sie hielten seine Hände, lächelten und streichelten ihn. Da war es wieder, das Wechselbad der Gefühle. Sie fühlte sich plötzlich wie ein Eindringling in einer intimen Familienszene. Sein Sohn und Jasmin waren jetzt seine Familie. Mit einem Mal wurde ihr bitter bewusst, dass sie in seiner neuen Welt nichts zu suchen hatte. Lea fühlte sich überflüssig und irgendwie erbärmlich. Das Gefühl, die falsche Entscheidung getroffen zu haben, war übermächtig.

Fast unmerklich drehte Rick seinen Kopf ein paar Millimeter und sah sie an, als wollte er ihr etwas sagen. Jasmin und der Junge bemerkten seinen Blick und drehten sich nun auch zur Tür, aber Lea wandte ihren Blick nicht von Rick ab. Etwas war anders in seinen Augen. Etwas, das sie nur schwer in Worte fassen konnte. Es berührte ihr Herz und es war, als würde eine Wunde endlich verheilen. Doch die Angst, wieder verletzt zu werden, und das Gefühl, nicht an diesen Ort zu gehören, waren größer. Lea schloss kurz die Augen. Sie versuchte, zu lächeln, aber es gelang ihr nicht. Als sie wieder zu Ricks Bett sah, traf sich ihr Blick mit dem von Jasmin. Sie hielt ihm nicht stand. Mit einem Mal war es, als würde die Luft im Krankenzimmer dünner werden, und sie konnte nicht mehr richtig atmen. Hastig drehte sie sich um und ging.

Ihre Beine zitterten und Tränen sammelten sich in ihren Augen. Es war nicht nur das Gefühl, dass sie nicht dazugehörte. Sie merkte auch, dass sich eine tiefere Angst in ihr breitmachte. Die Angst, sich wieder in ihn zu verlieben und verletzt zu werden. Diese trieb sie erneut zur Flucht. Sie wusste, dass sie nicht wiederkommen durfte. Die Geschichte war hiermit beendet.

Im Auto gingen Lea Hunderte Gedanken durch den Kopf, und doch war keiner davon richtig greifbar. Es gab noch so viel, was sie Rick hätte sagen wollen. Aber nicht in diesem Zustand. Nicht, wenn es ihm so schlecht ging.

Sie fuhr zurück zu ihrer Mutter, und nach einer kurzen Nacht, in der sie nur wenig Schlaf fand, machte sich Lea auf die Rückreise nach Hamburg, in ihre schöne Altbauwohnung, die sie seit der Scheidung allein bewohnte. Es tat gut, zu Hause zu sein.

Lea setzte sich auf ihr Sofa und schaltete den Fernseher ein. Doch dann stand sie noch einmal auf, um sich einen Mojito zuzubereiten. Irgendwie hatte sie das Bedürfnis, etwas zu trinken, um abzuschalten. Die letzten Tage hatten ihr viel abverlangt.

Aber so sehr sie auch versuchte, ihren Kopf freizubekommen, Ricks Augen waren immer da. Was hatte er ihr sagen wollen? Und warum konnte sie Jasmins Gegenwart nicht ertragen? So viele Jahre waren vergangen, aber alles fühlte sich noch genauso an wie damals.

25

Die nächsten Tage und Wochen waren schwer für Lea und sie war permanent damit beschäftigt, sich abzulenken. Es gab einige Themen in der Kita, die seit Langem auf ihrer To-do-Liste standen, aber die sie aufgrund der vielen Arbeit im Tagesgeschäft nie richtig angehen konnte. Nun stürzte sie sich geradezu in diese Projekte, um auf andere Gedanken zu kommen. So entwickelte sie mit ihrem Team neue Konzepte zur Sprachförderung, zu Inklusionsmaßnahmen und ein neues Ernährungskonzept.

Immer wieder erhielt sie WhatsApp-Nachrichten von Steffi, die sie über die neusten Entwicklungen von Ricks Zustand informierten. Wie es aussah, machte er sehr gute Fortschritte. So gute, dass selbst die Oberärztin positiv überrascht war. In den zwei Wochen, die er noch im Krankenhaus bleiben musste, konnte er bereits erste einfache Physio- und Ergotherapieübungen machen. Für die Zeit danach hatte Steffi ihm einen Rehaplatz in Heidelberg organisiert. Dort würde er voraussichtlich zwei bis drei Monate ein intensives Rehabilitationsprogramm machen.

Lea antwortete nur knapp auf Steffis Nachrichten, schrieb Sätze wie: *»Das klingt doch toll«*, hakte aber nicht weiter nach. Trotz all der Arbeit und der Ablenkung schmerzte es sie, an Rick zu denken.

Gegen Ende des Monats fuhr sie für zwei Tage nach Berlin, um an einer Weiterbildung über Resilienzförderung bei Kindern teilzunehmen. Vorher ging sie noch zum Frisör und ließ sich einen neuen Haarschnitt verpassen. Es war ihr irgendwie nach einem Neuanfang.

Als sie Sandra von der Weiterbildung erzählte, schlug diese ihr vor, sich zu treffen. Ihre Tochter Finja war mittlerweile ein Jahr alt und sie war noch in Elternzeit. Sie war zwar ein ziemlich lebhaftes Kind, aber bei einem gemeinsamen Spaziergang würde sie bestimmt einschlafen. Lea sagte erfreut zu. Sandra zu sehen, war immer eine Wohltat.

Nach ihrer Ankunft bezog Lea das Hotelzimmer und gönnte sich ein leichtes Mittagessen. Als sie nach draußen ging, wartete Sandra mit ihrer Tochter schon vor der Tür des Hotels, das sich unweit vom Ku'damm befand. Die Kleine saß im Kinderwagen und spielte mit Sandras Schlüsselbund. Lächelnd ging Lea auf sie zu und die beiden Frauen begrüßten sich mit einer innigen Umarmung, während Finja damit beschäftigt war, jeden einzelnen Schlüssel mit ihren sechs Zähnen auf Festigkeit zu prüfen.

»Hey, du siehst gut aus«, sagte Sandra. »Ich mag deine neue Frisur. Wie die junge Audrey Hepburn.«

»Was? Quatsch.«

»Doch, die weiße Bluse, die Dreiviertelhose, der Bob, die Sonnenbrille ... du siehst aus, als wärst du direkt einem Film aus den Fünfzigerjahren entsprungen. Und das meine ich positiv«, erklärte Sandra und lächelte sie an.

»Ich wollte mal eine neue Frisur probieren«, wiegelte

Lea ab. »Irgendwie brauche ich gerade einen Neuanfang.«
Mal wieder, dachte sie.

»Ich könnte fast neidisch werden«, sagte Sandra.

»Ach was, das ist doch nur Fassade.«

»Das sagst du so. Und ich bin jetzt eine richtige Mutti, mit zehn Kilo zu viel auf den Hüften und fettigen Haaren. Ich schaffe nichts mehr, seit Madame Finja laufen kann und die Welt erkundet.«

Lea begrüßte das kleine blonde Mädchen, das mit einem Schlüssel im Mund freundlich zurücklächelte.

»Wenn wir uns bewegen, schläft sie ein und wir können uns unterhalten«, sagte Sandra.

Sie gingen Richtung Ku'damm. Lea betrachtete Sandra nachdenklich. Ihre Freundin hatte sich in den letzten zwei Jahren sehr verändert. Sie war schwanger geworden, hatte dann schnell geheiratet und schließlich eine Tochter bekommen. Alles, was Lea sich immer gewünscht hatte und was Sandra eigentlich nie haben wollte.

»Was ist mit dem Kitaplatz? Hast du schon einen?«, fragte Lea.

Sie schüttelte den Kopf.

»Keine Chance, deshalb bleibe ich bis zu ihrem dritten Geburtstag zu Hause. Sag hallo zur Vollzeitmama.«

Lea grinste. »Du lebst meinen Traum.«

Sandra lachte bitter auf. »Toller Traum, kein Schlaf, ständig in Bewegung ... wenn ich nicht zufällig schwanger geworden wäre, weiß ich nicht, ob ich mich dafür entschieden hätte.«

»Das war gut so. Schau, wie süß sie ist.«

Liebevoll blickte Sandra auf ihre Tochter und antwortete: »Das ist sie wirklich und ich möchte sie um nichts auf der Welt missen. Aber zwischen Marc und mir kracht es regelmäßig. Stell dir vor, er kommt rein, und auf wen rennt er zu? Auf seine Tochter! Ich bin wie Luft für ihn.«

»Er ist ein liebevoller Vater.«

»Und ein miserabler Ehemann.«

»Ihr seid noch nicht so lange zusammen und du bist schnell schwanger geworden«, versuchte Lea, sie aufzumuntern. »Das ist nicht so einfach, Paarzeit mit Kind.«

»Wir wollen zur Paartherapie, aber es dauert ewig, einen Platz zu bekommen.«

»Hey, das ist doch super. Ich finde es gut, dass ihr das anpacken wollt.«

Lea sah sie mitfühlend an. Sandra wirkte müde. Ihr Haar war nicht mehr so ordentlich frisiert wie früher und unter ihren strahlend blauen Augen waren dunkle Ringe. Sie trug eine bequeme Tunnelhose und ein T-Shirt. Im Getränkehalter des aufgemotzten Kinderwagens stand ein großer Becher Kaffee.

»Hier, meine einzige Droge. Ich hab auch einen Becher für dich eingepackt.«

Sandra war tatsächlich bestens ausgerüstet. Aus der Ablage des Kinderwagens holte sie eine Thermoskanne und einen weiteren Becher hervor und schenkte Lea ein. Sie prosteten sich zu und tranken den Kaffee, während sie eine schöne Allee entlang liefen. Hier war es ruhig und kühl.

Schließlich fragte Sandra: »Erzähl mal, wie geht es Rick?«

»Besser. Er ist nun in der Rehaklinik. Steffi hat geschrieben, dass er schon wieder richtig gut sprechen kann, und auch das Laufen klappt einigermaßen, obwohl eine Körperhälfte noch taub ist. Aber das kann sich wohl bessern, wenn er Glück hat. Man wird sehen.«

»Ich finde es echt unglaublich, dass ihm das passiert ist. Rick war immer so ein starker Kerl.«

Lea nickte.

»Und noch verrückter finde ich, dass du ihn dadurch nach zehn Jahren wiedergesehen hast«, sagte Sandra. »Ich dachte, du wolltest ihm nie mehr begegnen.«

»Ja, das Leben ist wie eine Achterbahn. Jahrelang haben wir nichts voneinander gehört, und dann sehe ich ihn halbtot wieder.«

»Wie hat sich das angefühlt?«

»Ich hatte so viel Wut und Mitleid gleichzeitig. Ich kann das gar nicht in Worte fassen. Und dann, am Ende, war es so krass!«

»Was denn?«

»Na, er hat mich so angesehen.«

Lea hielt inne und zog sich die dunkle Sonnenbrille von den Augen. Sicherlich sah Sandra ihr die Anstrengungen der letzten Tage und Wochen an.

»Er hat mich angeblickt, puh, wie soll ich das beschreiben ... Als wollte er mir seine ganze Geschichte erzählen.«

Ihre Stimme zitterte. Sie strich sich die Haare hinter die Ohren, doch die Strähnen sträubten sich und flogen ihr, vom Wind angestachelt, immer wieder ins Gesicht.

»Wie denn?«

»So ein Blick, als wollte er mich um Verzeihung bitten, und gleichzeitig konnte ich seine Liebe spüren. Wie damals.«

»Eure Beziehung war schon immer etwas Besonderes.«

Die kleine Finja meckerte in ihrem Kinderwagen, und die beiden Frauen setzten sich wieder in Bewegung.

»Und wie geht es jetzt weiter?«, fragte Sandra.

Lea zuckte mit den Schultern. »Keine Ahnung.«

»Du weißt doch, dass es so nicht enden kann.«

»Aber wie dann?«

»Das weiß ich nicht. Aber ihr hattet eine wahnsinnige

Liebesbeziehung bis zu diesem blöden Vorfall. Und dann hat er einen Schlaganfall, und du fährst sofort Hunderte von Kilometern zu ihm ans Krankenbett. Das macht man doch nicht einfach so.«

So hatte Lea das noch nicht gesehen.

»Und was soll ich deiner Meinung nach tun?«

»Keine Ahnung, mit ihm reden, noch mal Sex haben, ihn verprügeln! Werd aktiv!«

Lea sah ihre Freundin an. Sandra hatte ihr nie die Meinung über ihren Lebensstil gesagt, war immer als Freundin für sie da gewesen und hatte sie unterstützt. Genau wie Lea sie. Deshalb bedeutete es ihr viel, dass Sandra ihr das jetzt sagte.

»Das traue ich mich nicht«, bekannte sie.

»Ich verstehe, es ist viel Zeit vergangen. Aber ihr habt nie mit eurer Beziehung abgeschlossen.«

»Habe ich dir erzählt, dass er ein Tattoo mit meinem Namen auf dem Gelenk hat?«

Sandra nickte. »Du hättest mit ihm reden sollen. Warum hat er dich betrogen? Hast du ihn das jemals gefragt?«

»Er hat damals behauptet, er hätte zu viel getrunken. Aber es ist egal, warum, er hat es getan«, antwortete Lea unwirsch.

»Ich finde, da gibt es schon Unterschiede. Falls Jasmin ihn zum Beispiel absichtlich betrunken gemacht hat, um ihn zu verführen, ist das zwar scheiße, aber ich kann es irgendwie noch verstehen. Aber wenn er sie schon die ganze Zeit sexy fand und dich mit ihr betrügen wollte, dann ist er ein Arsch und du hast alles richtig gemacht.«

»Können wir das Thema wechseln? Ich bekomme Kopfschmerzen.«

»Du musst mit ihm reden. Wenn er reden kann und

will, dann könnt ihr die Sache ein für alle Mal klären. Sonst wirst du die Vergangenheit nie los. Du wirst dich immer fragen, was gewesen wäre. – So, und jetzt sage ich nichts mehr.«

Sandra atmete tief durch und trank einen Schluck von ihrem heißgeliebten Kaffee.

Tatsächlich sprachen sie nicht mehr über Leas Erlebnisse mit Rick, sondern gingen auf einen Spielplatz und verbrachten die restliche Zeit mit Finja, die einfach nicht einschlafen wollte. Sandra erzählte von ihrem Leben mit der Kleinen und Lea von ihren Erfahrungen aus der Kita.

Nachdem sie sich verabschiedet hatten, dachte Lea noch lange über die Worte ihrer Freundin nach. Sandra hatte recht. Warum hatte sie Rick nie gefragt, warum er sie betrogen hatte? Es war zu schmerzhaft und deshalb viel einfacher gewesen, alles hinter sich zu lassen und schnell weiterzumachen. Aber eine unverarbeitete Vergangenheit kommt immer wieder hoch, wie Sprudel in einer Flasche, die man zu oft geschüttelt hat. Da half kein Deckel, kein Umzug und keine neue Beziehung, das wusste sie inzwischen.

In dieser Nacht lag Lea noch lange in dem dunklen Hotelzimmer und dachte nach. Was sollte sie tun? Noch einmal zu ihm gehen?

Nein, das konnte sie nicht. Nicht noch einmal.

Lea tat, was sie am besten konnte: Sie versuchte, alles zu vergessen, und lenkte sich mit viel Arbeit ab.

26

DEZEMBER 2023

Lea hatte seit Monaten nichts mehr von Rick gehört. Auf die Nachrichten seiner Schwester hatte sie irgendwann nicht mehr geantwortet und dann hatte auch Steffi aufgehört, ihr zu schreiben. Wenn sie an ihn dachte, kamen zu viele Gefühle hoch, und das ertrug sie nicht mehr. Sie hatte es geschafft, ihre Empfindungen so weit in den Hintergrund zu drängen, dass sie ihren Alltag gut meistern konnte. Falls sich doch einmal die Gedanken an Rick ihren Weg an die Oberfläche bahnten, beschäftigte sie sich schnell mit anderen Dingen.

Manchmal fragte sie sich, was ihre Therapeutin dazu gesagt hätte. Aber sie konnte sie nicht fragen, weil sie überraschend in Schwangerschaftsurlaub gegangen war und die Gemeinschaftspraxis keine Plätze bei anderen Therapeuten frei hatte. Aber eigentlich kam Lea die Unterbrechung gerade recht, so hatte sie noch mehr Zeit, sich in ihre Arbeit zu stürzen.

Nun brach die stressigste Zeit des Jahres an, die Vorweihnachtszeit. Früher war das Leas absolute Lieblingszeit gewesen, doch dieses Jahr hielt sich ihre Freude in Grenzen. Je besinnlicher alles werden sollte, desto mehr wurde ihr die innere Leere bewusst. Ihr Leben war nicht so, wie sie es sich erhofft und vorgestellt hatte. Sie war allein, ohne Familie. Der Gedanke, ein weiteres Weihnachtsfest ohne eigene Kinder zu verbringen, machte sie traurig. Mit keinem der drei Männer, mit denen sie zusammen gewesen war, hatte sie es geschafft, ein Kind zu zeugen, so sehr sie es auch versucht hatte.

Anfang Dezember fuhr Lea an einem Freitagmorgen nach Heidelberg, um ihre Mutter zu besuchen. Es war seit Jahren Tradition, dass sie an einem der Adventswochenenden gemeinsam einkaufen gingen. Sie suchten Geschenke für die Kinder ihres Bruders Moritz aus, aber sie nutzten die Zeit auch, um nach Dekoartikeln zu stöbern, Glühwein auf einem der kleineren, eher unbekannten Weihnachtsmärkte zu trinken und natürlich das große Weihnachtsfest zu planen.

Als Lea bei ihrer Mutter ankam, begrüßte diese sie überschwänglich, aber sie wirkte etwas nervös. Das war eher ungewöhnlich und Lea fragte sich, ob sie endlich jemanden kennengelernt hatte.

»Komm rein, komm rein, mein Schatz. Ich habe uns Nudelauflauf gemacht. Diesmal ganz vegan.«

Lea lächelte. Ihre Mutter folgte dem Zeitgeist besser als sie.

Beim Essen erzählte Lea ein paar Anekdoten aus der Kita. Sie hatte kaum die letzte Gabel in den Mund gesteckt, da stand Claudia eilig auf und räumte die Teller ab. Verwundert sah Lea ihr zu. Mit einem Seufzer stand sie ebenfalls auf und half ihr dabei, die Küche aufzuräumen.

»Komm, lass uns gehen«, drängte Claudia, sobald alles in der Spülmaschine verstaut war.

»Wohin?«, fragte Lea.

»Einkaufen.«

»Jetzt schon?« *Was war denn mit ihrer Mutter los? Sie benahm sich doch sonst nicht wie ein aufgescheuchtes Huhn.*

»Na klar!«, rief Claudia und war schon dabei, ihren Mantel anzuziehen.

»Mama, ich bin doch gerade erst angekommen.«

»Willst du dich noch ausruhen?«

»Nein, aber ich dachte, den Einkauf machen wir morgen, ganz gemütlich.«

»Lass es uns heute gemütlich machen«, entgegnete ihre Mutter. »Morgen ist bestimmt mehr los.«

Lea zuckte mit den Schultern. »Okay, wenn du meinst.«

Sie zog ihren dunkelroten Wollmantel wieder an, nahm die Tasche und stieg hinter ihrer Mutter die Treppen hinunter.

Sie fuhren nur ein paar Stationen mit der Straßenbahn, dann erklärte ihre Mutter, dass sie an der Stadtbücherei aussteigen wollte.

»Warum denn hier?«, fragte Lea verblüfft.

»Ich brauche heute etwas Bewegung.«

Lea schüttelte den Kopf. Ihre Mutter benahm sich heute wirklich seltsam.

Als sie an einem neuen, schick aussehenden Café vorbeikamen, erklärte Claudia: »Hier wollte ich schon immer mal rein, lass uns einen Kaffee trinken.«

»Jetzt schon?«, fragte Lea. »Wir haben doch grad erst gegessen. Wollen wir nicht erst einmal einkaufen?«

»Das machen wir gleich. Wir wollen das Leben genießen.«

Das war einer der Lieblingssprüche ihrer Mutter: Das Leben genießen, wer weiß, wann es vorbei ist.

»Irgendwie bist du heute echt seltsam«, meinte Lea.

Claudia antwortete nicht darauf, sondern öffnete energisch die Tür zum Café und schob Lea fast hinein. Heute hatte es wohl keinen Sinn, mit ihrer Mutter zu diskutieren. Vor dem Hauptraum befand sich ein schwerer Vorhang, der die Kälte draußen halten sollte. Lea wollte ihn gerade aufschieben, als ihre Mutter ihr Handy rausholte und auf das Display schaute.

»Geh schon rein, ich habe einen Anruf«, erklärte sie.

Irritiert sah Lea sie an. Vielleicht hatte sie wirklich einen Freund und wollte nicht, dass Lea das Gespräch mithörte. Sie schüttelte den Kopf und ging durch den Vorhang. Dafür, dass das Café so beliebt sein sollte, war es recht leer.

Lea sah sich um und überlegte, an welchem Tisch es wohl am gemütlichsten war. Als ihr Blick in die Ecke am hinteren Fenster fiel, dort, wo auf der Scheibe die Beschriftung mit dem Buchstaben »C« begann, erstarrte sie.

Rick.

Lea spürte, wie ihre Beine weich wurden. War das Zufall? Rick saß da und starrte zum Fenster hinaus. Er sah furchtbar traurig und unsicher aus.

In diesem Moment wandte er sich um und erblickte sie. Er lächelte schief und hob seinen Arm, um sie zu grüßen. Es fiel ihm offensichtlich schwer und die Bewegung wirkte unkoordiniert, sicher eine Folge des Schlaganfalls.

Lea drehte sich um und lotete die Fluchtmöglichkeiten aus. Hinter ihr stand Claudia mit dem Telefon in der Hand.

»Na los. Es ist Zeit, setz dich zu ihm«, forderte sie ihre Tochter auf.

Kaum hatte sie das gesagt, war Claudia auch schon hinausgeeilt. Hilflos sah Lea ihrer Mutter nach. War das ihr Ernst? Ausgerechnet sie war der Überzeugung, dass ein Treffen arrangiert werden musste, damit sie sich mit Rick aussprechen konnte? Hatte sie ihrer Mutter nicht klar genug gesagt, dass sie diesen Lebensabschnitt ein für alle Mal hinter sich lassen wollte?

Innerlich schüttelte sie den Kopf. Dann schaute sie zu Rick. Ihr Herz klopfte laut. Sofort spürte sie, wie sie eine Welle an unterschiedlichen Emotionen traf. Mitgefühl, Wut ebenso wie ein Anflug von Trauer über die verlorenen Jahre. Das erste Mal seit sehr langer Zeit ließ sie ein Gefühl zu, das sie so lange versucht hatte, mit allen Mitteln zu bekämpfen. Sehnsucht.

Sollte sie wirklich zu ihm gehen? Und sich ein für alle Mal mit ihm aussprechen? Sie wusste, dass es ihre Mutter gut mit ihr meinte, und auch sie musste mit sich gekämpft haben, bevor sie diesen Schritt wagte.

Er sah ganz anders aus. Es war nicht mehr der Rick, den sie kannte, nicht einmal der Rick, den sie zuletzt im Krankenhaus gesehen hatte. Er wirkte dünn und blass, und neben dem Tisch lehnte ein Gehstock.

Also los, sprach sie sich Mut zu. *Bring's hinter dich.* Ihr wurde schwindelig. Sie atmete tief durch und verzog den Mund zu einem Lächeln, während sie zu seinem Tisch ging.

»Ihr habt mir einen ganz schönen Streich gespielt«, sagte sie mit zitternder Stimme anstelle einer Begrüßung.

Rick hatte eine Tasse Tee vor sich stehen und ein Glas Wasser. Auch das war ungewöhnlich für ihn. Früher hatte er immer Cappuccino getrunken, wenn er in einem Café war.

»Tut mir leid, meine Schwester und deine Mutter hatten diese filmreife Idee«, sagte er. »Ich weiß auch nicht, was ich davon halten soll. Steffi hat mich hierhergelockt.«

Seine Stimme hatte sich verändert, sie klang gebrochen und leise.

Im Café war es sehr warm und Lea fühlte sich in ihrem schönen roten Wollmantel unwohl. Obwohl sie darunter nur einen hellblauen Pullover und Jeans trug, die eher praktisch als schön waren, zog sie den Mantel aus. Sie legte ihn über den Stuhl und setzte sich an den kleinen runden Tisch.

In diesem Moment kam ein Kellner.

»Darf ich Ihnen auch etwas bringen?«, fragte er Lea.

»Ich nehme auch so einen Tee«, sagte sie und deutete auf Ricks Tasse.

»Gerne.«

Nachdem der junge Mann hinter der Theke verschwunden war, betrachtete Lea Ricks Gesicht. Seine Augen waren die gleichen, wach und strahlend. Das ermutigte sie.

Sie atmete tief aus und antwortete mit fester Stimme: »Die beiden haben recht, es ist höchste Zeit, dass wir reden.«

Sie wusste nicht, wohin mit ihren Armen. Erst legte sie sie auf den Tisch, dann zwischen die Oberschenkel. Rick sah genauso angespannt aus.

»Wie geht es dir?«, fragte sie.

»Den Umständen entsprechend gut, viel besser, als die Ärzte am Anfang erwartet hätten.« Er deutete auf den Gehstock. »Wenn ich Glück habe, brauche ich den in ein paar Monaten nicht mehr.«

»Das freut mich. Die letzten Monate waren sicher nicht einfach.«

»Ich habe mich gefühlt wie ein Baby, das alles erst lernen muss. Essen, kauen, Arme bewegen, Kopf bewegen, Kopf halten.« Er lachte. »Jetzt weiß ich, was Babys leisten.«

Sie hörte ihm aufmerksam zu und beobachtete jede Regung in seinem Gesicht.

»Ich will mich nicht beschweren, denn ich hatte im Gegensatz zu anderen viel Glück, das meiste werde ich wieder können, also etwa siebzig Prozent. Joggen wird wohl nicht mehr zu meinen Stärken gehören.«

Er lächelte schief, das sollte wohl ein Scherz sein. Lea bemühte sich, mitzulächeln.

In diesem Moment brachte der Kellner Leas Tee. Sie nahm einen Schluck und es entstand eine Pause, in der sie sich erst etwas verloren ansahen, bevor sie verlegen den Blick abwandten.

»Seit dem Schlaganfall bin ich etwas emotionaler als vorher«, sagte er.

Seine Stimme klang jetzt noch brüchiger. Lea wusste, dass er mit seinen Gefühlen rang. Sie sah ihn an.

»Ach, ich möchte nicht um den heißen Brei herumreden«, sagte er. »Ich möchte dich um Verzeihung bitten, dass ich unser gemeinsames Leben zerstört habe. Ich war so unglaublich dumm.«

Lea war erleichtert, dass der Smalltalk vorbei war. Und es tat gut, es aus seinem Mund zu hören.

»Ja, das warst du.«

»Kannst du mir verzeihen?«

»Ich habe dir schon vergeben, Rick. Das habe ich dir damals an deinem Bett auf der Intensivstation gesagt.«

Tränen sammelten sich in Ricks Augen, aber er kämpfte gegen sie an. Wollte er sich vor ihr keine Blöße geben?

Lea wusste, dass sie ihm sagen musste, was sie empfand, um endlich Ruhe zu finden. Sie begann: »Du hast unser so schönes gemeinsames Leben zerstört, aber nicht nur das. Ich war danach nicht mehr in der Lage, eine normale Beziehung zu führen. Ich habe dich gleichzeitig geliebt und gehasst und habe es bis heute nicht geschafft, eine Familie zu gründen.«

Während sie sprach, sah sie ihm direkt in die Augen. Rick hielt ihrem Blick stand. Sie wusste, dass er noch mehr als sie unter dem Verlust und der Schuld litt. Nur deshalb war sie überhaupt bereit, mit ihm zu reden.

Er antwortete: »Ohne dich leben zu müssen, war furchtbar für mich. Und der Gedanke, dass du gelitten hast, hat mich sehr traurig gemacht. Wirklich.«

»Warum hast du mit ihr geschlafen? Ausgerechnet mit ihr?«

»Ich wollte keine Beziehung mit Jasmin. Es war ein blöder Abend, an dem ich zu viel getrunken hatte, weil mich ihr Chef extrem gestresst hat. Sie hat mich die ganze Zeit angemacht und ich wurde schwach. Ich bin geworden wie mein Vater. Auch das hätte ich nie geglaubt.«

»Wie dein Vater?«, ermutigte Lea ihn, weiterzusprechen. Durch Steffi wusste sie zwar, worauf er hinauswollte, aber sie fragte sich, wie er selbst die Situation sah.

»Mein Vater hat meine Mutter jahrelang betrogen. Sie wusste es, aber sie fühlte sich finanziell von ihm abhängig. Deshalb hat sie es ertragen, bis zu dem Autounfall.« Seine Stimme zitterte. »Ich will mich nicht rechtfertigen, es war falsch und Punkt. Aber ich hatte danach nichts mehr mit ihr, wirklich. Ich habe immer nur dich geliebt.«

Lea wandte den Blick ab. Ricks Handy piepste und er wischte kurz darüber.

»Entschuldige«, sagte er. »Ich muss meine Tabletten nehmen.«

Er zog eine Pillendose aus seiner Jackentasche und nahm zwei Tabletten heraus. Er schluckte erst die eine, dann die andere.

»Alles klar?«, fragte sie.

»Das ist mein neuer Alltag«, sagte er mit einem Schulterzucken. »Eine Tablette für den Blutdruck, das andere ist ein Blutverdünner. Nach einem Schlaganfall besteht ein erhöhtes Risiko für einen weiteren, dagegen sollen die Tabletten helfen.«

»Trinkst du deshalb Tee, wenn du in einem schicken Café bist?«

Er nickte. »Ja, auch eine Empfehlung meines Arztes. Kaffee kann den Blutdruck erhöhen.«

»Das muss eine große Umstellung für dich sein.« Lea dachte daran, wie sehr er seinen Kaffee geliebt hatte.

»Es geht. Natürlich muss ich mich umstellen und zurücknehmen.« Er nahm die Pillendose in die Hand und drehte sie hin und her. »Aber es erinnert mich auch daran, wie kostbar das Leben ist, und wie schnell sich alles ändern kann.«

Oh ja, das Leben konnte sich wirklich schnell ändern, das hatte sie selbst erlebt! Und es gab eine Sache, die Lea in all den Jahren gequält hatte.

Lea räusperte sich: »Darf ich dich noch etwas fragen?«

»Natürlich«, sagte Rick.

»Ich kann mir nicht vorstellen, dass Jasmin in dieser einen Nacht gleich schwanger geworden ist.«

»Das verstehe ich. Aber so war es.«

Lea seufzte und fragte sich, ob Jasmin auch das geplant hatte. Oder hatte sie selbst zu viel getrunken und nicht über Verhütung nachgedacht?

»Rick, selbst wenn ich dir verziehen hätte, dass du eine Affäre mit einer meiner besten Freundinnen hattest – sie hat das Kind von dir bekommen, das ich nicht bekommen habe. Ich kann dir gar nicht beschreiben, wie sich das angefühlt hat.«

Er nickte mitfühlend. »Ich verstehe.«

»Stell dir mal vor, ich hätte so etwas gemacht.«

»Das habe ich mir tatsächlich oft vorgestellt, und mich gefragt, wie ich reagiert hätte, weil ich besser verstehen wollte, wie du dich fühlst. Ich denke, ich hätte dir verziehen, denn ich konnte mir ein Leben ohne dich nicht vorstellen.«

»Nun, es ging trotzdem ohne mich.«

Rick wirkte unendlich traurig, als er ihr antwortete: »Das ist der Preis, den ich dafür bezahlen muss.« Er seufzte. »Aber ich habe einen Wunsch!«

Unbewusst zog sie eine Augenbraue hoch und fragte: »Und der wäre?«

»Ich möchte, dass du glücklich bist.«

Lea lachte ironisch auf und behauptete: »Ich bin glücklich«, obwohl ihr klar war, dass das nicht stimmte.

Sie umklammerte ihren Tee, als könnte die warme Tasse ihr moralische Unterstützung geben.

»Ich meine es ernst. Verzeih mir, und selbst wenn ich dich nie wiedersehen sollte, finde einen guten Mann, heirate, bekomm Kinder.«

»Rick, du klingst so pathetisch wie in einer Telenovela.«

Er zuckte mit den Schultern und antwortete: »Das Leben ist eine Telenovela.«

Rick streckte seine Hand aus und legte sie auf ihre.

Als sie seine Finger spürte, ließ sie die Tasse los und zog ihre Hand zurück.

»Rick, ich habe dir verziehen«, wiederholte Lea. »Bis vor Kurzem hatte ich noch Probleme damit, aber jetzt habe ich es getan.«

»Danke.« Seine Stimme zitterte. »Danke.«

»Das war wichtig, um endlich mit der Sache abzuschließen«, sagte sie und wollte aufstehen.

»Vielleicht können wir uns ab und zu mal unterhalten?«

Lea lachte laut auf und fragte spöttisch: »Wie eine Therapiestunde?«

»Vielleicht.«

Rick lächelte, zum ersten Mal an diesem Tag von Herzen, und sie hatte das Gefühl, den Mann von früher wiederzuerkennen. Sofort wurde ihr warm ums Herz und sie hatte ihre Gefühle nicht mehr unter Kontrolle.

»Erzählst du mir von deinem Leben?«, bat er.

Sie sah ihn ungläubig an und fragte: »Was willst du denn wissen?«

»Alles. Als ob wir uns gerade erst kennengelernt hätten.«

Lea lachte erneut auf, doch aus irgendeinem Grund ging sie darauf ein.

»Da gibt es nicht viel zu erzählen«, begann sie. »Kein Partner, keine Kinder, kein Haustier. Ich bin zweimal geschieden und brauche erst mal eine längere Männerpause.«

»Das tut mir leid. Willst du noch Kinder?«

Das wäre der Moment gewesen, in dem sie hätte wütend werden müssen. Wie konnte er es wagen, ihr eine solche Frage zu stellen? Aber sie spürte, dass er ehrlich interessiert war, und irgendwie tat ihr sein Interesse gut. Es war das schwierigste Thema in ihrem Leben.

»Ja, sehr«, antwortete sie leise und unsicher.

»Du wirst eine wunderbare Mutter sein, das weiß ich.«

Lea senkte traurig den Blick. »Ich werde nie Mutter werden. Es klappt nicht. Ich habe nie verhütet und jetzt bin ich schon Mitte dreißig.«

»Aber du warst schon einmal schwanger. Also kann es klappen.«

Lea zuckte mit den Schultern wie ein Kind, das sich nicht erklären kann, warum die Mathenote so schlecht ausgefallen ist.

»Wie ist es denn, Vater zu sein?«, fragte sie.

Ricks Gesicht hellte sich auf, als er antwortete: »Der schwierigste und zugleich schönste Job überhaupt. Das Einzige, was mir geholfen hat, zu überleben, als du weg warst, war mein Sohn.«

»Er ist ein süßer Junge.«

»Eher frech, aber was soll's.«

Rick lachte, und Lea wurde wieder warm ums Herz.

Er sah ihr in die Augen und sagte: »Genau deshalb möchte ich, dass du diese Erfahrung auch machst.«

»Na ja, ich leite eine private Kinderkrippe, daher habe ich tatsächlich viel mit kleinen Kindern zu tun.«

Rick sah sie erstaunt an und sagte: »Wie spannend! Möchtest du mir davon erzählen?«

Lea warf mit einer Kopfbewegung die Haare zurück und begann: »Nach ein paar Jahren im Beruf habe ich festgestellt, dass der typische Berufsalltag einer Psychologin nicht meine Welt ist. Ich habe mich umorientiert und bin im Kindergarten gelandet, erst als Integrationserzieherin, dann habe ich den Bedarf gesehen, mich mit einer Mutter zusammengetan und wir haben die Schatzkiste gegründet.«

Rick hörte ihr fasziniert und aufmerksam zu und stellte Fragen. Als sie von Herausforderungen berichtete, hatte er konstruktive Verbesserungsvorschläge, sodass Lea das Gefühl hatte, er sei wieder der Alte und alles wäre wieder wie damals, als sie ein Paar waren.

Bewundernd sah sie ihn an und fragte: »Warum führst du nicht dein eigenes Imperium, Rick? Du steckst doch voller Ideen?«

Die unsichtbare Wand, die sie getrennt hatte, war weg. Lea fühlte sich ganz bei sich selbst, so wie es früher mit ihm gewesen war.

»Ich weiß nicht, ich habe zu viele Ideen, ich kann sie nicht alle umsetzen. Ich bräuchte einen Partner oder eine

Partnerin, die mich strukturiert. Jemanden wie dich. Wir beide waren ein unglaublich gutes Team.«

Lea verzog das Gesicht. »Na ja, du warst eher mein Mentor.«

Er schüttelte den Kopf.

»Nein. Du warst zwar noch jung, aber ich habe dir nur Input gegeben. So wie ich anderen helfe, ihre Berufung zu finden. Alles andere lag in dir. Sonst hättest du sicher nicht deine eigene Kinderkrippe gegründet.«

Lea zuckte die Schultern, als wäre das nichts weiter, aber sie konnte nicht leugnen, dass sie ein bisschen stolz auf sich war. In der Tat, niemand konnte sie so aufbauen wie Rick.

»Du bist immer noch ein guter Motivator«, sagte sie.

Er zuckte die Schultern und sagte: »Ich interessiere mich wirklich für Menschen.«

»Das merkt man. Und was machst du gerade?«

Er lachte und deutete wieder auf die Gehhilfe.

»Im Moment nicht viel, aber ich habe letztes Jahr bei einer großen Firma angeheuert. Momentan bin ich noch krankgeschrieben, aber hoffentlich kann ich dort bald weitermachen.«

Ungläubig sah sie ihn an.

»Du bist angestellt? Nein! Du bist doch ein unzähmbares Pferd!«

Rick lächelte.

»Ich bin nicht mehr der Jüngste und möchte mehr Zeit mit meinem Sohn verbringen. Ich möchte mich nicht mehr mit der Arbeit kaputt machen. Das war der Grund für die Entscheidung. Umso mehr jetzt, wo ich nicht weiß, wie es mit mir weitergeht.«

»Aber es geht dir doch besser.«

»Das sagt mein Arzt auch. Aber manchmal habe ich

Kopfschmerzen und Schwindelanfälle. Der Arzt meint, das sei nichts Ungewöhnliches. Ich hoffe, er hat recht.«

»Bestimmt. Das wird schon wieder.« Lea dachte einen Moment nach.

»Du hast die Entscheidung also wegen deines Sohnes getroffen«, hakte sie noch einmal nach.

»So ist es.«

»Julian kann sich sehr glücklich schätzen, dass er einen Vater wie dich hat.«

Ein Schatten zog über ihr Gesicht. Warum hatte Rick anscheinend alles, was sie sich immer gewünscht hatte?

Rick wusste sofort, was in ihr vorging.

»Alles wird gut, Lea. Du bist aus dem dunklen Tal heraus.«

Seine Worte berührten etwas tief in ihr und sie nickte stumm. Er sah sie so überzeugt an, dass sie ihm glaubte.

Sie blickte aus dem Fenster und sah ihre Mutter auf der anderen Straßenseite stehen. Überrascht schaute sie auf die Uhr und stellte fest, dass sie schon mehr als drei Stunden hier saß. Die Zeit war wie im Flug vergangen.

»Ich muss gehen, meine Mutter wartet draußen«, erklärte Lea und machte eine Kopfbewegung zum Fenster hin. »Wir wollen noch einkaufen gehen.«

Sie wollte ihren Geldbeutel rausholen, aber Rick hielt sie davon ab.

»Ich bezahle. Danke, dass du dich zu mir gesetzt hast. Können wir uns wiedersehen?«

Sie zögerte einen Moment und antwortete: »Ich muss darüber nachdenken.«

»Meine Nummer ist die gleiche. Ich habe sie nicht geändert, in der Hoffnung, dass du mir schreibst«, sagte er.

Lea lächelte und erwiderte: »Ich habe meine schon dreimal geändert. Aber deine Schwester kennt meine aktuelle Nummer.« Sie hätte ihm die Nummer auch einfach geben können, aber sie wollte es ihm nicht zu einfach machen. Deshalb wechselte sie abrupt das Thema: »Wie kommst du nach Hause?«

»Ich nehme die Straßenbahn.«

»Ist auch am einfachsten, wenn man in die Stadt fährt.«

»Na ja, du weißt, dass ich Bahnfahren hasse und lieber laufe oder das Auto nehme. Aber im Moment ist es wirklich das Einfachste.«

Lea nickte und verabschiedete sich mit einem Händedruck. »Mach's gut.«

»Du auch.«

Als sie zu ihrer Mutter ging, erkundigte sich Claudia nicht nach dem Gespräch, sondern fragte nur: »Sollen wir nach Hause gehen?«

»Nein, Mama. Ich glaube, ich mache noch einen Spaziergang und komme dann nach.«

Lea gab ihr einen Kuss und sagte: »Danke, dass du das Treffen arrangiert hast.«

27

Lea lief ziellos durch die Stadt, in Gedanken ganz bei dem unerwarteten Treffen.

Es war schön gewesen, in Ricks Nähe zu sein. Erst jetzt wurde ihr bewusst, wie sehr sie ihn vermisst hatte. Wie er ihr als Mensch gefehlt hatte. Er kannte sie so gut wie kein anderer. Vielleicht war doch eine Freundschaft möglich?

Sie fühlte sich zufrieden wie ein Mensch, der genau den Kuchen bekommen hat, den er sich gewünscht hat, und konnte sich zugleich nicht so recht erklären, warum sie so positiv gestimmt war.

Als sie wieder in der Wohnung ihrer Mutter ankam, zeigte ihre Smartwatch an, dass sie zwölftausend Schritte gelaufen war.

Claudia saß gemütlich in ihrer Yogahose auf dem Sofa und faltete die Wäsche.

»Ich wollte schon einen Suchtrupp losschicken«, zog sie ihre Tochter auf.

Lea grinste und erklärte: »Ich brauchte einfach einen klaren Kopf. Da habt ihr mir eine Falle gestellt.«

»Nein. Wir wollten nur, dass ihr miteinander redet. Es war höchste Zeit.«

Lea sah ihre Mutter liebevoll an.

»Danke, Mama. Dafür wäre ich zu stolz gewesen.«

»Oder zu beteiligt.«

Claudia stellte den Korb zur Seite.

»Und, wie ist es gelaufen? Ich hatte schon Angst, du würdest ihm eine knallen.«

»Mama, ich bin doch nicht blöd.«

»Nein, bist du nicht. Aber es wäre ja nicht so abwegig.«

Lea nickte und sagte: »Es ist gut gelaufen.«

Mehr wollte sie nicht sagen, da sie selbst noch nicht wusste, wie sie das Ganze einsortieren sollte.

Am nächsten Tag erhielt sie eine Nachricht von Rick. Er schrieb, dass er noch mal über das nachgedacht hatte, was sie über die Kinderkrippe erzählt hatte.

»*Wenn du eine Beratung brauchst, wie du deine Mitarbeiter besser motivieren kannst, würde ich dir gerne helfen.*«

Vielleicht würde es Rick guttun, eine Aufgabe zu haben. Und sie brauchte auch tatsächlich Hilfe in Personalangelegenheiten. So kam es, dass Lea und Rick in der Vorweihnachtszeit sehr häufig miteinander telefonierten oder sich in Videokonferenzen trafen.

Drei Tage vor Weihnachten fuhr Lea wieder in den Süden zu ihrer Familie. Sie wollten das Weihnachtsfest alle zusammen bei ihrer Mutter verbringen. Ihr Bruder kam mit seiner Familie aus Karlsruhe, und jeder würde etwas zum Festmenü beisteuern. Lea und ihre Mutter nutzten die Zeit für letzte Weihnachtseinkäufe, backten Plätzchen und bereiteten am Heiligabend alles für den Abend vor.

Ihr Bruder traf am späten Nachmittag mit seiner

Familie ein. Die Kinder waren sehr aufgeregt und freuten sich auf Tante Lea und ihre Oma, und natürlich auf die Geschenke. Davon durfte jeder auch gleich eins auspacken und sie spielten gemeinsam damit und sangen Weihnachtslieder.

Danach aßen sie zu Abend. Es gab Lamm, da die Familie ein Veto gegen ein veganes Weihnachtsessen eingelegt hatte, aber für sich selbst hatte Claudia eine Tofuvariante gemacht. Zum Nachtisch hatte Lea einen veganen Pudding gekocht. Als jeder eine Schüssel vor sich hatte, räusperte sich Lydia. »Wir möchten euch etwas mitteilen! Wir bekommen Nachwuchs, und zwar im Doppelpack!«

Für Lea war diese Ankündigung wie ein Schlag ins Gesicht. Äußerlich lachte sie und gratulierte überschwänglich, doch innerlich war ihr zum Weinen zumute, so sehr fühlte sie die innere Leere, die Unvollkommenheit und die Traurigkeit. Sie musste sich überwinden, um nicht rauszurennen. Den Nachtisch rührte sie nicht an.

»Lea, geht es dir gut?«, fragte ihre Mutter.

»Ich glaube, mit meinem Magen stimmt was nicht.«

»Nach dem ganzen glutenfreien und veganen Essen bei Muttern war das Lamm natürlich zu viel«, scherzte ihr Bruder, der nicht so fröhlich gestimmt schien wie seine Frau.

Lea nickte höflich und sagte: »Ich glaube, ich muss einen Spaziergang machen. Entschuldigt bitte.«

»Ich weiß genau, wie du dich fühlst«, antwortete Lydia. »Mir ist in den ersten Monaten der Schwangerschaft immer schlecht, aber danach habe ich Heißhunger.«

Lea lächelte gezwungen und erklärte: »Die Kinder in der Krippe bringen auch ständig irgendwelche Krankheiten mit. Vielleicht liegt es daran.«

»Oh, dann leg dich am besten hin und kurier dich aus«,

erwiderte Lydia schnell. Vermutlich hatte sie Angst, dass sie oder die Kinder sich anstecken könnten.

Lea konnte sie gut verstehen, aus der Krippe wusste sie, wie anstrengend kranke Kinder sein konnten. Und für sie war es der perfekte Moment, um sich zu verabschieden. Draußen atmete sie auf. Sie war so froh, an der frischen Luft zu sein. Sie war erst ein paar Meter gelaufen, da klingelte ihr Handy. Es war Rick.

»Hey, warum rufst du jetzt an?«

»Ich wollte dir frohe Weihnachten wünschen.«

»Dir auch frohe Weihnachten. Bist du nicht bei deinem Sohn?«

»Nein, der ist mit seiner Mutter im Skiurlaub.«

»Und Steffi?«

»Ich feiere heute allein. Und du?«

»Ich vertrete mir gerade die Beine. Auch allein.«

»Möchtest du eine heiße Schokolade trinken?«, fragte Rick. »Zu zweit allein feiern ist bestimmt schöner.«

Lea lachte. Obwohl sie eine leise Stimme warnte, dass es keine gute Idee war, in diesem Zustand ihren Exfreund zu treffen, waren ihre Gefühle stärker. Sie war traurig und einsam und sie wollte mit einem Menschen zusammen sein, der sie verstand. Sie war an einem Punkt, an dem es nicht mehr schlimmer werden konnte, und sie brauchte jemanden zum Reden. Außerdem war ihre Beziehung rein freundschaftlich.

»Du meinst, ob ich eine heiße Schokolade bei dir trinken will?«, hakte sie nach.

»Ja. Spazierengehen gehört noch nicht zu meinen Stärken.« Er lachte. »Aber ich habe ein sehr gutes Rezept, versprochen.«

»Na, das musst du mir erst mal beweisen«, zog sie ihn auf.

»Das mache ich.«

Rick gab ihr seine Adresse und Lea setzte sich in ihren Wagen und fuhr zu ihm. Sie schrieb ihrer Mutter eine kurze Nachricht, dass sie länger wegbleiben würde und sie nicht auf sie warten sollten.

Rick wohnte in einer Neubausiedlung, ganz anders als früher, in einer Dreizimmerwohnung mit Garten. Als sie eintrat, stand Rick auf seinen Stock gestützt neben der Tür.

»Schön, dass du da bist.«

»Frohe Weihnachten.«

Lea zog ihren roten Mantel aus und hängte ihn an die Garderobe.

»Der Mantel steht dir sehr gut«, meinte Rick. »Das wollte ich dir schon letztes Mal sagen, aber es war nicht der richtige Zeitpunkt.«

Lea bedankte sich mit einem Lächeln.

»Bereit für heiße Schokolade?«, fragte er.

Sie nickte und sah ihm kurz nach, als er in die offene Küche ging, oder besser gesagt, hinkte. Sein rechtes Knie bereitete ihm noch Schwierigkeiten beim Gehen. Er trug eine weite Hose und einen leichten Pullover, der ihm gut stand.

Während sie ihm folgte, sah sie sich um. Seine Einrichtung war anders als früher. Alles war modern und leicht. Helles Holz, Beige und dunkles Grün. In vielen Ecken stand Spielzeug von Lego und Playmobil, vor allem Autos, Schiffe, Flugzeuge und natürlich Raumschiffe, die vermutlich zu den Star-Wars-Filmen gehörten.

»Du hattest schon immer ein Händchen fürs Einrichten«, lobte sie.

Rick antwortete: »Ich musste neu anfangen. Und mein Sohn meinte, ich solle mir modernere Möbel zulegen.«

Sie lächelte. Sein Sohn. Er war allgegenwärtig, überall

hingen Fotos und Bilder von ihm. Auf manchen war auch seine Mutter dabei. Es wirkte so abstrakt, Fotos zu betrachten, auf denen Rick, Julian und Jasmin zusammen waren. Das passte nicht, fand Lea, doch sie sahen glücklich und entspannt aus. Wie eine ganz normale Familie. Neid und Traurigkeit stiegen in ihr auf.

»Hier ist deine heiße Schokolade.«

Sie drehte sich nicht um, während sie sagte: »Ihr seht so glücklich aus auf den Fotos.«

»Ach, der Schein trügt. Wir haben das für Julian gemacht.«

»Habt ihr nicht versucht, zusammenzuleben?«

»Doch, als er klein war, aber es hat nicht geklappt.«

Sie drehte sich um und fragte scharf: »Ihr hattet also eine Beziehung?«

»Nein, es war eher eine Zweckgemeinschaft. So ein Baby kann ganz schön viel Zeit in Anspruch nehmen. Und ich wollte ihn nicht nur ab und zu am Wochenende sehen.«

Es klang ehrlich und Steffi hatte dasselbe erzählt.

»Komm, setz dich«, bat Rick.

Sie setzte sich auf das Sofa und nahm einen Schluck Kakao.

»Hm, das schmeckt wirklich gut.«

»Danke. Aber sag mal, warum feierst du nicht mit deiner Familie? Ich dachte, ich rufe kurz an, um zu hören, ob du die Tage in Heidelberg bist. Und dann höre ich, dass du an Heiligabend allein durch die Stadt spazierst.«

Sie seufzte und erklärte: »Es ist das alte Thema. Die ledige Tante ohne Kinder kann es nicht ertragen, dass ihre Schwägerin zum dritten Mal schwanger ist.«

Er sah sie mitfühlend an. »Das tut mir leid, es ist sicher schwer für dich.«

Lea seufzte wieder und sagte: »Ich liebe meine Nichte

und meinen Neffen und will mich ja auch für meinen Bruder und seine Frau freuen. Aber es tut so weh. Ich glaube, ich brauche etwas Stärkeres als heiße Schokolade.«

»Wie wäre es mit Schokolade mit Schuss?«, fragte Rick, holte eine Flasche Whisky aus dem Schrank und stellte ihn auf den Tisch. Lea schenkte sich einen großzügigen Schluck ein und trank den Kakao fast in einem Zug aus. Dabei brannte ihr die Kehle, aber die sanfte Wärme gab der Mischung etwas Angenehmes.

»Das habe ich wirklich gebraucht.«

Der Alkohol stieg ihr sofort in den Kopf, denn sie hatte schon länger keine härteren Sachen mehr getrunken. Es war, als würde sie von einer sanften Wolke umhüllt.

»Kann ich noch einen haben?«

»Ich glaube, das war genug.«

»Bitte, nur noch einen. Ich werde nicht von zwei Tassen heißer Schokolade betrunken!«

Lea lachte und fühlte sich gleich etwas entspannter.

Rick sah sie zögernd an.

»Komm, es ist Weihnachten und wir zwei einsamen Wölfe haben nichts anderes zu tun, also noch eine Portion, bitte.«

Rick ging langsam in die Küche und erwärmte noch einmal Milch. Nach dem zweiten Kakao, in den Lea sehr großzügig Whisky gegossen hatte, nahm Rick ihr die Flasche ab.

»Komm, trink mit, das macht mehr Spaß«, sagte sie herausfordernd.

»Früher hast du mehr Alkohol vertragen.«

»Du nicht«, antwortete sie mit einem ironischen schiefen Lächeln und warf ihm einen herausfordernden Blick zu.

»Ha, ha.«

Rick ließ sich nicht provozieren. Er sah sie lange an und sein Blick verursachte ein Kribbeln in ihrem Magen.

»Ich möchte nicht indiskret sein«, sagte er, »aber heutzutage gibt es doch viele Möglichkeiten. Hast du schon mal über eine künstliche Befruchtung nachgedacht?«

»Ich bin Single, da wäre nur eine Samenspende möglich, und damit tue ich mich ein bisschen schwer.«

»Verstehe.«

Die Wolke um ihren Kopf wurde noch dicker, aber sie fühlte sich gut. Allerdings fiel es ihr schwer, ihre Zunge zu kontrollieren.

»Ich glaube, ich spüre den Alkohol«, lallte sie und fing an zu kichern.

»Oh Mann, jetzt bist du betrunken«, sagte er bedauernd und schüttelte den Kopf.

»So wie damals, als du mit Jasmin fremdgegangen bist«, erwiderte sie lachend.

Rick sagte nichts darauf.

»Aber ich verstehe dich«, sagte Lea mit verwaschener Stimme. »Es ist alles scheißegal, verstehst du?«

Sie setzte sich auf seinen Schoß und begann, ihn zu küssen.

»Hör auf, Lea. Du bist betrunken.«

»Aber ich möchte es und ich weiß, du auch.«

»Aber nicht so«, antwortete er ernst.

Sie spürte, dass sich Tränen in ihren Augen sammelten. Na, super. Jetzt fing sie auch noch an, vor ihm zu heulen. Aber sie konnte es nicht zurückhalten.

»Aber nur so kann ich mit dir schlafen und vielleicht schwanger werden.«

Er strich ihr über die Wange.

»Lea, ich will alles tun, um dich glücklich zu machen, aber nicht in diesem Zustand.«

Lea holte aus und gab ihm eine Ohrfeige.

»Warum hast du sie dann geschwängert?«

»Weil ich genau in deinem Zustand war. Komm, leg dich hin und ruh dich aus«, bat er.

Lea schluchzte hemmungslos, sie konnte einfach nicht aufhören. Rick brachte sie zum Sofa und sie legte sich hin. Ihr war heiß und sie hatte Kopfschmerzen. Rick holte ihr Wasser, streichelte ihre Hand, und kurz darauf schlief sie ein.

Sie träumte wilde Träume von Kindern, großen Kakaotassen und dass sie Sex mit Rick hatte. Mitten in der Nacht wachte sie mit noch stärkeren Kopfschmerzen auf. Es dauerte ein wenig, bis sie begriff, wo sie war.

Sie konnte sich nur vage an den Abend erinnern. Sie ging ins Bad, wusch sich das Gesicht und trank Wasser aus dem Wasserhahn. Im Arzneischrank fand sie eine Schmerztablette. Sie schluckte sie und wollte zurück ins Wohnzimmer gehen. Dabei kam sie am Schlafzimmer vorbei. Die Tür stand offen und das sanfte Licht der Flur-Nachtleuchte fiel in den Raum. Rick schlief, nur mit Boxershorts bekleidet, zur Seite gerollt und zusammengekauert. Er wirkte verwundbar und vertraut zugleich. Lea merkte, wie ihr Herz schneller schlug. Und wenn sie sich zu ihm legte?

Vorsichtig schob sie die Tür ein Stück weiter auf und lief auf Zehenspitzen zu seinem Bett. Ihre Hände zitterten, als sie sich langsam auszog, nackt, so wie sie früher neben ihm geschlafen hatte.

Lea legte sich neben ihn aufs Bett. Behutsam, fast scheu begann sie, ihn zu streicheln. Es war anders. Doch die Wärme seines Körpers und sein Geruch waren so vertraut und für einen Moment war es, als wäre sie zehn Jahre in der Zeit zurückgereist.

Plötzlich bewegte sich Rick und seine Augen öffneten sich.

»Hey, was machst du da?«, murmelte er.

»Psst«, sagte sie leise, und endlich, nach einer ganzen Dekade, fanden sich ihre Lippen wieder. Zuerst noch unsicher, als würde man eine neue exotische Frucht probieren, aber schon bald wurden sie freier und vertrauter. Es war, als würde all der Schmerz der letzten Jahre mit einem Mal dahinschmelzen. All die unterdrückten Gefühle schienen zu explodieren. Es war unbeschreiblich, all das wieder zu spüren.

Lea bemerkte erst, dass ihr Tränen in den Augen standen, als Rick sie ihr sanft mit den Fingern wegwischte.

Es war nicht wie früher, sie beide waren jetzt andere Menschen. Sie entdeckten sich neu, aber die Gefühle waren doch die gleichen. Sie hätte es nicht in Worte fassen können.

Lea konnte das Lächeln nicht mehr von ihren Lippen wischen, selbst als sie sich liebten. Wortlos streichelten sie sich und liebten sich erneut, bis in die frühen Morgenstunden. Müde, aber überglücklich schliefen sie nebeneinander ein.

28

JAHRESWECHSEL 2023/2024

Lea wurde vom Duft eines Omeletts und von leisen Latinoklängen geweckt. Wie oft hatte sie diese Kombination aus Gerüchen und Melodien am Wochenende aus dem Schlaf gerissen. Die Vertrautheit tat gut.

Zufrieden streckte sie sich. Alles war anders und doch so vertraut. Lea hatte leichte Kopfschmerzen. Splitternackt stand sie auf und lief ins Bad. Sie betrachtete sich im Spiegel. Man sah ihr den Kater an, aber selbst in diesem Zustand war das Strahlen in ihrem Gesicht unverkennbar.

Nachdem sie sich das Gesicht gewaschen hatte, zog sie ein T-Shirt an, das im Bad hing. Sie kannte es von früher. Dass er das noch hatte!

Sie ging in die Küche. Summend war Rick dabei, das Frühstück auf den Tellern zu drapieren. In seiner modernen Küche stand nur ein kleiner Tisch mit zwei Stühlen. Als er sie entdeckte, strahlte er sie an. Keiner von beiden sagte etwas. Das Frühstück schien jetzt nebensächlich. Die Sehnsucht nach dem anderen war größer als der Hunger. Sie ging auf ihn zu und küsste ihn.

Lea dachte nicht mehr an die Umstände, sie folgte einfach ihren Gefühlen. Zum ersten Mal seit Jahren. Der Wunsch, wieder eins zu sein mit ihrer ersten großen Liebe, war so stark und mächtig, dass sie sich ihm hingab.

Als Lea aufwachte und auf ihr Handy schaute, bemerkte sie jede Menge entgangene Anrufe und Nachrichten ihrer Mutter, die sich Sorgen machte, wo sie wohl war. Lea schrieb kurz zurück, dass es ihr gut gehe und sie bei Rick sei. Ihre Mutter reagierte mit einem Daumen hoch und fragte nicht weiter nach.

Lea hatte eigentlich geplant, Silvester in Hamburg zu verbringen, aber sie entschloss sich, dass sie auch am zweiten Januar zurückfahren konnte. Am dritten Januar würde die Kita wieder öffnen.

Am ersten Feiertag holte Lea kurz ihre Sachen bei ihrer Mutter ab, als sie damit rechnete, dass die Familie beim Abendessen saß und keine Fragen stellen würde. Sonst gingen Lea und Rick nur ab und zu zum Einkaufen aus dem Haus, den Rest der Zeit verbrachten sie gemeinsam in der Wohnung. Es war, als wollten sie die verlorenen Jahre aufholen, wie jemand, der lange hatte hungern müssen und nun einen reich gedeckten Tisch vorfand. Manchmal fühlte sich die Außenwelt wie eine Bedrohung für das zerbrechliche Etwas an, das zwischen ihnen geschah. So als könnte die Realität jederzeit über sie hereinbrechen und den Traum zerstören, in dem sie lebten.

In der Silvesternacht mischten sie sich das erste Mal unter Menschen, gingen an der Neckarwiese spazieren und beobachteten von der Alten Brücke aus das Feuerwerk über der Stadt.

In dieser Nacht wurde Lea bewusst, dass der Moment des Abschieds nahte, den sie in den letzten Tag so gut verdrängt hatte. Als sie Rick im Schein der bunten Lichter ansah, fühlte sie in seinem Blick, dass er es auch spürte.

Am Neujahrstag saßen sie aneinander gekuschelt auf dem Sofa, als das Telefon klingelte. Es war sein Julian. Rick stellte das Telefon auf laut.

»Hallo Papa, wie geht es dir?«

»Gut, mein Schatz. Und dir?«

»Wir hatten auf dem Berg keinen Empfang, ich konnte dich nicht anrufen.«

»Das habe ich mir gedacht. Das ist fast jedes Jahr so.«

»Stimmt«, sagte Julian und begann zu erzählen, wie gut er inzwischen Ski fahren konnte.

Lea hörte zu, während sie Ricks Hand streichelte.

Dann übernahm Jasmin das Gespräch: »Hallo Rick, wir sind morgen wieder zurück in Heidelberg. Wir müssen ausmachen, wann er bei dir übernachtet, die Ferien gehen ja noch bis zum Sonntag. Julian möchte wieder eine gemeinsame Aktion mit uns beiden machen und du darfst sein Fußballspiel nicht vergessen.«

»Klar«, antwortete er kurz angebunden. Rick wirkte total sachlich, aber bei Lea regte sich etwas. Eifersucht. Das war es. Eifersucht auf das, was Jasmin mit ihm hatte und immer haben würde, selbst wenn sie es war, die gerade an ihn gelehnt auf seiner Couch saß. Sie würde nie Zugang zu diesem Teil seines Lebens haben und ihn immer teilen müssen.

Als Rick auflegte, spürte sie Erleichterung.

»Ich muss morgen wieder nach Hamburg«, sagte sie.

»Ich weiß«, antwortete er und küsste sie.

Den Rest des Nachmittags verbrachten sie damit, zusammen zu kochen, sich zu lieben und schweigend aneinander gekuschelt aus dem Fenster zu schauen. Draußen schien die Sonne, doch die Außenwelt interessierte sie nicht.

Sie vermieden es, zu reden, denn sie wussten beide, dass es dann kompliziert werden würde.

Als der nächste Morgen anbrach, war beiden schwer ums Herz. Beim Frühstück bekam Lea kaum einen Bissen runter und sie sprachen nur wenig. Erst als sie gemeinsam den Tisch abräumten, sagte Rick wehmütig: »Wenn du wolltest, könnte es so weitergehen. In Heidelberg brauchen wir auch neue Kitas.«

Lea hatte tatsächlich schon darüber nachgedacht. Sollte sie einen Neuanfang wagen? Lächelnd zuckte sie mit den Schultern. Bevor sie weiter darüber sprechen konnten, riss sie ein lautes Klingeln an der Tür aus ihrer Traumwelt. Julian und Jasmin standen davor.

Rick hatte nicht damit gerechnet, dass sie gleich am Vormittag unangekündigt hier vorbeischauen würden. Am liebsten wäre Lea weggelaufen, aber es gab keinen Ausweg und so riss sie sich zusammen und blieb stolz stehen.

Überrascht und sprachlos blickten Julian und Jasmin zu Lea, die neben Rick stand und sie freundlich begrüßte.

Rick nahm seinen Sohn in den Arm und sagte: »Frohes neues Jahr.«

»Frohes neues Jahr, Papa«, grüßte Julian zurück und betrachtete Lea stirnrunzelnd.

»Ich kenne dich!«, rief er schließlich, als hätte er ein Rätsel gelöst.

»Ja, aus dem Krankenhaus. Ich bin Lea. Ich kenne deine Mutter und deinen Vater schon seit vielen Jahren.«

»Wart ihr Freunde?«, wollte er wissen.

»Sehr gute sogar, aber das ist schon lange her«, antwortete Lea und sah Jasmin direkt in die Augen.

Jasmin hatte sich gefangen. Ihr war klar, was los war, und sie war offensichtlich nicht glücklich darüber.

»Möchtest du einen Kaffee?«, fragte Lea sie provokativ.

Jasmin ignorierte ihre Frage und warf Rick einen wütenden Blick zu, doch er sagte nichts dazu.

»Bist du Papas neue Freundin?«, fragte Julian.

»Ich war Papas alte Freundin«, antwortete Lea und zwinkerte ihm zu.

Sichtlich irritiert schaute er seine Mutter an.

»Komm, Schatz, wir müssen weiter«, forderte Jasmin ihn auf. Sie wandte sich an Rick: »Julian wollte nur kurz Papa hallo sagen. Ich rufe nachher noch mal an, damit wir schauen können, wann es dir mit der Übernachtung passt.«

Sie warf Lea einen verächtlichen Blick zu.

»Julian kann gerne morgen Abend hier übernachten«, antwortete Rick und Jasmin nickte widerwillig.

Rick nahm seinen Sohn zum Abschied noch einmal in den Arm. Als die beiden gegangen waren, atmete Lea erleichtert auf. Rick sah sie anerkennend an.

»Jasmin ist geschockt«, sagte er und zuckte mit den Schultern. »Ich wusste nicht, dass sie einfach vorbeischauen würden. Dieses Aufeinandertreffen hatte ich gefürchtet.«

»Hattest du Angst, dass ich ihr die Augen auskratze?«, fragte Lea provokativ.

Rick machte eine Miene, als ob er sich zwischen zwei nicht sehr appetitlichen Gerichten im Schnellimbiss entscheiden müsste.

»Vielleicht«, antwortete er knapp und fuhr fort: »Du warst jedenfalls die Ruhe selbst.«

»Nur äußerlich«, erwiderte Lea, die Schwierigkeiten hatte, Rick direkt anzusehen.

»Geht es dir gut?«, fragte er.

»Äh, ja ... es ist nur ... das Bild mit dir und deinem Sohn, wie du ihn in den Arm nimmst. Es ist sehr berührend.«

»Ich verstehe, dass es schwierig für dich ist. In Zukunft

werden wir es besser abstimmen. Julian ist ja nicht jeden Tag bei mir.«

»Nein, das ist es nicht, und ich will mich auch gar nicht zwischen dich und deinen Sohn drängen. Reden wir nicht mehr darüber«, bat sie.

Rick nahm seinen Gehstock, der im Flur an die Kommode gelehnt stand, und ging in die Küche, wo er aus einem Schrank seine Tabletten holte. Erst jetzt fiel ihr auf, dass er die Gehhilfe in den letzten Tagen kaum benutzt hatte. In der gemeinsamen Zeit waren ihr seine Einschränkungen gar nicht aufgefallen. Sie hatte sie einfach nicht mehr wahrgenommen. Nun wirkte er wieder zerbrechlicher, gealtert. Irgendwie schien ihn das Zusammentreffen zwischen Jasmin und ihr und seinem Sohn auch aufzuwühlen. Es hatte sie beide zurück in die Realität geholt.

Rick schenkte sich ein Glas Wasser ein, setzte sich an den Küchentisch und nahm seine Tabletten.

»Nimmt es dich deshalb so mit, weil du keine eigenen Kinder hast?«, fragte er behutsam.

Es war eine rhetorische Frage, er erwartete keine Antwort. Dennoch nickte sie, als sie sich zu ihm setzte. Rick nahm ihre Hand und es tat gut, seine Nähe zu spüren. Zu wissen, dass er verstand, was in ihr vorging, auch wenn die Leichtigkeit der letzten Tage mit einem Mal verschwunden war.

»Ich muss mich auf den Weg machen«, sagte sie mit einem Blick auf die Küchenuhr. »Es ist gleich zwölf.«

Er nickte bedauernd.

Lea ging ins Schlafzimmer und packte die wenigen Sachen, die sie auf die Reise mitgenommen hatte, in ihren kleinen Rollkoffer.

Rick stand in der Tür und beobachtete sie. Als Lea zu

ihm aufsah, bemerkte sie, wie er leicht zitterte und sich plötzlich am Türrahmen abstützte.

»Was ist mit dir?«, fragte sie erschrocken.

»Mir war nur kurz schwindelig«, antwortete er.

Seine Hand bebte, als er sich vorsichtig an die Schläfe fasste.

»Hast du das öfter?«, fragte Lea besorgt.

»Es ist nicht das erste Mal«, sagte er und versuchte, einen Witz zu machen. »Vielleicht ist es das Alter.«

Lea reagierte nicht darauf, sondern fragte: »Hast du deinen Arzt schon darauf angesprochen?«

»Ja, morgen habe ich einen Termin zur Kontrolle.«

»Pass auf dich auf, versprichst du mir das?«

Rick nickte.

Lea wusste nicht, wie sie sich verabschieden sollte. Schließlich zog Rick sie sanft am Arm zu sich und umarmte sie. Es tat gut, noch einmal diese Innigkeit zu spüren.

»Ruf mich an, wenn du beim Arzt warst. Ja?«, bat sie, immer noch fest in seinen Armen.

»Das mache ich«, versprach er mit ruhiger Stimme.

»Dann muss ich wohl jetzt los«, murmelte sie traurig.

»Wir werden uns bald wiedersehen«, antwortete er bestimmt, doch Lea ergriff ein mulmiges Gefühl.

Rick begleitete sie zum Auto. Lea musste ihn noch einmal umarmen, als ob es das letzte Mal wäre. Sie spürte, dass ihr Tränen in die Augen schossen. Also löste sie sich schnell von ihm und fuhr los.

Eine tiefe Ruhe überkam sie, obwohl sie furchtbar traurig war. Traurig, aber erfüllt. Als ob sie das letzte Kapitel eines Romans erfolgreich zu Ende geschrieben hätte.

29

JANUAR 2024

Der erste Tag in der Kita war Planungstag. Obwohl Lea keine Zeit gehabt hatte, sich vorzubereiten, konnte sie mit ihren Mitarbeiterinnen alle Pläne gut zusammenstellen. Zwischendurch blickte sie immer wieder auf ihr Handy, ob sie einen verpassten Anruf oder eine Nachricht von Rick hatte. Er wollte sich doch melden, wenn er beim Arzt gewesen war. Aber da war nichts.

Um siebzehn Uhr, nachdem alle Mitarbeiterinnen gegangen waren, schloss sie die Kita ab und ging erst einmal zum Supermarkt, denn ihr Kühlschrank war vollkommen leer.

Während sie durch die Gänge mit Lebensmitteln lief, schweiften ihre Gedanken zu Rick. Die Tage in Heidelberg fühlten sich jetzt, zurück in ihrem Alltag, wie ein ferner Traum an. Wie eine Zeit in einer anderen Welt. Die Supermarktregale und die gehetzten Großstädter in der Kassenschlange, das war die Realität.

Es war schon nach achtzehn Uhr, als sie zu Hause

ankam. So spät war Ricks Arzttermin sicherlich nicht. Hatte er sie vergessen? Sollte sie sich bei ihm melden?

Gerade als sie alle Einkäufe verstaut hatte, machte ihr Smartphone ein Pling-Geräusch.

»*Hallo*«, schrieb Rick ihr. Per SMS. Ganz so wie früher, in den Anfangstagen ihrer Beziehung.

Lea öffnete die Nachrichten-App an ihrem Handy und schrieb mit zitternden Fingern: »*Wie war es beim Arzt?*«

»*Er konnte nichts finden*«, schrieb Rick.

Sie sandte ihm einen Smiley, merkte aber, dass ihre Anspannung anhielt.

Drei Punkte tauchten auf, die anzeigten, dass er eine weitere Nachricht schrieb.

»*Lass uns telefonieren.*«

Schon im nächsten Moment klingelte ihr Telefon.

»Das klang ernst«, sagte sie und hoffte auf eine beruhigende Antwort, doch er erwiderte nichts darauf, sondern fragte scheinbar völlig zusammenhanglos: »Erinnerst du dich noch an den Kaktus in unserer gemeinsamen Wohnung?«

Vor ihrem inneren Auge sah sie die kleine grüne Pflanze mit der majestätischen orangeroten Blüte auf der Fensterbank stehen. Es war, als könnte sie danach greifen, so real fühlte es sich an. Sie erinnerte sich, wie Rick sie an dem Morgen ins Wohnzimmer gerufen hatte, als der Kaktus zum ersten Mal blühte.

»Natürlich. Er hat nur einmal im Jahr für einen Tag geblüht«, antwortete Lea.

»Und du hattest dir fest vorgenommen, alles zu tun, damit die Blüte länger lebt.«

Lea musste lächeln. »Das stimmt.«

»Was wir über die Feiertage hatten, war wie die Blüte unseres alten Kaktus.«

Lea ahnte, was er ihr sagen wollte. Ihr Magen zog sich zusammen und Tränen liefen über ihre Wangen. Zum Glück hatten sie keinen Videoanruf gestartet.

»Du möchtest mir etwas durch die Blume sagen?«

»Ich denke an nichts anderes als an dich und uns. Aber ich komme immer wieder zum selben Ergebnis.«

»Dass unsere Liebe wie ein Kaktus ist«, unterbrach sie ihn.

»Nein, unsere Liebe ist wie die Blüte des Kaktus.«

»Du meinst, sie hält sich nicht im normalen Alltag.«

»Genau.«

»Du machst also Schluss, obwohl wir nicht einmal zusammen sind«, sagte sie trocken, obwohl sie wütend und traurig war.

»Lass uns nicht aufs Spiel setzen, was jetzt war. Lass es uns so als eine wunderbare Zeit in Erinnerung behalten«, antwortete Rick. »Ich denke, seit du fort bist, an nichts anderes als an dich. Und doch ist es die richtige Entscheidung, wenn wir es als schöne Erinnerung bewahren. Lea, ich bin nicht der Richtige für dich. Nicht mehr. Du willst ein Kind, eine Familie, und das sollst du auch haben. Du hast es verdient. Ich bin mit anderen Dingen beschäftigt, muss mich um meinen Sohn kümmern, meine Gesundheit, das ist meine Aufgabe. Nicht deine. In deinem Leben ist etwas anderes dran.«

Lea seufzte. Es schmerzte, dass er die nicht vorhandene Beziehung beendete, aber in wenigen Tagen wäre wohl sie es gewesen, die einen Schlussstrich gezogen hätte, deutlich weniger poetisch als Rick.

»Es tut weh, Rick, verdammt weh. Aber du hast recht. – Ich muss jetzt meine Wohnung aufräumen.«

Er antwortete nicht.

»Mach's gut, Rick.«

Tatsächlich fing Lea an, die Wohnung zu putzen. Sie hatte ihre Mutter oft genug putzen sehen, wenn diese aufgewühlt war, und es irgendwann einfach selbst ausprobiert. Während sie den Boden wischte, kam ihr ein Gedanke. Etwas stimmte nicht. Es musste noch einen Grund geben, warum er so abrupt den Kontakt abbrach. Doch was?

Als sie mit dem Putzen fertig war, sah sie, dass Rick eine Nachricht geschickt hatte.

»*Lea, ich habe dir eine E-Mail gesendet. Lies sie erst, wenn du dich bereit fühlst. Es ist ein Angebot von mir für dich. Ein letztes Geschenk.*«

Lea setzte sich an den Esstisch und nahm ihren Laptop. Sie öffnete den Posteingang. Ganz oben befand sich Ricks Mail. Ihr Herz raste, als sie darauf klickte.

Was darin stand, war so abstrakt, dass sie die Nachricht immer wieder las, obwohl es nur wenige Zeilen waren. Ihr Herz schlug ihr bis zum Hals.

War Ricks Angebot die ersehnte Ausfahrt auf einer langen Landstraße mitten in der Nacht? Oder war es vollkommen verrückt?

30

FRÜHLING 2011

Sonnenstrahlen fielen durch die große Fensterfront und tauchten das Wohnzimmer in weiches Licht. In der Luft hing noch der Duft von Farbe, ein Zeichen, dass die Altbauwohnung frisch renoviert worden war. Gestern waren sie eingezogen. In den Ecken des Raums stapelten sich unausgepackte Umzugskartons. Die meisten gehörten ihm, nur ein Teil davon stammte von ihr. Doch jetzt waren es ihre gemeinsamen Sachen.

Mit einem kleinen Blumentopf unter dem Arm ging Lea zur Fensterbank und sah nach draußen. Die Wohnung lag im dritten Stock, in einem Haus, das um die Jahrhundertwende im Stadtteil Neuenheim, direkt an der Neckarseite gebaut worden war. Vom Wohnzimmer aus konnte sie hinter den Baumwipfeln der Uferallee den Neckar sehen, der friedlich dahinfloss.

Sie stellte den Topf mit dem Kaktus auf die Fensterbank. Ein spontaner Kauf, den sie vor ein paar Stunden getätigt hatte, als sie im Baumarkt noch ein paar Sachen kaufen wollte. Heute Morgen hatte der Kaktus noch geblüht, deshalb war er ihr sofort ins Auge gefallen. Doch mittlerweile hing die orangerote Blüte vertrocknet herunter. Die erste Pflanze in ihrer gemeinsamen Wohnung. Für Lea war es das erste Mal, dass sie aus ihrem Elternhaus rauskam. Nachdem sie und Rick vor einigen Wochen wieder zusammengekommen waren, hatte es nicht lange gedauert, bis er ihr vorgeschlagen hatte, zusammenzuziehen.

»Es ist der nächste logische Schritt, meinst du nicht auch?«, hatte er gesagt.

Statt einer Antwort war Lea ihm einfach um den Hals gefallen. Sie spürte ebenfalls, dass es an der Zeit war, nach der kurzen, aber dramatischen Trennungsphase mit vollem Einsatz in die Beziehung zu gehen.

Rick würde gleich nach Hause kommen und wollte zum Abendessen etwas von ihrem Lieblingsvietnamesen mitbringen. Sie entschloss sich, so lange einen ihrer vier Kartons auszupacken. Obenauf lagen ihre Fotoalben. Als sie das oberste aus dem Karton nahm, fiel ein DIN-A5-Umschlag heraus. Lea wusste sofort, was sich darin befand, obwohl er nicht einmal beschriftet war. Sie erinnerte sich zu gut, wie sie die Unterlagen weggepackt und in das Album gelegt hatte. Sie wollte das alles so schnell wie möglich vergessen. Nun traf sie die Erinnerung mit voller Wucht. Sie legte das Album mit zittrigen Händen zurück in den Karton und setzte sich auf den Boden.

Mit ihren Fingern fuhr sie über den Umschlag mit den Ultraschallbildern, aber sie traute sich nicht, ihn zu öffnen.

Plötzlich waren all die Erinnerungen wieder da. Die anfängliche Überforderung, als sie erfuhr, dass sie schwanger war. Wie würde Rick reagieren? War sie nicht noch zu jung, kurz vor Ende ihres Studiums? Ricks Überzeugungsarbeit, dass sie es gemeinsam schaffen würden. Die Freude, die mit jedem Tag größer wurde, nachdem sie ihre Entscheidung getroffen hatten. Der unglaubliche Schmerz, als ihr gesagt wurde, dass sie eine Fehlgeburt erlitten hatte. Besonders erinnerte sie sich an die Tage nach dem Verlust, die Leere, die sie gespürt und so nie erwartet hatte. Und wie sie unfähig gewesen war, sich mit Rick auszusprechen. Auch sie hatte sich von ihm entfernt, unfähig, ihren Schmerz zu teilen.

In diesem Moment hörte sie den Schlüssel in der Wohnungstür. Der Geruch von Curry und Minze drang aus dem Flur zu ihr.

»Ich bin da«, hörte sie seine Stimme, aber sie war nicht in der Lage, aufzustehen oder etwas zu sagen.

»Ist was mit dir?«, fragte Rick, als er hereinkam.

Sie blickte zu ihm auf und spürte, dass ihr Tränen über die Wangen liefen.

Rick sah den Umschlag und fragte: »Ist es das, was ich denke?«

Ohne eine Antwort abzuwarten, setzte er sich zu ihr und legte seinen Arm um sie.

»Ich dachte, ich hätte es besser verarbeitet«, sagte sie mit erstickter Stimme.

»Das verlangt keiner von dir«, tröstete Rick sie.

Sanft wischte er ihr die Tränen mit einem Taschentuch ab. Dann sah er ihr in die Augen.

»Vielleicht ist es gut, dass wir jetzt die Gelegenheit haben, noch einmal darüber zu reden. Schließlich haben wir nie richtig darüber gesprochen. Und nun fangen wir von vorne an. Also haben wir eine neue Chance, alles richtig zu machen.«

Er lächelte und sie konnte sich seinem Charme nicht entziehen.

»Ich kann mir kaum vorstellen, wie sich der Schmerz für dich anfühlen muss«, sagte er.

»So, als würde ein Teil von mir fehlen«, antwortete sie.

Rick nahm ihre Hand in seine. Einen Moment schwieg er, streichelte nur ihren Rücken und ihre Hand. Es war schön, ihn so nah bei sich zu spüren.

»Wir werden noch Kinder bekommen«, sagte er. »Du wirst sehen. Unsere Reise beginnt gerade erst.«

Lea nickte. Nach einer Weile versiegten die Tränen und Rick küsste sie.

Als er sich erhob, deutete er auf den Kaktus und fragte: »Wo kommt der denn her?«

Lea stand auf und stellte sich zu Rick. Sie wischte sich die letzten Tränen ab, die sich in ihren Augen gesammelt hatten.

»Als ich ihn im Baumarkt entdeckt habe, war darauf eine wunderschöne, einzigartige Blüte. Nur deshalb habe ich ihn mitgenommen. Aber die Blüte ist schon eingegangen, so empfindlich ist sie«, sagte Lea traurig. Die verwelkte Blüte hing jetzt herab und ließ kaum erahnen, wie schön sie vor wenigen Stunden noch gewesen war.

»Kakteen sind robust und widerstandsfähig. Wenn wir ihn gut pflegen, wird er wieder blühen.«

»Also ich hatte damit noch nie Glück.«

Lea dachte an die Kakteen in der Küche bei ihrer Mutter. Diese hatten nie geblüht.

»Gemeinsam werden wir es schaffen.«

Rick strahlte eine solche Selbstsicherheit aus, dass Lea ihm glaubte. Er wusste immer, was zu tun war. Sie lehnte ihren Kopf an seine Schulter und er küsste sanft ihr Haar.

Sie merkte, dass ein leises Lächeln über ihr Gesicht huschte. Wie schaffte er es nur immer wieder, sie so schnell zu beruhigen? Der Schmerz, den sie eben so überwältigend gespürt hatte, war noch da, aber er ließ nach und wurde durch neue Gefühle ersetzt.

»Ich liebe dich, Lea Meister«, sagte er unvermittelt. »Lass uns die Zeit, die wir haben, genießen. Diese gemeinsamen Momente haben wir für immer.«

»Ich liebe dich, Rick Winter«, antwortete sie und schmiegte sich an ihn.

»In so kurzer Zeit haben wir einiges gemeinsam überstanden und lieben uns immer noch«, murmelte er. »Ich weiß, du bist ein Teil von mir. Für immer.«

EPILOG

SOMMER 2024

Aus dem Autoradio dröhnten im Wechsel alte und neue Lieder, wie ein Spiegelbild ihres aktuellen Lebens. Doch die Mischung aus unterschiedlichen Stilen und Epochen klang nicht chaotisch, selbst zwischen all den unterschiedlichen fröhlichen Tanzliedern und melancholischen Balladen verlor sich der rote Faden nie. Wie in ihrem Leben, das sich in den letzten Monaten immer unkomplizierter anfühlte. Es war leicht und einfach. Meistens. Die heutige Fahrt war weder leicht noch einfach, doch Lea fühlte sich stark genug.

Sie fuhr wieder die Straße entlang, die sie vor etwas mehr als einem Jahr zum ersten Mal genommen hatte, um ins Krankenhaus zu fahren, wo ihre einstige große Liebe lag. Den Parkplatz davor kannte sie inzwischen gut. Sie stellte das Auto ab, atmete tief durch und ging hinein.

Steffi wartete auf einer Bank neben der Cafeteria. Sie umarmten sich. Diesmal war es Lea, die Steffis Hand ergriff und sie in das Patientenzimmer führte.

Wieder lag Rick auf der Intensivstation, fast das gleiche Bild wie letztes Jahr, und doch war alles anders. Er sah so schön aus, ganz blass, aber er wirkte entspannt und fast zufrieden.

Als Lea ihn erblickte, strömten ihr Tränen übers Gesicht. Sie konnte nicht anders, es musste raus. Eine Krankenschwester kam herein und sprach ihnen ihr Beileid aus. Die Frauen nickten ihr traurig zu.

»Jetzt hat er uns wirklich verlassen«, sagte Steffi.

Lea nickte und gemeinsam gingen sie aus dem Zimmer in den Flur.

»Es hat ihn so viel Kraft gekostet, nach dem Schlaganfall wieder der Alte zu werden«, fuhr seine Schwester fort.

»Er ist nicht der Alte geworden, das dürfen wir nicht vergessen«, wandte Lea ein.

»Stimmt«, antwortete Steffi leise.

»Diesmal ist er zufrieden und in Frieden gegangen.«

»Glaubst du?«, fragte Steffi.

»Ganz bestimmt«, antwortete Lea überzeugt. »Er muss gewusst haben, dass es bald zu Ende geht.«

»Wie kommst du darauf?«

»Wir hatten ein kurzes Verhältnis, vor ein paar Monaten«, gab sie zu. »Unser Kapitel war einfach nicht zu Ende.«

Steffi sah sie mit großen Augen an.

»Was? Warum habt ihr mir nichts gesagt?«

»Es war nur von kurzer Dauer. Wie ein Traum aus alten Zeiten. Unsere Lebenswege haben sich zu unterschiedlich entwickelt. Aber da war dieses Band zwischen uns, so dünn wie ein Faden, das konnten wir nie zerstören.«

Lea versuchte, mit ihren Fingern zu zeigen, wie dünn der Faden war. Im Nachhinein wusste sie, dass seine Krankheit auch einer der Gründe gewesen war, warum er mit ihr Schluss gemacht hatte. Er wollte sie nicht an sich binden, wenn es ihm wieder schlechter ging.

Steffi sah Lea mit halb offenem Mund verständnislos an. Für einen kurzen Moment war sie von ihrem Kummer abgelenkt.

»Wir haben uns in den letzten Monaten noch mehrmals getroffen und viel miteinander gesprochen«, sagte Lea.

Steffi versuchte immer noch, das Gehörte zu verarbeiten. Schließlich fragte sie: »Wann hast du ihn das letzte Mal gesehen?«

»Vor einem Monat. Wir haben viel über seine Gesundheit gesprochen. Er spürte, dass sein Zustand nicht besser wurde, obwohl die Ärzte nichts fanden. Er wusste es einfach. Deswegen hat er besonders viel Zeit mit Julian verbracht.«

Steffi kamen wieder die Tränen. Sie griff in ihre Tasche, nahm sich ein Taschentuch und reichte Lea ebenfalls eins. Lea nahm ihre Herzensschwägerin in den Arm und diese schluchzte und weinte an ihrer Schulter. Lea merkte, dass es ihr in ihrem eigenen Gefühlschaos und Schmerz half, dass sie einen anderen Menschen trösten konnte.

Irgendwann ließ sich Steffi auf einen Stuhl im Flur sinken.

»Ich gehe noch einmal in sein Zimmer«, sagte Lea. »Es ist Zeit, Abschied zu nehmen.«

Steffi nickte schweigend.

Vorsichtig öffnete Lea die Tür und ging zu seinem Bett. Seltsamerweise fiel es ihr nicht schwer. Liebevoll streichelte sie ihn, küsste seinen schon kalten Körper. Das Band war zerschnitten. Rick lebte nicht mehr in seinem Körper.

»Danke für alles.«

Sie wusste, dass es ihre Aufgabe war, für Steffi und vielleicht sogar für seinen Sohn da zu sein. Dieses Mal fühlte sie sich stark genug dafür.

In den nächsten Tagen tröstete Lea Steffi, Julian und

sogar Jasmin. In den letzten Monaten hatte sie Julian ein paar Mal gesehen, wenn sie Rick in Heidelberg getroffen hatte. Da sie kein Paar mehr gewesen waren, hatte es sich nicht mehr sonderbar angefühlt, wenn sie mit seinem Sohn zusammen war. Auch in diesem Lebensbereich hatte sich in den letzten Monaten eine neue Leichtigkeit eingestellt.

Lea half Steffi, die Trauerfeier zu organisieren. Sie fühlte keine Schwere, obwohl sie seinen Verlust betrauerte und es ihr sehr leidtat, dass Julian seinen Vater so früh verloren hatte.

Es war schwer, zu erklären. In den letzten Wochen vor Ricks Tod hatten sie viel über das Leben geredet. Lea hatte nicht geglaubt, dass es ihm wirklich so schlecht ging, wie er dachte. Doch Rick hatte angefangen, seinen Nachbarn, einen alten Pfarrer, der längst im Ruhestand war, zum Kaffee einzuladen, und viel über das Leben nach dem Tod geredet. Es hatte Rick beeindruckt, dass der alte Mann keine Angst vor dem Tod hatte.

»Ich habe Hoffnung auf ein Leben nach diesem irdischen Leben.«

Ihre Gespräche waren manchmal hitzig, aber immer respektvoll. Es war dieser Pfarrer, der mit seinen achtzig Jahren die Trauerrede hielt. Er hatte Rick überlebt. Es war makaber. Der Pfarrer hatte sogar Rick in sein Testament aufgenommen, er wollte ihm ein paar Bücher und ein Bild vermachen, das ihm gut gefallen hatte, und nun stand er hier und hielt die letzten Worte für Rick. Wie unberechenbar das Leben doch war.

Am Tag nach der Beerdigung, als alles vorbei war, ging Lea noch einmal zum Grab. Es war nun eine Woche her, dass er von ihnen gegangen war.

Auf dem Grab stand ein schlichtes Kreuz, das mit Blumen geschmückt war. Lea musste sich eingestehen, dass es unwirklich war, hier zu stehen und dieses Kreuz zu betrachten. Hatte sie überhaupt begriffen, was in den letzten Tagen geschehen war?

»Hallo, Rick«, flüsterte sie. »Ich hoffe, es geht dir gut, da, wo du jetzt bist. Und ich möchte dir sagen, dass du mich zur glücklichsten Frau gemacht hast.«

Sie tastete nach der E-Mail, die er ihr vor ein paar Monaten geschrieben hatte und die sie sich ausgedruckt und unzählige Male gelesen hatte, bevor sie sich entschieden hatte, ihm zu antworten.

»Dank dir habe ich den Schritt in die Kinderwunschklinik gewagt«, sagte sie. »Und dank dir bin ich schwanger.«

Sie hatte sich nicht vorstellen können, ein Kind von einem Fremden zu bekommen. Aber es war sein Kind, ein Teil von ihnen.

Sie machte eine Pause und diesmal konnte sie ihre Tränen nicht zurückhalten. Sie liefen ihr über die Wangen und fielen auf das Blumenmeer.

»Jetzt weiß ich auch, dass wir eine Tochter bekommen.«

Sie lächelte durch die Tränen hindurch.

»Ich weiß noch nicht, ob und wann ich es den anderen sage. Steffi und Julian werde ich es auf jeden Fall erzählen, aber noch nicht jetzt.«

Lea legte eine Hand auf ihren noch kaum sichtbaren Bauch.

»Ich frage mich oft, wie sie sein wird. Ob sie deine Augen haben wird, dein Lächeln.«

Sie wischte sich die Tränen ab.

»Ich weiß, dass es nicht immer einfach werden wird. Ohne dich. Aber ich weiß, dass ich Hilfe haben werde. Meine Mutter ist die Einzige, der ich bisher davon erzählt habe. Sie ist schon ganz aufgeregt, dass sie noch einmal Oma wird. Und wer weiß, vielleicht ziehe ich sogar wieder nach Heidelberg. Du hast ja gesagt, dass sie hier auch Kitas brauchen. Vielleicht wäre das eine neue Aufgabe für mich nach der Elternzeit. Ich habe jetzt keinen Grund mehr, wegzulaufen, also kann ich genauso gut nach Hause kommen.«

Sie stand noch eine Weile da und sprach über mögliche Namen für das kleine Wunder, das in ihr heranwuchs. Als die Tränen versiegt waren, winkte sie dem Grab noch einmal zu und ging die lange Kastanienallee entlang zum Ausgang.

Wieder legte sie die Hände auf ihren Bauch. Noch war er so klein, dass es den Menschen um sie herum kaum auffiel. Und doch wuchs in ihm das lang ersehnte neue Leben heran.

DANKSAGUNG

Mein Dank gilt meinen großartigen Testleserinnen – Kerstin, Simona, Alice, Susanne, Katharina und Franziska – sowie meiner Lektorin Christiane und Alexandra, die das Korrektorat übernommen hat. Besonders danken möchte ich auch euch – den Leserinnen und Lesern. Für euch ist dieser Roman entstanden.

~

Da ich in letzter Zeit immer wieder nach Rezepten zu meinen Büchern gefragt wurde, habe ich für euch eBooks mit Gerichten zusammengestellt. Alle Neuabonnenten meines Newsletters erhalten Kochbücher zu meinen Romanen kostenlos hier: https://bit.ly/2T0Q0fw

Eure Ella
autorin@ella-wuensche.de